Ruhrkälte

Birgit Salutzki wurde im Herzen des Ruhrgebiets geboren. Zurzeit lebt und arbeitet sie in Gladbeck, direkt an der Grenze zu ihrer Heimatstadt Gelsenkirchen. Ihre Leidenschaft für Sprache, Literatur und Organisation lebt sie in drei beruflichen Feldern aus: Als freie Autorin verfasst sie Sachbücher sowie belletristische Romane verschiedener Genres und ist in diversen Anthologien vertreten. Mit ihrer Veranstaltungsagentur Musenland inszeniert sie ungewöhnliche Lese-Events. Daneben leitet sie eine Spielsprachschule für Kinder. »Ruhrkälte« ist ihr erster Abstecher ins Krimi-Genre.
www.birgit-salutzki.de

Dieses Buch ist ein Roman. Obwohl einige der Schauplätze tatsächlich existieren, sind die genauen Örtlichkeiten sowie die Ereignisse rund um den Metal-Kommissar konstruiert. Es besteht keinerlei Ähnlichkeit zu lebenden oder toten Personen. Anders verhält es sich mit dem Rahmen der Geschichte. Der Autorin war es wichtig, die Verbundenheit des unkonventionellen Kommissars Marius Pérez zur Metal-Musik zu unterstreichen. Daher wählte sie für Kapitelüberschriften, in denen er mitspielt, Liedzeilen von Songs der real existierenden Hero-Metal-a-cappella-Band »Van Canto«.

BIRGIT SALUTZKI

Ruhrkälte

RUHR KRIMI

emons:

Bibliografische Information der Deutschen Nationalbibliothek
Die Deutsche Nationalbibliothek verzeichnet diese Publikation in der Deutschen Nationalbibliografie; detaillierte bibliografische Daten sind im Internet über http://dnb.d-nb.de abrufbar.

FSC
www.fsc.org
MIX
Papier aus verantwortungsvollen Quellen
FSC® C083411

Umschlagmotiv: photocase.com/monolyth
Umschlaggestaltung: Tobias Doetsch
Gestaltung Innenteil: César Satz & Grafik GmbH, Köln
Lektorat: Lothar Strüh
Druck und Bindung: CPI – Clausen & Bosse, Leck
Printed in Germany 2015
ISBN 978-3-95451-742-8
Ruhr Krimi
Originalausgabe

Unser Newsletter informiert Sie
regelmäßig über Neues von emons:
Kostenlos bestellen unter
www.emons-verlag.de

Dieser Roman wurde vermittelt durch die
Agentur Ashera GbR, Gottenau.

Für Tim, Tine und Petra.
Mein bislang persönlichstes Buch zur Erinnerung an das,
was uns ausmacht.

Und für Van Canto.
Ohne eure inspirierende Musik & Lyrics
wäre Marius Amadeo Pérez nicht zum Leben erwacht.

Rote Erde

Samstag, 28. Februar, 2.40 Uhr

Willi Kruschinski fröstelte. Die Temperaturen in der Nacht vor dem Bundesliga-Derby hielten, was die Meteorologen vorhergesagt hatten. Hier auf der Schalker Meile herrschte ein raueres Klima als in dem höher gelegenen Buer. Dort dachte niemand daran, in der schneidenden Kälte vor die Tür zu gehen. Die Bewohner der schmucken Einfamilienhäuser rund um den Berger See trotzten dem Wetter durch ein Feuer im Kamin, dessen Wärme den Winter nach draußen verbannte.

Wenige Kilometer entfernt, südlich des Rhein-Herne-Kanals, offenbarte die Stadt ein anderes Bild. Hier zeigte sich das ehrliche Gesicht Gelsenkirchens, zumindest nach der vorherrschenden Meinung der Schalker Bürger. Sie waren es gewohnt, bei jeder Witterung das Haus zu verlassen, hatten die Malocher-Mentalität mit der Muttermilch aufgesogen.

Wie viele der Älteren kannte Kruschinski noch die unbarmherzigen Zeiten der Schichtarbeit unter Tage, die einen regulären Lebensrhythmus unmöglich gemacht hatten. Obwohl seine Arbeit in der Zeche Hugo Ost schon lange hinter dem Frührentner lag, hatte er sich den Instinkt der Bergleute bewahrt, die einen sechsten Sinn für Gefahren zu haben schienen.

Der eisige Wind zerrte an dem dünnen Stoff seiner Trainingshose. Mit verschränkten Armen stand er am Rand der Kurt-Schumacher-Straße vor seiner Stammkneipe, um die vorbeifahrenden Autos zu inspizieren. Seit er am Morgen die Nachricht auf dem Display des Handys gesehen hatte, verspürte der Platzwart der Glückauf-Kampfbahn Unruhe. »Ihr habt Panik, zu verlieren? Heute Nacht werdet ihr erfahren, was Angst wirklich bedeutet!«

Schon seit Jahren hatten sich die Borussen nicht mehr vor einem Spiel bei ihm gemeldet. Erst recht nicht per SMS. Er hasste das tragbare Telefon. Für ihn zählte das gesprochene

Wort. Auge in Auge machte ihm niemand etwas vor. Nicht ihm. Dagegen bereiteten ihm die paar geschriebenen Zeilen, die ihn vor ein paar Stunden erreicht hatten, Angst. Er konnte sie schlecht einordnen, der Absender hatte darauf verzichtet, seinen Namen unter den Text zu setzen. Warum gab sich die Person nicht zu erkennen? Dumme Frage! »Feige Drecksau!«, schalt er den Unbekannten, in der Hoffnung, wieder Oberhand über sein Unbehagen zu gewinnen. Seine wilden Zeiten, in denen er bei allen Aktionen an vorderster Front mitgemischt hatte, lagen lange zurück. Damals, da hätte er den Absender ausfindig gemacht und ihm die Fresse eingeschlagen – ohne zu zögern.

Unter der Brücke tauchte ein Wagen auf, dessen Konturen er in der Dunkelheit kaum von der Umgebung zu unterscheiden vermochte. Willi griff in die Tasche der Trainingshose, fluchte, weil er seine Brille in der Kneipe vergessen hatte. Mit zusammengekniffenen Augen versuchte er, Fahrzeugtyp und Fahrer zu erkennen. Trotz aller Anstrengung blieb das Bild unscharf.

Die Tür der Kneipe öffnete sich, laute Musik durchbrach die Stille. Gackerndes Lachen vermischt mit den Stimmen seiner Kumpel, die die Vereinshymne grölten, drang an sein Ohr. »Ey, Willi, trab an, sonst holsse dich noch den Tod«, rief einer der Männer ungeduldig.

Widerwillig drehte sich Willi um. Die Worte auf dem Display lösten eine nicht zu erklärende Beklemmung in ihm aus. Seine Armbanduhr zeigte zwanzig vor drei am Morgen. Er gähnte. Wurde er zu alt für die wachsenden Anfeindungen vor dem Spiel aller Spiele, das in knapp dreizehn Stunden im Dortmunder Signal Iduna Park angepfiffen werden würde? Obwohl er das Unbehagen zunächst auf sein fortgeschrittenes Alter schob, spürte er, dass mehr hinter der Sache steckte. Er trat in den Bereich der Häuserfronten, die selbst Liebhaber des Gelsenkirchener Barocks abgrundtief hässlich fanden. Der endlose Schlauch der Fassaden, die wie die Wände eines Schachts beidseitig der Hauptstraße emporragten, schluckte die letzte Wärme. Tagsüber hatte die Sonne vergeblich versucht, Strahlen durch die dichte Wolkendecke zu schicken. Obwohl sich der Himmel aufgeklart hatte, drang wenig Licht von der winzigen Sichel des Mondes auf die Kultstraße der Schalker.

»Ja, gleich, lass mich in Ruhe, ey. Schnapp nur frische Luft.« Die trockene Kälte hatte sich auf Willis Stimmbänder gelegt, wodurch seine Stimme einen kratzigen Unterton erhielt. Er hatte das Gefühl, gegen den Kloß im Hals ankämpfen zu müssen.

»Motz nich so rum! Meinsse, ich bin taub auffe Ohren? Du bis doch völlig panne. Mensch, sauf nich so, Alter!« Kurt, der an diesem Abend mit ihm feierte, störte der Alleingang des Kumpels.

»Mach 'en Kopp zu, du Vollpfosten!« Willi fühlte sich von allen Seiten bedrängt.

Ein Grölen der Meute begleitete das Schließen der Tür.

Obwohl er sich gerade noch über Kurt aufgeregt hatte, empfand Willi die plötzliche Stille als äußerst unangenehm. Nicht ein Laut drang zu ihm. Er lauschte. Selbst von den Ratten und wilden Katzen, die in der Nacht um die Häuser schlichen, vernahm er keinen Mucks. Er wünschte sich den kehligen Gesang seiner Kumpels herbei, so grauenhaft der klang. Bloß nicht diese Lautlosigkeit. Seine Arme um den Körper geschlungen, suchte er mit den Augen die Fenster der Wohnungen ab. Seit Jahren zogen immer mehr Menschen aus dem toten Viertel weg, das lediglich für Fanverbände und hoffnungslose Fälle, die ihre maroden Behausungen behalten wollten, attraktiv blieb. Er wusste genau, wer von ihnen um acht Uhr die Rollläden herunterzog und wer abends den Kopf heraussteckte, um einen Blick auf die Hauptstraße zu werfen.

Besonders die schwarzen Höhlen, hinter denen sich seit Jahren kein Leben abspielte, prüfte er. Außer einer Schicht aus Staub und schmierigen Ablagerungen, verursacht durch die Fabriken des Ruhrgebiets, entdeckte er nichts Ungewöhnliches.

Als Platzwart mit Heim neben der Fankneipe kannte er die Namen der Bewohner des Blocks, kannte ihre Lebensumstände. Seit er sich erinnern konnte, wohnte Willi in der Dreizimmerwohnung der Eltern. Irgendwie hatte er den Absprung in ein eigenes Leben verpasst.

In dem Jahr, in dem Mutter gestorben war und Vater jegliche

Lebenslust verloren hatte, war ihm bewusst geworden, dass er nie ausziehen würde. Er war bei ihm geblieben, um ihn zu pflegen.

Bevor er am Freitagabend aufgebrochen war, hatte er die Vorhänge zugezogen und den Fernseher angelassen. Die Stimmen aus dem sprechenden Kasten, wie Vater das Gerät jetzt nannte, nahmen dem Alten die Angst im Dunkeln. Der angeschlossene DVD-Rekorder spielte stets dasselbe Fußballspiel ab. Beim Pokalfinale liefen mit Klaus Fischer, Reinhard Libuda und den Kremers-Zwillingen Helmut und Erwin echte Kerle dem Ball hinterher. In jener Saison hatte Willi kurz vor dem Sprung in die Profimannschaft des FC Schalke 04 gestanden. Wie so oft grübelte er, wie sein Leben ohne die Verletzung ausgesehen hätte.

Vereinzelt tanzten Schneeflocken durch die Luft. Er zögerte, rang mit sich, der Pflicht nachzugehen. Was sollte das Ganze? Niemand zwang ihn, um diese Uhrzeit den Platz zu kontrollieren. Jeder Schritt schmerzte. Würde ihm jemand ein Messer ins Knie rammen, käme das aufs Gleiche hinaus. Die Muskeln rund um seine alte Knieverletzung versagten bei Kälte, obendrein brannte sein Gesicht von dem scharfen Wind, der in die Poren drang. Kein Mensch kurvte hier nachts durch die Straßen.

Kruschinski drehte sich zu dem Parkplatz vor der Glückauf-Kampfbahn um. Vor der Kneipe war ein heller Bierwagen aufgestellt worden. Unabhängig von der Witterung rechnete die Wirtin damit, dass sie am morgigen Nachmittag dort den Sieg über den Rivalen feierten. Das Beige der Lackierung reflektierte das spärliche Licht, das aus dem Inneren der Schankstube durch das milchige Glas drang. Er tastete nach den Schlüsseln der Anlage in der Brusttasche.

»Mann, Willi, wat hasse jezz schon wiedda?« Kurt trat einen Schritt aus der Tür. »Willsse wegen die blöde SMS die halbe Nacht doof vor die Tür rumhängen? Die wolln uns nur ärgern. Scheiß drauf!«

»Is ja gut. Ich komm gleich.« Schweigend änderte Willi Kruschinski die Richtung. Sein Verantwortungsbewusstsein kämpfte mit der trockenen Kehle, die in dem Duell Oberhand gewann. Er war nicht für alles zuständig. Drinnen flossen Bier und Schnaps in Strömen, und Sonja würde mit ihrem tiefen Dekolleté seine Gefühle in Wallung bringen. Ein letztes Mal kontrollierte er die schweren Eisentüren, die den Ernst-Kuzorra-Platz von der Glückauf-Kampfbahn trennten. Unzählige Male war er an den blau-weißen Mosaiken der Wände vorbeigegangen, hatte sich von einem zum nächsten Absperrpoller gehangelt, um an den Gittern zu rütteln. Die Tätigkeit war ihm ins Blut übergegangen.

Auf dem Rückweg zur Kneipe kickte er eine leere Bierdose vor sich her. Die Vorfreude auf ein letztes Bierchen verdrängte die Sorge. Mit einem Volleyschuss beförderte er die Dose an die Hauswand. Dabei verlor er das Gleichgewicht und ging zu Boden. Mit schmerzverzerrtem Gesicht tastete er sein Knie ab.

Er fischte ein zerfleddertes Papiertaschentuch aus der Trainingsjacke. Sorgfältig entfernte er den Schmutz der Straße von dem Blech. Für fünfundzwanzig Cent Dosenpfand lohnte sich die Mühe. Auf der Unterseite des schimmernden Aluminiums haftete eine dünne Schicht frischer roter Sportplatzerde. Er hielt die Dose dichter an seine Augen, um in der Dunkelheit besser sehen zu können. Auf seinem letzten Kontrollrundgang am Abend war die Asche noch trocken gewesen. Erst vor zwei Stunden hatte der einsetzende Schneefall den Boden in einen schmierigen Brei verwandelt.

Der Nachthimmel sog jegliches Licht auf. Willi lief mit der Nase am Blech zum Fenster der Kneipe, von wo ein schwacher Lichtschein die Umgebung beleuchtete. Er zog ein weiteres Taschentuch aus der Jacke, faltete es auseinander und legte es auf den Handteller. Vorsichtig drehte er den Boden der Dose auf dem Papier. Die Bewegung löste die Asche des Sportplatzes. Zusammengehalten wurde die Materie durch eine dickliche Flüssigkeit, deren dunkelrote Farbe sich deutlich von dem Ziegelrot der Steine abhob. Ein Zittern durchfuhr Willis Körper, das nicht im Zusammenhang mit den eisigen Temperaturen stand. Eine innere Stimme riet ihm davon ab, das, was auf dem Taschentuch lag, zwischen den Fingern zu reiben, um die Konsistenz zu prüfen. Angewidert öffnete er seine Hände und ließ den Inhalt zu Boden fallen.

Dass nun Sonja als Zweite versuchte, ihn in die Kneipe zu

lotsen, bemerkte er nur am Rande. Das Dekolleté der Wirtin war vorsorglich mit einem Schalke-Schal bedeckt, den sie mit gekreuzten Unterarmen vor die Brust hielt. »Mit deinen Querelen machst du die ganze Stimmung im Eimer! Die reden schon von nichts anderem mehr, als dass du hier rumrennst wie ein aufgescheuchter Hahn. Jetzt komm runter, und wir feiern weiter!«

»Geh mir man nich auffen Sack. Wenn ich sach, ich komm, dann is dat auch so. Feddich!« Willi drehte ihr den Rücken zu.

»Ich zapf dir erst mal ein frisches Pils. Aber mach hinne, sonst geb ich es dem Heinz und schreib es auf deinen Deckel.«

Ihr Kichern erinnerte Willi an ein Schulmädchen. Er wandte sich kurz um. In der Dunkelheit konnte er ihre Augen nicht erkennen, doch er spürte, dass sie ihm zuzwinkerte. Mit dem Schließen der Tür verlor Kruschinski die Hoffnung auf ein geruhsames Ende der Nacht.

***

Hättest du mir vor einigen Jahren gesagt, dass es für mich einmal keine größere Befriedigung geben würde, als einen Menschen zu ermorden, ich hätte dich für verrückt erklärt. Lieber wäre ich selbst gestorben. Doch was du getan hast, kann ich dir nicht verzeihen. Was hast du dir dabei gedacht? War dir alles egal, oder hast du bewusst so gehandelt?

Ja, ich habe lange nach einer Erklärung für dein Verhalten gesucht. Glaub nicht, ich hätte es mir leicht gemacht. Hast du jemals daran gedacht, wie es mir dabei geht? Ich kann es mir kaum vorstellen, sonst hättest du meine Versuche, mit dir zu reden, nicht abgeschmettert. Also warum sollte ich Verständnis für dich haben?

Warum hast du es so weit kommen lassen? Siehst du ein, warum ich dich töten muss?

Jetzt hör auf zu betteln. Das ist widerlich. Hast du etwa Angst um dein Leben? Du fürchtest dich vor mir? Schau genau hin, das Monster, das ich bin, ist dein Werk. Sieh genau hin, wie sehr ich mich verändert habe. Monatelang habe ich mich damit beschäftigt, wie ich dich umbringen kann.

Weißt du, dass ich mir anfangs eine Pistole besorgen wollte? Wie abwegig! Eine andere Idee war, dir mit einem Messer die Kehle durchzuschneiden. Ein Ruck, und vorbei ist es. Na ja, nicht gleich. Bis dein Blut komplett aus dem Körper sickert, dauert es schon eine Weile. Wie lange eigentlich? Fünf Minuten? Oder eher eine Stunde? Bei diesen eisigen Temperaturen heute würde es wohl schneller gehen. Oder langsamer? Egal. Ich habe etwas anderes vor. Du verdienst eine besondere Behandlung. Vertrau mir, dass meine gesamte Aufmerksamkeit deinem Körper gelten wird. Wir haben Zeit. Hier stört uns keiner.

Schwermut – And we'll find a way through darkest nights

Samstag, 28. Februar, 10.15 Uhr

Mit einem Griff startete Oberkommissar Marius Pérez den Computer. Das Mistding brauchte von Tag zu Tag länger. Ungeduldig tippte er mit dem Finger auf den Bildschirm, als könnte er damit den Vorgang beschleunigen. Endlich! Er ärgerte sich, dass er mit seinem abschließenden Bericht über den Suizid eines Fünfundachtzigjährigen gestern nicht fertig geworden war. Sein innerer Schweinehund hatte kurz vor Feierabend enorme Ausmaße angenommen und ihm suggeriert, wie viel effektiver die Arbeit an einem Samstagmorgen in einem ausgeruhten Zustand sei. Super. Jetzt saß er im Büro, an seinem ersten Urlaubstag, und würde gleich wie ein Blöder in die Tasten tippen. Vielleicht sollte er sich später nach getaner Arbeit ein zweites Frühstück gönnen. Er zog in Erwägung, Sina anzurufen, um sie zum Mitkommen zu überreden.

»Hey, Marius, hab gehört, dass du den PC anlassen kannst.« Melanie aus dem Sekretariat lehnte mit der Hand in die Hüfte gestemmt im Türrahmen. »Gerade ist die nächste Krankmeldung ins Haus geflattert.«

Die interne Leitung seines Telefons klingelte. Einen Augenblick überlegte er, ob er den Hörer abnehmen sollte.

»Ja?« Genervt schaute er auf sein Handy, um die Uhrzeit abzulesen. Viertel nach zehn, vor siebzehn Stunden hatte sein Urlaub angefangen. Seine Hand fuhr zur Wange. Der Bart fühlte sich definitiv zu lang an. Durch den starken Bartwuchs der Südländer sah er bereits nach wenigen Tagen ungepflegt aus. Vielleicht sollte er öfter einen Blick in den Spiegel werfen. Seinen für einen Kriminaloberkommissar unkonventionellen Kleidungsstil und die längeren Haare akzeptierte sein Chef, weil Marius gute Arbeit ablieferte. Aber den legeren Stil durfte er nicht übertreiben.

Marius ertastete die Narbe kurz unter dem linken Jochbein

und kratzte mit dem Fingernagel tief ins Fleisch hinein. Blut tropfte aus seinem Bart auf die Schreibtischunterlage. Ärgerlich wischte er mit dem Ärmel über die verschmutzte Stelle auf der Tischplatte und drückte den Zeigefinger auf die Wunde. Blöde Angewohnheit.

»Gut, dass ich Sie noch erreiche, Pérez! Heberlein hat vor ein paar Minuten aus dem Krankenhaus angerufen. Steffens und er wurden während des Bereitschaftsdienstes in der Nacht zu einem Notfall gerufen. Auf dem Weg vom Tatort zurück wurde ihr Wagen von einem Kleinlaster erfasst. Fahrerseite. Das war vor einer halben Stunde. Der Audi hat einen Totalschaden.« Der Chef räusperte sich.

Was hatte das mit ihm zu tun? »Und wie geht es den beiden?«, fragte Marius mehr aus Höflichkeit denn aus Interesse.

Jeder im KK11 des Polizeipräsidiums Gelsenkirchen wusste, dass Heberlein und er nicht die besten Freunde waren. Der Kollege attackierte ihn, wo es ging. Wenn er telefonieren konnte, würde es ihm schon nicht so schlecht gehen. Mit Steffens, der seit ein paar Tagen in ihrem unterbesetzten Kommissariat aushalf, hatte er bisher noch nicht viel zu tun gehabt.

»Splitterbruch im linken Knie, Prellungen am gesamten Körper und ein Schleudertrauma. Heberlein wird voraussichtlich ein paar Wochen ausfallen. Steffens ist eher glimpflich davongekommen. Trotzdem behalten sie ihn vorerst zur Beobachtung da. Das Wochenende hat angefangen. Da passiert auf den Stationen der Krankenhäuser nicht viel.«

Im Geiste strich der Oberkommissar seinen Urlaub. Er sollte recht behalten.

»Sie werden den Mordfall Glückauf-Kampfbahn übernehmen. Ich komme gleich in Ihr Büro.«

»Mordfall?«

»So ist es. Die äußeren Umstände weisen eindeutig auf Mord hin.« Er legte auf.

»Melanie, hat sich Heberlein bei dir gemeldet?«

»Ja, das sieht nach einer Menge Zusatzarbeit aus. Ich schaffe durch die Krankheitsausfälle kaum meine tägliche Arbeit.« Sie seufzte. »Passt mir gar nicht in den Kram. Eigentlich ist der

Samstag mir heilig. Aber wenn schon Wochenendarbeit, dann so früh wie möglich und nur für maximal zwei Stunden. Diese Regel breche ich heute unter Garantie.«

Marius vermutete, dass sie am Morgen noch nicht ihre Gesprächsportion mitbekommen hatte und deshalb wie ein Wasserfall redete. Ihre weiteren Ausführungen über die Fahrt vernahm er nur am Rande.

»... kein Wunder, nach so einem Unfall.«

Bei »Unfall« stutzte er. »Entschuldigung, könntest du den letzten Satz wiederholen?«

Melanie tat, als wollte sie ihm an die Gurgel gehen. Insgeheim verstand sie ihn. Im Gegensatz zu ihrem Freund war Marius kein Liebhaber großer Worte. »Welchen meinst du jetzt?«

Marius zuckte mit den Schultern. »Du sprachst von dem Unfall.«

»Ach so.« Melanies Grinsen überzog ihr gesamtes Gesicht, wodurch ihre eng zusammenstehenden Augen und die winzige Nase noch unscheinbarer wirkten.

»KHK Heberlein war nach dem Unfall recht verwirrt, was nicht nur an dem Crash lag. Die Leiche muss anscheinend ziemlich übel zugerichtet gewesen sein. Nicht gut, wenn man schlecht Blut sehen kann.«

Marius verstand ihre Anspielung auf die labile Psyche ihres Kollegen, der mit großen Zielen in ihrer Abteilung angekommen war und nun in die Wirklichkeit zurückgeholt wurde.

»Wann ist das Ganze denn passiert? Ich bin im Moment etwas neben der Spur. Von welchem Mordfall ist hier überhaupt die Rede?« Sein traditionelles Einleiten des Urlaubs im Pub gestern Abend vernebelte seine Gedanken. Dass er am folgenden Morgen den Bericht schreiben musste, hatte ihn nicht davon abgehalten, mit Finn in seiner Stammkneipe ein paar Bier zu viel zu trinken.

»Ist erst diese Nacht geschehen. Hast du heute noch keine Nachrichten gehört?«

Marius verneinte.

Melanie setzte sich seitlich auf seinen Schreibtisch und zog die Beine an. »Kennst du Willi Kruschinski, den Platzwart der Glückauf-Kampfbahn?«

»Wer kennt den nicht? GE-Original. Ich habe als Grundschüler mit meinem Vater und seinen Arbeitskollegen fast jede Woche auf der Glückauf-Kampfbahn Fußball gespielt.«

»Grundschüler? Das muss ja knapp zwanzig Jahre her sein.« Melanie lachte.

»Auf Asche. Das war was für ganz Harte.« Marius kramte in der Schublade nach einer Kopfschmerztablette. Er warf sie sich ein und spülte mit einem Schluck aus einer Wasserflasche nach, die vor der Heizung stand. »Die Männer hatten einen guten Draht zu Willi. Wenn niemand den Platz gebraucht hat, hat er ihnen die Tür geöffnet. Als Dankeschön gab es ab und zu einen Kasten Bier.« Marius legte den ausgedruckten Bericht beiseite, den er beiläufig Korrektur gelesen hatte. »Ist er etwa das Mordopfer?«

»Nee. Er hat den Toten gefunden, einen jungen Mann. Alles ein wenig mysteriös. Er wollte verhindern, dass einer seiner Kumpel zum Tatort geht. Das, was er dort gesehen hat, wollte er keinem zumuten. Ist dann zusammengebrochen. War anscheinend in der Nacht ziemlich besoffen.«

Nicht nur er, dachte Marius.

»Darf ich?«, fragte Melanie, und schon hockte sie auf der Armlehne seines Schreibtischstuhls – *wie kann sie um diese Zeit nur schon so quirlig sein?* – und ließ ihre Finger über die Tasten seines Computers tanzen. Kurz darauf erschien die gewünschte Seite.

»Schalke-Fan bestialisch hingerichtet«, prangte in großen Lettern auf der Titelseite. Mit einem Klick öffnete sie den Artikel.

Gelsenkirchen-Schalke. In der Nacht von Freitag auf Samstag entdeckte Willi K., Platzwart der Glückauf-Kampfbahn, die Leiche eines jungen Mannes. Laut unserem Informanten ging bei dem Schalker Original am Vorabend des Bundesliga-Revierderbys eine SMS ein, die eine Gewalttat ankündigte. »Unser Willi kontrollierte noch bis nachts um halb drei den Platz«, erzählt ein Schalke-Fan, der sich zusammen mit seinen Freunden in der Fankneipe aufhielt, als die Nachricht eintraf. Was als Abend unter Gleichgesinnten begann, endete in einem grauenhaften Mord. »Der kam rein und war völlig von der Rolle, meinte nur noch, jemand hätte einen Mann wie ein Schwein abgeschlachtet.«

Wer ist der Tote? Steht der Mord im Zusammenhang mit der Bundesliga-Begegnung zwischen den Fußballclubs Borussia Dortmund und dem Schalke 04?

Wenn das der Fall ist, findet die Gewaltbereitschaft der Fans einen traurigen und dramatischen Höhepunkt.

»Wie kommen diese Klatschreporter an Informationen, wenn selbst wir noch nicht Bescheid wissen?« Marius schlug mit der Faust auf den Tisch. »Was für eine SMS? Hat Heberlein etwas darüber geschrieben?«

»Bisher noch nicht, aber ich halte die Augen offen.«

Die unseriöse und völlig verfrühte Berichterstattung würde den Hass einiger Fangruppierungen schüren. Eine Meldung dieses Kalibers vor dem Derby war das Letzte, das sie jetzt gebrauchen konnten. Die Hundertschaften hatten auch ohne solche Störungen genug zu tun. Gewalt in den Vordergrund der Nachricht zu stellen, hielt jeder der beteiligten Polizisten für das falsche Mittel.

»Von wem stammt der Mist?« Marius' Zeigefinger huschte über den Bildschirm. »Gregor Dahlen, war mir klar. Ich habe wirklich Lust, ihn heute von zu Hause abzuholen und mitten auf den Dortmunder Bahnhof zu stellen. Soll er sich doch die Folgen seines Artikels direkt vor Ort ansehen. Das wird ein Hexenkessel.« Ein Fall dieser Güteklasse würde in den nächsten Wochen die Medien beherrschen. Dementsprechend hoch war der Druck, den er bereits vor Beginn der Aufklärungsarbeit spürte.

Wenige Minuten später stand sein Chef, Polizeirat Siegmund Lenz, in der Tür seines Büros und überreichte ihm einen blauen Aktenordner. »Der Fall trifft uns zur falschen Zeit. Heberlein und Steffens im Krankenhaus, Bilek hat sich heute Morgen nach Büchner ebenfalls abgemeldet. Das Grippevirus macht uns bald handlungsunfähig. Ein weiteres Tötungsdelikt können wir nicht verkraften.« Dass der Polizeirat über seine Sorgen sprach, war äußerst selten. »Glücklicherweise hat mir Heberlein per Handy die ersten Fakten aus dem Krankenhaus gesendet – wenn auch unvollständig. So müssen Sie nicht bei null anfangen.«

»Die Kacke ist am Dampfen«, würde Heberlein sagen.

Während er weitererzählte, warf Lenz einen Blick auf Marius' Bildschirm. »Bei dem Toten wurden keinerlei Papiere entdeckt, und der Platzwart, der die Leiche gefunden hat, ist zurzeit nicht vernehmungsfähig.«

»Das heißt, niemand kann etwas zum Tathergang sagen?«, fragte Marius.

Lenz schüttelte den Kopf.

»Wer hat eigentlich die Kollegen angerufen?«

»Der Platzwart, Willi Kruschinski. Die Wirtin der Fankneipe, die er zunächst informiert hatte, war gerade dabei, die letzte Runde auszuschenken, als er hereingestürmt kam und was von Mord an Valentin Bergmann und Polizei anrufen stammelte.«

»Valentin Bergmann, der Musiker?«, fragte Marius entsetzt.

»Hatte ich den Namen noch nicht erwähnt?«

Marius verneinte. »Hat Heberlein mit der Wirtin gesprochen?«

»Korrekt. Sie erzählte ihm, dass Kruschinski sie davon abgehalten hat, den Tatort zu besichtigen. Ansonsten war sie recht einsilbig.«

Marius stutzte. »Das steht alles in dem kurzen Bericht?«

»Nein, hat er mir am Telefon berichtet, nach seinem Unfall. Keine Angst, Sie bekommen alle Informationen.« Lenz war bereits im Gehen, als ihm etwas einfiel. »Ach, Fotos der Leiche gibt es noch keine, wäre auch zu viel verlangt. Übrigens hat die Gerichtsmedizin den Tatort vor wenigen Minuten freigegeben.«

Marius schnaubte. Bei Heberleins Eiltempo hätte er sich nicht gewundert, wenn sein Kollege bearbeitete und mit Kommentaren versehene Bilder geliefert hätte.

»Hat keiner der Gaffer, die ein paar schnelle Euros verdienen wollten, das Handy gezückt?« Marius verstand, dass viele Menschen die Gelegenheit auf ein Zubrot ergriffen, aber manche Sachen gingen zu weit. Darauf konnte er getrost verzichten.

»Lesen Sie die Akten.«

Marius murmelte: »Danke, bis später«, und nahm den blauen Ordner zur Hand.

»Ach, Pérez!« Lenz drehte sich noch einmal um und schaute den Kollegen eindringlich an. »Versauen Sie es nicht. Ich bin mir zwar bewusst, dass Sie aufgrund Ihres Dienstgrades noch keinen Fall geleitet haben, aber das darf keine Ausrede sein. Stellen Sie sich umgehend ein Team Ihrer Wahl zusammen. Sie wissen ja, wie so etwas läuft. Und solange Steffens noch im Krankenhaus liegt, nehmen Sie Frau Klein mit zu den Befragungen.«

»Melanie?«

»So, wie es aussieht, bleibt kein anderer Weg. Dass Sie alleine losfahren, ist ausgeschlossen.« Lenz redete die Sekretärin an: »Haben Sie zugehört?« Melanie nickte. »Sie streichen vorläufig bitte sämtliche privaten Aktivitäten, Frau Klein, und halten sich bereit.« Damit verschwand er.

Marius massierte seine Schläfen. Teil eines Teams war er in der Vergangenheit schon oft gewesen, eines zu leiten erforderte ganz andere Kenntnisse. Der Erfolg hing stark davon ab, mit wem er zusammenarbeitete. Melanie war ein guter Anfang.

»Na, was sagst du?« Er ging mit der Akte in der Hand zu ihrem Schreibtisch.

»Hammer. Mein Wochenende ist voll verplant. Heute Mädelsabend, morgen früh joggen, duschen, danach zu meinen Eltern, aufbrezeln und mit meinem Liebsten ins Kino.«

Marius reichte ihr den Hörer. »Dann fang mal gleich an, allen abzusagen.«

Melanie rieb sich stumm die Stirn.

»Hey, deine gute Laune wird doch nicht so schnell kleinzukriegen sein. Überleg mal: Keine ruhige Minute und ganz viel quasseln – ein Paradies für Menschen mit deinem Temperament.«

»Ach, geh weg.« Sie schmiss das Erste, was vor ihr lag, nach ihrem Kollegen. Marius fing den Kugelschreiber auf, steckte ihn in die Tasche, schlug die Akte auf und begann zu lesen.

»Leichenfund auf der Glückauf-Kampfbahn im Bereich des ehemaligen Spielertunnels. Todeszeitpunkt: ungefähr 0.35 Uhr. Der Tote ist männlich, Alter: schätzungsweise zwanzig Jahre.

Eine Stichwunde in der Brust. Herz und Teile der Haut am linken Oberarm wurden mit einem Skalpell entfernt.« Heberleins erste Sätze fassten die Eckdaten zusammen.

»Melanie, hast du den Bericht ausgedruckt? Obwohl … Bericht ist das falsche Wort.«

»Ja, ich kenne die groben Fakten.« Melanie beobachtete ihren Kollegen. Wusste er eigentlich, wie unverschämt anziehend er sein konnte? »Mit den paar Sätzen hat Heberlein dir eine Steilvorlage geliefert.« Ihre Gedanken konzentrierten sich wieder auf die Arbeit. »Glaub mir, der sitzt jetzt im Krankenzimmer und schreibt wie ein Wilder alle Daten in sein Tablet. Er wollte nur sicher sein, dass er der Erste ist, der dem Chef Infos liefert.« Sie zuckte mit den Schultern. »Ich sammle die Bruchstücke, die er mir sendet, und gebe dir den kompletten Bericht, okay?«

»Klar. Das heißt, jetzt ist nur noch die Forensik vor Ort?«

»Mensch, Marius. Du musst besser zuhören. Die sind schon längst wieder weg. Die Gerichtsmedizin hat den Toten mitgenommen. Alles ging superschnell. Warte ein paar Stunden, und du bekommst deine Info.« Sie kam auf ihn zu und dämpfte die Stimme. »Alle Mitarbeiter wurden von oben zur Eile angehalten, nach dem Motto: keine Leiche, kein Gerede. Sie haben Angst vor einer Eskalation. Als ob das funktionieren würde. Die stille Post ist doch längst schon unterwegs.«

»… und erreicht in dieser Stunde dank unserer Lieblingszeitung die Öffentlichkeit. Morgen wird hier die Hölle los sein.«

»Morgen? Das Spiel fängt in wenigen Stunden an.« Melanie atmete tief ein. »So, ich arbeite den Rest ab. Ist das okay, oder brauchst du mich?«

»Druck mir bitte den Bericht von Heberlein aus, dann fahren wir zum Tatort. Brauchst du lange?«

Melanie blätterte in ihren Unterlagen. »So wie es aussieht, sendet uns unser Kollege immer nur Bruchstücke.«

»Was kann er in der kurzen Zeit schon rausgefunden haben? Lass den Kram liegen, wir fahren gleich los.«

Marius holte seinen Helm und seine Lederjacke aus seinem Spind. »Bilek wird nichts dagegen haben, wenn du seinen

Motorradhelm nimmst. Er liegt gewöhnlich auf dem Stuhl neben seinem Fenster.«

»Spinnst du? Ich fahre doch nicht mit der Harley.«

»Da wird dir wohl nichts anderes übrig bleiben, wenn du mitkommen willst.«

»Du Fiesling!«

Melanie ging leise vor sich hin fluchend ins Bad und stülpte vor dem Spiegel den Helm über ihren Kopf. Währenddessen überflog Marius den Bericht ein letztes Mal und legte ihn auf den Schreibtisch. *Was soll's?* Es machte keinen Sinn, noch einmal in Heberleins Unterlagen zu stöbern.

Als Melanie mit dem viel zu großen Motorradhelm in sein Zimmer kam, musste er lachen. »Stylingmäßig nicht die beste Lösung, aber besser als nichts. Komm, die Maschine steht im Hof.«

»Du weißt, dass wir eigentlich einen Dienstwagen nehmen müssten?«, mahnte Melanie neben ihm.

Natürlich wusste er das. Aber er tat sich schwer mit starren Regeln. »Normalerweise würde ich nach dem Saufgelage gestern Abend an meinem ersten Urlaubstag noch im Bett liegen. Stattdessen hat mir Lenz einen Mordfall übertragen, bei dem ich im Moment noch nicht weiß, was überhaupt meine Aufgaben sind. Gönn mir bitte die Fahrt auf meinem Motorrad.«

Auch nach Jahren erfüllte ihn der Anblick seiner Harley Davidson Road King, die er vor fünf Jahren aus den USA importieren lassen hatte, mit Stolz. Die fast barocken Kurven, der Vintage-Look und das edelschwarze Chrom des Tanks verströmten den einzigen Luxus, den er sich gönnte. Sein Freund Finn verglich Marius' Hingabe an seine Maschine mit der Liebe zu einer Frau. Gewiss hätte der Oberkommissar auf den Kauf verzichtet, wenn Sina bei ihm geblieben wäre.

Momente wie dieser, in denen alles auf ihn einprasselte, schrien nach der Freiheit, die eine Fahrt auf seiner Harley bot. Darum fuhr er selbst bei diesen eisigen Temperaturen nicht im komfortableren Ford Transit zur Arbeit, sondern wartete auf diesen einen Moment, in dem seine Maschine sein Leben rettete.

»Und, alles in Ordnung?« Marius sprach lauter als gewohnt.

»Ich muss zugeben, der Sitz ist bequemer, als ich gedacht habe.« Vorsichtig legte sie ihre Hände um seine Taille.

Die Sonne hatte seit über zwei Stunden den Zenit überschritten, als Marius seine Maschine startete. Auf dem Weg zur Glückauf-Kampfbahn passierten sie die Haltestellen der Straßenbahn 302, wo sich zahlreiche Fans auf dem Weg nach Dortmund versammelt hatten. An den Knotenpunkten der Kurt-Schumacher-Straße registrierten sie eine vermehrte Polizeipräsenz, die bei Auswärtsspielen nicht üblich war. Die Gewaltandrohung per SMS und der Mord zeigten schnell Wirkung.

Auf der Kurt-Schumacher-Straße, am Anfang der Häuserreihe der Schalker Meile, lag die Glückauf-Kampfbahn. Das alte Stadion lag etwas abseits der Strecke, auf der üblicherweise die Krawalle stattfanden. Marius lenkte seine Maschine auf den kleinen Parkplatz des Ernst-Kuzorra-Platzes.

Rot-weiße Flatterbänder versperrten die Eisentüren der Anlage.

Vor dem Eingang breitete sich wild wachsendes Unkraut aus. Die Zeiten, zu denen sich hier Fans des FC Schalke 04 gedrängt hatten, um einen Blick auf ihre Idole zu erhaschen, waren schon lange vorüber. Das bestätigte der heruntergekommene Eindruck des Viertels mit seinen verbarrikadierten Geschäften und leer stehenden Wohnungen. Viele Aktionen seitens des Vereins und einiger treuer Fans, den Stadtteil wiederzubeleben, der als Namensgeber für den Bundesligaverein herhielt, liefen nur zäh an. Immerhin hatte der Verein vor einigen Wochen auf der Schalker Meile im alten Tabakladen des Kultspielers Ernst Kuzorra eine Außenstation des Fanshops eröffnet.

Harte Zeiten – In hard and gruelling times

Samstag, 28. Februar, 14.30 Uhr

Marius lenkte seine Maschine auf den kleinen Parkplatz des Ernst-Kuzorra-Platzes und nahm den Helm ab. Er ließ Melanie absteigen und tat es ihr dann nach.

Als die Harley aufgebockt war, stellte sie sich vor ihn und ordnete seine Haare. »So, Herr Oberkommissar, jetzt sind Sie bereit für Ihren ersten Einsatz.«

»Danke.« Marius zögerte. Er behielt seine Gedanken meist für sich, doch in dieser Situation hatte er das Gefühl, sie teilen zu müssen. »Fühlt sich irgendwie seltsam an, an diesen Ort der Erinnerungen zu kommen, um in einem Mord zu ermitteln.«

Melanie richtete ihre Kleidung. »Du meinst das Fußballspielen mit deinem Vater?«

»Ja.« Marius verschwieg, dass der neue Fall ihn schon belastete, bevor er mit den Ermittlungen begonnen hatte, allein deshalb, weil er diesen Platz nach dem Verschwinden seines Vaters nie mehr betreten hatte.

Eine Schar laut grölender Fans kam ihnen von der Fankneipe an der Schalker Meile entgegen. »Schalalalalalala Schalke 04«, schrien sie voller Inbrunst in einer Lautstärke, die bestimmt alle Babys der angrenzenden Häuser um den Schlaf brachte. Ein junger Mann in den Zwanzigern, die Kapuze seines Hoodies tief ins Gesicht gezogen, ging voran, wobei er seine Faust im Takt in die Luft reckte.

Ehe Marius sich versah, rammte ihn ein stämmiger Mittvierziger. Bei dem Silberschimmer auf den Schläfen seiner schwarzen Haare drängte sich Marius der Vergleich mit George Clooney auf. Auch ansonsten verrieten seine Markenkleidung und italienische Lederschuhe, dass er im Gegensatz zu seinen malochenden Fußballkumpeln eher in einem Bürojob anzusiedeln war. Doch unter der blau-weißen Fahne vereinten sich Menschen unterschiedlichster Lebensstile.

Marius konnte den Stoß abfangen, indem er sich gegen den schwankenden Fan stemmte und ihn fast aus dem Gleichgewicht brachte.

»Oh, verzeihen Sie«, sagte der Revier-Clooney.

Sein Kumpel ahmte ihn mit einer hohen Fistelstimme nach. *»Oh, verzeihen Sie, Wertester!«* Dabei riss er sich die Cap mit Vereinslogo vom Kopf, die auch schon bessere Tage gesehen hatte, und offenbarte einen Haaransatz, der weite Teile seines Kopfes freilegte. »Weißt du was? Du brauchst noch ein Pils, Heinz.«

Melanie sah Marius verstört an. Sie hatten im Büro oft über die Spiele am Wochenende diskutiert. Obwohl sie im Stadtteil Erle in Sichtweite zur Veltins-Arena wohnte, war sie nicht vom blau-weißen Virus infiziert. Mit Ballsportarten konnte sie nicht viel anfangen, und den ganzen Kult um die millionenschweren Fußballer hielt sie für übertrieben.

Marius spürte ihren Ellenbogen in seiner Rippe. Unmerklich schüttelte er den Kopf. Um aus diesen Leuten etwas herauszubekommen, durfte er sich nicht sofort als Polizist outen.

Ein dritter Mann reichte Heinz eine Flasche, die er zuvor mit den Zähnen geöffnet hatte. Die schmale Silhouette seiner schlaksigen Gestalt wurde nur durch einen ausgeprägten Bierbauch in der Körpermitte unterbrochen. Er schien den Alkoholkonsum gewohnt zu sein. Obwohl Marius seinen biergetränkten Atem roch, wirkte er sehr kontrolliert.

»Willst du auch eins?«, fragte ihn der Schlaksige und pfriemelte eine Flasche aus dem Sixpack. »Und was ist mit der Perle?«

»Nein, muss leider noch fahren«, lehnte Melanie dankend ab. *Perle!* Sie schüttelte sich.

Marius stieß mit den dreien an.

Wenn sie am Tag des Derbys vor der Vereinskneipe herumlungerten, hatten sie sich ja vielleicht auch in der Mordnacht hier getroffen? »Sag mal, wart ihr gestern auch hier? So in den Abendstunden?«

»Was für 'ne blöde Frage. Wir verpassen kein einziges Spiel. Entweder sind wir im Stadion oder bei Sonja«, antwortete der Lange. »Das war der Vorabend von Schalke gegen die Deppen aus Lüdenscheid-Nord. Das Freitagsspiel konntesse vergessen, aber wir haben den Sieg vorgefeiert.«

»Sieg? Habt ihr vielleicht einen jungen Mann hier rumhängen sehen? Schwarze lange Haare, Jeans, Bandshirt und Motorradjacke, in beiden Ohren ein Tunnel, Metal-Typ.« Er übernahm die Beschreibung von Heberlein.

Der vermeintliche Bürohengst hatte sich inzwischen in den Staub gesetzt und nuckelte an seiner Flasche. Marius' Frage hatte er gar nicht mitbekommen. Die anderen beiden versuchten sich an den Abend zu erinnern. »Ich bin erst gegen halb zwölf nachts gekommen«, erinnerte sich der Lange, dessen Kutte mit Emblemen übersät war. Er fischte ein Päckchen Tabak und Blättchen aus der Brusttasche seiner Jeansweste, rollte sie mit seinen Fingerkuppen erstaunlich behände zu einem Schlauch mit perfekter Rundung und steckte sie sich an. »Hm, irgendwie war da was.« Genüsslich zog er an dem Glimmstängel. »Auch 'ne Fluppe?«

Marius schüttelte den Kopf. Aus Richtung Kneipe kam eine Blondine, deren dunkler Haaransatz im Gegensatz zu ihren gelben Haaren stand. Das fein geschnittene Gesicht mit der fast aristokratisch wirkenden Nase passte nicht zu ihrer billigen Kleidung, die an vielen Stellen mehr entblößte, als es gut für das Auge war.

»Was ist hier los?« Sie trocknete ihre Hände an einem karierten Tellertuch ab, das sie durch den Gürtel geschoben hatte.

»Der da«, der Lange machte eine Kopfbewegung zu Marius, »fragt, ob wir einen Kerl gesehen haben.« Er überlegte. »Hier sind gestern Abend viele Männer herumgelaufen.«

Marius wiederholte seine Beschreibung.

»Warum wollen Sie das wissen?« Mit zusammengekniffenen Augen taxierte sie Marius.

Melanie atmete tief ein und drängte sich an dem Langen vorbei. Sie blieb mitten im Geschehen neben der Wirtin stehen. »Mordkommission Gelsenkirchen«, erläuterte sie. »Wir ermitteln im Todesfall Valentin Bergmann.«

Nein, was sollte das denn jetzt? Marius ärgerte sich. Wenn sie Pech hatten, blieb von nun an der Mund der Schalker verschlossen. Wenn sie zurück auf dem Revier waren, musste er ein paar Takte mit ihr reden.

»Hey! Habt ihr euer Hirn versoffen, ihr Spackos?« Die Wirtin ließ ihre Kumpel links liegen, um sich mit einem Lächeln Marius zuzuwenden. »Ich bin Sonja Rausch, Pächterin der Gaststätte. Sie meinen bestimmt Val, den Sänger von Steelheart. Ab und zu tritt er bei uns in der Fankneipe auf. Die Jungs lieben den Sound der Band. Am Abend vor seinem Tod ist er vorbeigekommen, um ein, zwei Bierchen zu zischen.«

Marius wandte sich der Frau zu. »Kannst du dich noch erinnern, wann er angekommen ist?« Er entschied, den vertraulichen Fan-Ton beizubehalten. Im Bericht hatte er wenige Informationen über den Verlauf des Abends gefunden. Viele der eingefleischten Fans hegten ein starkes Misstrauen gegen Polizisten, erst recht, wenn sie so arrogant auftraten wie sein Kollege Heberlein.

»Ja, ziemlich genau. So gegen elf. Wenn der uns mal besuchen kommt, dann sitzt der die ganze Zeit stumm wie ein Fisch am Tresen und guckt sich Christina an. Stundenlang.«

»Nur gucken, nicht anfassen, sag ich immer«, warf Heinz vom Boden ein. »Schließlich ist die Christina die Tochter von der Wirtin. Die ist nicht so einfach zu haben.«

Sonja schniefte, plötzlich waren ihr die Tränen gekommen. »Der Val ist … war harmlos. Der wollte gar nichts von meiner Tochter, hat sich immer an den Tresen gesetzt, um in ihrer Nähe zu sein.«

Der Lange wühlte in seiner Tasche und zog ein Papiertaschentuch heraus. Wortlos ergriff die Wirtin das Tuch und drückte es an ihre Augen.

Behutsam nahm Marius den Gesprächsfaden wieder auf. »An diesem Abend verhielt er sich anders?«

Der schwarze Kajal unter Sonjas Augen war durch die Tränen zu einem dicken Balken verlaufen. Marius spürte ihre Unsicherheit, als sie weitersprach. »Val war ganz nervös. Das kannte ich nicht von ihm. Anstatt auf dem Stuhl sitzen zu bleiben, ist er immer wieder aufgestanden und nach draußen gegangen.«

»Zusammen mit Willi Kruschinski?«, fragte Melanie. Laut den Unterlagen von Heberlein hatte der Hausmeister einen Teil der Nacht auf dem Parkplatz zwischen Glückauf-Kampfbahn und Kneipe verbracht.

Vom Boden mischte sich Heinz ein. »Val war früher draußen. War ihm wohl zu viel Trubel.«

»Du kannst dich ja doch noch an was erinnern, Dumpfbacke.« Sonja gab Heinz eine Kopfnuss. »Nee, hast recht. Der hatte so ein uraltes Handy zwischen den Fingern, guckte ständig drauf, als würde er auf einen Anruf oder eine Nachricht warten.«

»Hat ihn jemand erreicht?« Marius nahm den ausgestreckten Arm von Heinz und zog ihn hoch.

»Er saß direkt vor mir an der Theke«, meinte Sonja. »Irgendwann muss dieses blöde Ding vibriert haben, aber bei dem Krach in der Kneipe kannst du drinnen dein eigenes Wort nicht verstehen. Und dann hat er rumgeschrien, wir sollen die Fresse halten. Aber die Jungs haben ihn nur ausgelacht.«

»Kein Wunder. Die Memme hat ja fast geflennt«, warf der Lange ein, während er eine weitere Zigarette drehte.

»Christina ist ihm gleich hinterhergerannt.« Heinz klopfte seine Kleidung ab und ging zu dem verschlossenen Eingangstor der Glückauf-Kampfbahn. »Seitdem haben wir Val nicht wiedergesehen. War schon ein komischer Vogel.«

»Hat deine Tochter Christina einen Freund?« Marius beobachtete, wie sich die Gesichtszüge der Wirtin verhärteten.

»Genug gefragt, gleich öffnen wir. Bis dahin muss ich noch Buletten braten und durchputzen.« Sie kehrte sich von der Gruppe ab und ging zügig auf die schwere Tür des Lokals zu. Melanie folgte ihr.

Kaum hörten sie das Klicken des Türschlosses, platzte der Lange raus: »Julian Trotzek. Einen elenden Borussen hat se sich geangelt.« Voller Abscheu spuckte er auf den Boden.

»Der ist bestimmt auch für die SMS an Willi verantwortlich«, ergänzte Heinz.

Der Lange machte sich auf den Weg zur Kneipe. »Hast noch irgendwelche Fragen?«

»Für den Moment nicht. Danke!« Marius schrieb sich die Kontaktdaten auf.

»Fußball bestimmt unser aller Leben.« Heinz krallte sich an das Gitter der Glückauf-Kampfbahn. »Hinter dem Hügel«, er wies auf einen kleinen Wall, der mitten auf dem Gelände zu sehen war, »spielt mein Sohn in der U19 von Teutonia Schalke.«

»Vorläufig spielt hier keiner mehr. Das Gelände ist abgesperrt.«

Heinz seufzte. »Dann sehe ich ihn noch seltener. Früher hat mir das Gericht verboten, ihn zu besuchen. Heute lehnt er den Kontakt mit mir ab. Es geht alles den Bach runter.« Und dann erzählte er die Geschichte einer Ehe voller Missverständnisse und nicht wahrgenommener Chancen. Es interessierte Marius nicht, ob der Mann log oder die Wahrheit lediglich verdrängte. Er hatte in seiner Karriere oft Typen wie Heinz getroffen. Das Jugendamt würde ihm nicht ohne Grund den Zugang zu seinem Sohn verwehrt haben. Männer wie Heinz redeten die Fehler der Vergangenheit schön und gaben Gott und der Welt die Schuld für ihr Scheitern. Dieses Verhalten machte Marius aggressiv.

Heinz brummelte vor sich hin. Es schien ihm egal zu sein, ob jemand zuhörte oder nicht. »Glaub mir, ich habe ihn in den letzten Jahren so oft um Verzeihung gebeten. Er akzeptiert es nicht, will mich nicht sehen.«

Kein Wunder, dachte Marius. Sich von seinem Vater fernzuhalten, war das Beste, was der Junge tun konnte.

»Das Einzige, was mir bleibt, ist ihm beim Training der U19 zuzuschauen. Manchmal stehle ich mich auf das Gelände, um einen Blick auf ihn zu werfen.« Er durchwühlte seine Jackentasche, um einen Flachmann hervorzuholen.

Marius brachte der Monolog nicht weiter.

Der dritte Fan, der sich im Gespräch bisher zurückgehalten hatte, legte Heinz seinen Arm um die Schulter. »Jetz werd ma nich sentimental, Alta! Komm rein zur Sonja.«

»Ach, geh schon mal vor.«

Marius entfernte sich von den Männern. Er schob die Bänder zur Seite und betrat den abgesperrten Bereich. Er kontrollierte die Türen. Kein Zweifel, ohne jemanden mit einem Schlüssel zu finden oder über die Mauer zu klettern, würde er hier nicht hineinkommen. Er drückte sein Gesicht zwischen die königsblauen Eisenstäbe, um einen Blick auf den Ort zu erhaschen, an dem der Tote gefunden worden war. Die Spurensuche war inzwischen beendet, das Ende des rot-weißen Absperrbandes, das leise im Wind flatterte, wies auf den Fundort der Leiche hin – den ehemaligen Spielertunnel. Plötzlich spürte er eine Hand auf der Schulter.

»Wat willsse hier? Der Platz is nix für Gaffer«, hörte er eine tiefe Stimme hinter sich.

Marius drehte sich um. Der Mann, der vor ihm stand, war etwa einen halben Kopf kleiner als er.

»Willi?« Zu seinen Zeiten als Profifußballer waren Kruschinski viele Frauen hinterhergerannt. Der Mann, der jetzt vor Marius stand, wirkte wie ein Schatten seiner selbst. Die großporige rote Nase deutete auf ein massives Alkoholproblem hin. Sein volles Haar, das der Sandfarbe des Staubes ähnelte, staute sich auf dem Kragen seines Trainingsanzugs.

»Ja. Kruschinski, Willi. Ich sorch dafür, dat der Platz wie geleckt aussieht.«

Marius griff in seine Jackentasche, holte seinen Dienstausweis hervor und stellte sich vor: »Oberkommissar Marius Pérez.«

Anscheinend erkannte der Platzwart ihn nicht. Wie auch? Seit ihrem letzten Zusammentreffen waren fast zwanzig Jahre vergangen. Willis Blick wechselte zwischen Marius und dem Dokument, dessen Echtheit er zu bezweifeln schien.

»Wat steht da drauf?« Er blinzelte und ergänzte: »Verdorrich, ich hab meine Brille verschlampt. Wie heisste?« Sein Finger fuhr über den Dienstausweis. »Ich kenn die Bullen. Die machn jedes Wochenende beim Fußballspiel in der Veltins-Arena Fisimatenten. Wie einer von die siehsse nich aus.«

»Pérez. Marius Pérez. Erkennst du mich nicht, Willi?«

Der Platzwart musterte ihn eine Weile skeptisch. Dann legte sich über das müde aussehende Gesicht ein Lächeln, das sein ganzes Gesicht in Falten warf. »Dat gibbet nich. Der Stöpsel Marius is Bulle geworden. Wat macht dein Alter? War einer vonne ganz großen Talente. Hatte nur kein Bock auf den ganzen Vereinsquatsch. Is in Pütt gegangen. Malocht der noch imma wie 'n Bekloppter?«

»Keine Ahnung. Ich habe ihn seit einigen Jahren nicht mehr gesehen.«

Willi Kruschinski trat ungeniert einen Schritt auf Marius zu. Auf den Zehenspitzen stehend reichte seine Nase fast an die seines Gegenübers heran. Abgestoßen von dem Geruch – eine Mischung aus tagelang getragener Kleidung und schalem Bier – trat Marius einen Schritt zurück. Er unterdrückte seinen ersten Impuls, sich die Nase zuzuhalten, um den Mann nicht zu brüskieren. Stattdessen lief er ein paar Schritte über den Parkplatz, wobei er die kühle Luft durch seine Nase sog.

Kruschinski heftete sich an Marius' Fersen. »Sach ma, und deine Mudda, die is doch aus Spanien?«

Marius blieb stehen und nickte. »Ich führe die Ermittlungen im Mordfall Glückauf-Kampfbahn.« Nicht vernehmungsfähig, stand im Bericht. Das sah er anders. Marius war froh, dass ihre Bekanntschaft anscheinend Willis Zunge löste. »Dann hast du in der Nacht die Leiche gefunden?«

»Leiche? Da kann ich dich wat sagen. Dat war der Val, hab ich gleich gewusst.«

»Was hatte er nachts auf dem Platz zu suchen?«

»Mit die Christina schmusen.«

Das bezweifelte Marius. Sollte zwischen den beiden tatsächlich eine Verbindung bestehen, hätte es in der Umgebung genügend ruhige Plätze für ein ungestörtes Treffen gegeben. »Christina? Ich habe gehört, dass er auf einen Anruf gewartet hat.«

»Ach, geh weg! Mit den Telefon hasse recht. Hat voll wie blöd rumgeschrien.«

»Habt ihr euch draußen unterhalten?«

Willi winkte heftig ab. »Ach was!«

Marius' Blick wanderte am Zaun entlang. Er fragte sich, wie Valentin Bergmann auf den Platz gekommen war. »Hast du ihm eigentlich deinen Schlüssel von der Glückauf-Kampfbahn geliehen?«

»Nee, dat gibbet nich, dat ich meine Schlüssel abgeb. Wo denksse hin?«

Marius sah, wie sich die Tür der Kneipe öffnete und Melanie herauskam. »Und wie sind er und der Täter dann auf das Gelände gekommen?«

Willi sah aus, als verstünde er nicht, warum der Kommissar nicht selber auf die Lösung kam. »Halt genauso wie die Bengel von Teutonia Schalke. Nehmen einfach den Zugang neben dem Vereinsheim. Wennsse kein Schlüssel beihass, gehsse über dat Gitter an Vereinsheim.« Willi schaute Melanie bewundernd an. »Deine Perle?«

Melanie tat empört und stellte sich mit in die Hüften gestützten Händen vor Willi. »Der da? Dass ich nicht lache!«

»Die is goldrichtig, sach ich dich!« Willi strahlte über das ganze Gesicht.

Marius ging nicht darauf ein. »Eine Frage noch: Wie kommen wir zum Seiteneingang?«

»Wennsse die Kurt-Schumacher-Straße fährst, nächste rechts, fährsse quasi drauf zu. Da kannsse deine Karre parken, aber nich zu lange, sonst hasse zwei.« Widerwillig übergab Willi Marius den Schlüssel.

»Dank dir. Nachdem wir den Tatort besichtigt haben, bringen wir ihn dir wieder.«

Marius verabschiedete sich kurz und schwang sich mit Melanie auf die Harley.

»Dann besichtigen wir jetzt den Tatort.«

Willi stellte sich vor die Maschine und stützte sich auf den Lenker. »Wenne noch Fragen hast, melde dich. Meistens bin ich inne Kneipe. Ansonsten findsse mich zu Hause gleich hier umme Ecke.« Er zeigte auf ein Fenster mit braunen Vorhängen, ein Relikt aus dem letzten Jahrhundert.

Abschließend notierte sich Marius die Kontaktdaten. Hinter seinen Schläfen breitete sich ein Pochen aus, das von Minute zu Minute anschwoll. Sein Kater vom vorabendlichen Gelage meldete sich wieder. Sie verabschiedeten sich von dem Platzwart, stiegen auf die Harley und düsten Richtung Nebeneingang. Während der Fahrt versuchte sich Marius den Aufbau des Geländes in Erinnerung zu rufen, doch sein letzter Besuch hier war bereits zu lange her. Er beschloss, morgen im Büro einen Grundriss erstellen zu lassen.

Blutrausch – Find dark blood upon my steel

Samstag, 28. Februar, 16.00 Uhr

Das schmale Eingangstor zeigte nichts von dem Glanz, den die Veltins-Arena, das heutige Stadion des FC Schalke 04, verbreitete. Zu den Zeiten, als in diesem Stadion die erste Mannschaft des Vereins gespielt hatte, und das war immerhin über vierzig Jahre her, waren die Spieler noch mit Mofas zum Training gefahren. Dass ein paar Jahrzehnte später Jungstars im Alter von gerade mal achtzehn Jahren eine Karre vom Wert eines kleinen Einfamilienhauses auf dem Vereinsparkplatz abstellten, hätte damals niemand für möglich gehalten.

Auch wenn er Willis Warnungen für das Geschwätz eines gebrochenen Mannes hielt, schaute sich Marius die Gegend an, bevor er seine Harley auf dem Parkplatz abstellte. Er hatte schon schlimmere Gegenden gesehen. Das bisschen Gespraye auf den Mauern hatte nichts mit Aggressivität, sondern eher mit Imponiergehabe einiger Jugendlicher zu tun.

»Puh, an den Helm gewöhne ich mich nicht so schnell.« Melanie schüttelte ihre Haare. »Guck mal, das könnte der Zaun sein, von dem Willi gesprochen hat.« Die Begrenzung des Grundstücks, die neben dem Eingangstor begann, reichte Melanie bis zur Schulter. Davor standen stählerne Müllbehälter. »Hier hochzukommen ist für die Jungs bestimmt kein Problem.«

Marius taxierte die Höhe. »Das dürftest sogar du schaffen«, spottete er. Mit einem Satz wuchtete er sich auf den Kasten hoch. »Nur an dieser Stelle kommt man ohne große Anstrengungen auf das Gelände der Glückauf-Kampfbahn. Mal sehen, was die Spusi sagt. Vielleicht hat jemand seine Fingerabdrücke hinterlassen.« Er sprang wieder runter.

»Hat sich dein Gespräch mit Kruschinski gelohnt?«, fragte Melanie.

»Nicht wirklich.« Er kroch unter dem Absperrband durch und probierte einige der Schlüssel, die an einem blank polierten

Eisenring befestigt waren. Nach dem dritten Versuch öffnete sich die schmale Seitentür. »Immerhin plauderte er eine Vermutung aus. Er meinte, Christina und Val hätten die Gelegenheit genutzt, um draußen rumzuknutschen.«

Melanie lachte. »An Phantasie mangelt es dem Alten nicht. Obwohl er damit vermutlich gar nicht so falsch liegt.«

Sie liefen über die mit getrocknetem Gras überwucherten Steine auf den Spielertunnel zu.

»Ich habe drinnen mit der Wirtin Sonja Rausch gesprochen. Sie meinte, ihre Tochter hat in der letzten Zeit viel über Val gesprochen. Seine zurückhaltende Bewunderung hat ihr imponiert. Ihr Freund Julian Trotzek ist zwar auf der einen Seite gut erzogen, aber sobald er was gebechert hat, ist er nicht wiederzuerkennen.«

»Ihr Frauen steht auf die Tiefgründigen, stimmt's?«, feixte Marius.

»Das hättest du wohl gerne.« Melanie blieb stehen. »Ist es okay, wenn ich nicht mit zum Tatort gehe? Es … das alles ist so neu.«

Obwohl es ihn drängte, zum Ort des Geschehens zu kommen, wandte sich Marius seiner Kollegin zu. »Na klar. Heute Morgen wusstest du noch nichts von deinem Einsatz. Im Büro zu sitzen und Berichte über Todesfälle zu tippen, ist etwas anderes, als sich die Stelle anzusehen, wo ein Mord passiert ist.«

»Danke. Ich setz mich solange auf die Tribüne.«

»Okay. Bis gleich.«

Marius guckte sich um. Das gesamte Gelände war von einem hohen Zaun umgeben. In der Nacht war es hier dunkel und still. Wenn Val und sein Mörder nicht gestört worden waren, hatte es keinen Grund gegeben, das Gelände auf dem Hinweg über ein schwer überbrückbares Hindernis zu betreten. Waren die beiden hier verabredet gewesen? Die von mehreren beobachtete Nervosität des Leadsängers schien darauf hinzudeuten, dass er Angst gehabt hatte. Vor der Person, die ihn per Telefon kontaktiert hatte? Warum hatte er dann trotzdem einem Treffen zugestimmt? Und warum hier in dieser abgelegenen Ecke? Hätte er sich nicht denken können, dass es an diesem Platz Stress geben würde? Marius erinnerte sich, dass sich unter den sichergestellten Dingen kein Telefon befunden hatte.

Die kargen Bäume rund um das Feld verstärkten die düstere Atmosphäre des Nachmittags, an dem kein Sonnenstrahl die dichte Wolkendecke durchdrang. Die Luft schmeckte nach Schnee. Seit der Nacht waren die Temperaturen noch ein wenig gesunken. Von den vereinzelten Schneeflocken, die zur Zeit des Mordes auf den halb gefrorenen Boden gefallen waren, war nichts zu sehen.

Val Bergmann war in dem Spielertunnel gefunden worden. Marius schätzte, dass rund zweihundert Meter den Eingang von dem Fundort der Leiche trennten. Platzwart Willi Kruschinski hatte in seiner ersten Aussage bestätigt, mehrmals am Abend draußen vor der Vereinskneipe gewesen zu sein. Damit hatte er den Haupteingang ständig im Blick gehabt. Außerdem gab es von der Vorderseite keine Möglichkeit, ohne Schlüssel auf das Gelände zu gelangen. Für jemanden, der unerkannt hineinkommen wollte, bot sich der Seiteneingang an.

Der Spielertunnel wirkte von Weitem wie ein schwarzes Loch, ein Durchgang, zu beiden Seiten begrenzt durch einen begrünten Wall. Marius konnte sich nicht vorstellen, was an diesem steinernen Raum die Spieler motiviert haben könnte, ein außergewöhnliches Spiel abzuliefern. Wahrscheinlich brauchten sie damals keine derartige Motivation. Dabei zu sein, einer derjenigen zu sein, die in einer Bundesligamannschaft aufliefen, war Grund genug gewesen, alles zu geben.

Als er näher kam, offenbarte sich ihm das funktionale Bauwerk, das früher als Durchgang gedient hatte. Kein Vergleich mit dem als Bergwerk getarnten Spielertunnel der Veltins-Arena.

Die Kargheit und Kälte, die dieser Ort ausstrahlte, wirkten sich auf seine Stimmung aus.

Er inspizierte den Boden vor dem Betontunnel. Abdrücke von Schuhen entdeckte er nicht, dazu war der Grund aus grauen Steinen zu sehr von trockenen Blättern und vereinzelten Grashalmen übersät. An der Wand und auf dem Boden zeugten Blutflecken von dem Massaker. Angewidert registrierte er eine gewisse Symmetrie der Flecken. Es wirkte, als seien sie von dem Mörder angeordnet worden. An wen richtete sich diese Inszenierung? Was wollte er damit aussagen? Marius schauderte angesichts der Brutalität, mit der so eine Tat begangen worden war. Was für Qualen hatte der junge Mann, den Marius noch wenige Tage zuvor auf einem Konzert gesehen hatte, vor seinem Tod erlebt?

Auf einem der Fotos in der Akte waren das blutverschmierte Gitter, das den leicht abschüssigen Tunnel verschloss, und der ebenso mit Blutflecken übersäte Handlauf zu sehen. Die Analyse der Fingerabdrücke hatte ergeben, dass diese ausschließlich von Valentin Bergmann stammten.

Unter der Handleiste blitzte etwas Grünes, das kaum von dem Gras, das aus den Mauerspalten wuchs, zu unterscheiden war. Hatte die Spurensicherung in der Nacht etwas übersehen? Sorgsam bemüht, keine der blutdurchtränkten Flächen zu berühren, hockte Marius sich hin. Er zog ein Taschentuch aus seiner Jackentasche und hob den Gegenstand auf, um ihn in Augenschein zu nehmen. Enttäuscht stellte er fest, dass er ein Freundschaftsarmband zwischen den Fingern hielt. Seine Schwester hatte ihm vor Jahren gezeigt, wie man die Bänder herstellte. Dieses Exemplar in verschiedenen Grüntönen war doppelt verknüpft. Einzelne Wollfäden hingen zerschlissen an der Seite herunter, das Material war verfilzt und die Farbe stark ausgeblichen. Hier liefen oft Mädchen herum, die ihren Freunden beim Fußballtraining zuschauten. Bei einer zerbrochenen Freundschaft landete das Band schnell im Straßengraben. Trotzdem packte er seinen Fund in einen durchsichtigen Beweismittelbeutel, um ihn untersuchen zu lassen.

Er hatte genug gesehen. Seine düsteren Eindrücke vom Tatort mischten sich auf ungute Weise mit den Fotos aus der Akte. Zusammen zeichneten sie ein Bild des Grauens, von dem ihm der Kopf schmerzte. Dagegen musste er etwas tun, er brauchte wieder einen klaren Kopf. Also setzte er die Kopfhörer seines Smartphones auf und schaute auf seine Playlist. Er wählte »To the Mountains« und stellte die Lautstärke auf ein gerade noch erträgliches Maß. Der schnelle Takt des Liedes peitschte ihn auf.

Mit dem melodischen Lärm in den Ohren kletterte er auf den niedrigen Wall, um sich einen Überblick über das Gelände zu verschaffen. Vor ihm lag der von roter Asche umrandete Kunstrasenplatz. Hohe Zäune und Mauern begrenzten das Areal zu allen Seiten. Hatte der Täter auf seiner Flucht denselben Weg genommen?

Der Platzwart hatte kurz nach der Tat eine Dose Bier gefunden, an der die rote Asche des Platzes klebte. Den Fund hatte er heute Morgen der Polizei gemeldet. Vielleicht gelang es Marius, die Stelle ausfindig zu machen, an der der Täter die Dose auf die Asche gestellt hatte. Auf dem Rund der Bahn angekommen, verfiel er in einen lockeren Laufschritt, die Augen auf die durch Randsteine abgegrenzte Aschebahn fixiert.

»*We will join this ride, there and back again*«, ertönte die klare Stimme der zweiten Leadsängerin Inga Scharf fordernd.

Je länger er auf den Boden starrte, desto mehr verschwammen die einzelnen Steinchen zu einem schmutzig roten Brei. Vor ein paar Tagen hatten hier noch Fußballer ihre Runden gedreht. Dunkle, mit der Erde des schwarzen Untergrunds vermischte Stellen zeugten von schnellen Sprints. Wie sollte er da einen runden Abdruck finden? Stur lief er weiter, hoffend auf den einen Hinweis, der seine Eindrücke zu einem Gesamtbild verbinden würde. Warum und von welcher Stelle aus hatte der Mörder die Dose über den Zaun geworfen?

Marius schaute auf. Vor ihm stand ein junger Mann in Trainingssachen. Seine Sporttasche trug er lässig über dem Rücken. Er sah, wie sein Gegenüber den Mund bewegte, und nahm seine Kopfhörer aus dem Ohr. »Hallo!«, grüßte er zurück. »Du trainierst noch so spät?«

Der junge Mann spuckte seinen Kaugummi auf den Boden. »Wenn man etwas erreichen will, gibt es keinen Feierabend.«

Marius zückte seine Dienstmarke. »Du weißt, dass das Trainingsgelände gesperrt ist?« Er musterte den ungefähr Zwanzigjährigen. Seine Gesichtshaut war leicht gerötet, blonde Strähnen klebten an seiner Stirn, als hätte er gerade eine Joggingrunde hinter sich.

Der junge Mann grinste breit. »Klar habe ich die Absperrbänder gesehen. Aber die Tür war nur angelehnt, und ich habe mein Aufwärmtrikot und eine Hose in der Kabine vergessen. Blöde Sache. Das gibt wieder fünf Euro für die Mannschaftskasse.«

»Dann sieh zu, dass du deine Schusseligkeit in den Griff bekommst. Die Spieler der Herrenmannschaft kommen nicht mit einem Fünfer davon«, feixte Marius. »Ich habe zwar den Schlüssel bei, aber deine Sachen kann ich dir nicht herausgeben. Die gehören der Spurensicherung.«

»Könnten Sie die Kleidung bei meinem Trainer Andreas Wohlstädter abgeben?«

»Du spielst für Teutonia?«

Der junge Mann nickte zustimmend.

»Kann noch eine Weile dauern.«

Von der Tribüne aus kam Melanie im Eilschritt angejoggt. Unterwegs wies sie stumm auf ihr Handy.

»Kanntest du Val Bergmann? Er müsste in deinem Alter gewesen sein«, fragte Marius.

»Val? Wer kennt den nicht. Eine Schande! Ich bin zwar kein ausgesprochener Metal-Fan, aber hier in Gelsenkirchen ist der Kult.« Er schaute ungeduldig auf seine Armbanduhr.

Marius konnte sein Gegenüber noch nicht einschätzen. »Dann hast du ihn bestimmt bei einigen seiner Auftritte in der Fankneipe erlebt.«

»Ehrlich gesagt ist der übertriebene Fankult und damit verbundene Alkoholkonsum nichts für mich. Ich konzentriere mich auf das Training.«

»Verrätst du mir deinen Namen?«

»Klar. Christian Peters, wohnhaft Zum Bauverein 151 in Horst.«

»Okay, danke.« Er schrieb sich die Adresse auf und ließ sich noch die Telefonnummer geben. »Verwandt mit Peter Peters, dem Geschäftsführer von Schalke?«

Christian Peters lachte laut. »Nein, aber das nehmen viele an. Ich glaube, dann würde ich nicht hier spielen.«

»Dann warst du gestern auch nicht in der Kneipe zum Vorglühen.«

»Nein, auf keinen Fall. Gucken Sie sich die Typen dort doch

an. Nicht meine Welt. Gestern Abend war Kofferpacken angesagt. Ich fliege für eine Woche mit meinen Eltern in den Urlaub … in genau vier Stunden.« Dezent tippte er mit seinem Finger auf die Uhr.

»Dann sieh mal zu, dass du vom Platz kommst.«

»Tschüss.« Der junge Mann hob die Hand, drehte sich um und ging.

»Was wollte der denn hier?« Eine Windbö fegte über den Platz. Melanie zog ihren Rollkragen über ihr Kinn.

»Er ist Spieler von Teutonia. Hat seine Trainingssachen in der Kabine vergessen.«

»Der?« Melanie schüttelte ihren Kopf. »Niemals. Der ist doch eher der pedantische Typ, der andere darauf aufmerksam macht, dass sie etwas liegen gelassen haben.«

Marius war genervt. »Lass uns einfach nachsehen. Wir müssen die Sachen sowieso dem Labor übergeben.« Er bückte sich, um den Kaugummi aufzuheben und einzutüten. Bevor Melanie wieder anfing, von ihrer guten Menschenkenntnis zu erzählen, gab er ihr den Auftrag, im Büro alle Personalien zu kontrollieren.

Tatsächlich hingen in einer der Umkleiden ein Aufwärmtrikot und eine lange Trainingshose. Marius packte die Kleidung ein und schaute auf die Uhr. »Lass uns noch zusammen eine Runde drehen. Ich suche den Abdruck der Dose, die Kruschinski gefunden hat.«

Die einsetzende Dämmerung verwischte die Konturen, seine Augen konnten kaum Unterschiede auf dem Platz wahrnehmen. Nach einer dreiviertel Runde waren sie fast wieder am Ausgangspunkt angelangt. Verschwendete Zeit. Sie beschlossen, über den Wall zurück zum Eingang zu gehen.

»Ganz wohl ist mir an diesem Ort nicht«, meinte Melanie, als Marius das Tor verschloss. »Dabei ist es jetzt noch nicht mal dunkel. Ehrlich gesagt kann ich mir nicht vorstellen, warum Val mitten in der Nacht hier freiwillig hergekommen sein sollte.«

»Entweder hat er die Person, die er treffen wollte, gekannt und ihr grundsätzlich vertraut, oder er wusste, was auf ihn zukommt.«

»Du meinst, er war auch lebensmüde und hatte keine Angst vor dem Tod?« Melanie ging in die Knie. »Warte, schließ noch mal auf! Da ist was im Gebüsch.«

Am Rand des Zauns, der das Gelände zum Teutonia-Vereinsheim begrenzte, lag eine Plastiktüte mit dem Logo eines Discounters im Gebüsch. Marius bückte sich, um den Fund aufzuheben. Er griff das Plastik, hob es an. Auf den ersten Anblick hatte es leer ausgesehen, doch beim Anheben spürte er einen leichten Widerstand. Er schlang die Tüte um sein Handgelenk und lief zurück zu Melanie, wo eine Straßenlaterne schummeriges Licht auf das Eisentor warf.

»Zeig, was ist da drin?«, meint Melanie ungeduldig. »Hast du die Tüte fotografiert?«

»Klar. Was müsst ihr Frauen immer so neugierig sein?«, grinste er verschmitzt.

Er entrollte die zusammengedrehte Tüte und öffnete seine Faust, um den zweiten Henkel in seine rechte Hand zu nehmen. Eine schmierige Masse bedeckte seine Haut. Marius hielt die Hand unter das Licht der Laterne, die Handfläche war blutverschmiert. Unfähig, über das, was vor ihm lag, nachzudenken, öffnete er wie automatisch die Plastiktüte. Und blickte im nächsten Moment auf ein etwa zwanzig Zentimeter langes und acht Zentimeter breites Irgendwas. Ein Gemisch aus roter Asche, Gras und Schmutz, das die Oberfläche bedeckte, erschwerte die Identifizierung. Marius' Atmung wurde flacher, die langjährige Erfahrung eines Kriminalbeamten sagte ihm, dass Vorsicht geboten war.

»Geh bitte zur Seite, Melanie. Es reicht, wenn sich einer von uns den Anblick antut.« Schnell fischte er seine Einmalhandschuhe aus der Lederjacke. Mit behandschuhten Fingern griff er in die Tüte, darauf bedacht, nicht mit der Jacke das Innere zu berühren und eventuelle Spuren zu verwischen. Sorgsam legte er es auf seinen Handteller. Als Marius erkannte, was er auf der Hand trug, verspürte er einen Brechreiz, der ihm die Kehle zuschnürte. Umwickelt von schwarzen Stofffetzen, lag dort das Stück Haut, das der Mörder von Valentins Arm abgetrennt hatte. Deutlich erkannte er ein buntes Tattoo aus mehreren

Bildmotiven, ergänzt durch einen Schriftzug. Er kniff die Augen zusammen und versuchte die Worte zu entziffern, was ihm nicht gelang. Bei einem weiteren Blick in die Tüte sah er ein verschmiertes, altes Handy. Und daneben Valentin Bergmanns Herz.

Der Tag hatte nicht gut begonnen. Jetzt war das Maß voll. Melanie hatte natürlich doch einen Blick riskiert und stand jetzt kotzend in der Ecke, während er noch immer ein Stück Haut mit Geweberesten auf der Hand trug. Am liebsten hätte er das Teil so weit wie möglich weggeworfen. Stattdessen packte er es wieder in die Tüte und legte es in einen der Seitenkoffer seines Motorrads. In Ermangelung einer Waschgelegenheit tauchte er seine Hände in eine Bodenpfütze, doch das Gefühl von Tod und Blut ließ sich nicht abwaschen.

»Melanie.« Behutsam legte er den Arm um ihre Schulter. »Geht's wieder?«

Melanie hockte sich auf den Boden, die Arme gegen den Kopf gestützt. Mit offenem Mund saugte sie die frische Luft ein.

»Hier, trink einen Schluck!«

Beim Aufrichten rieb sich Melanie über die Augen. Auf ihrer Wange bildeten sich schwarze Flecken ihrer Wimperntusche.

»Wir müssen unsere Funde direkt zur Gerichtsmedizin bringen. Außerdem soll die IT-Forensik eine V-Daten-Abfrage starten. Ich denke, die Verbindungsdaten der letzten vier Wochen sollten genügen. Bestimmt sind inzwischen auch die Untersuchungsergebnisse da.« Marius schüttete den Rest Wasser aus der kleinen Flasche über ein Papiertaschentuch und wischte Melanies Gesicht sauber. »Willst du mit, oder soll ich dich am Präsidium absetzen?«

»Ehrlich gesagt will ich nur noch nach Hause. Es reicht für heute.« Sie nahm ihm das Tuch ab und wischte sich über den Mund. »Die Rechtsmedizin hat vorhin schon angerufen. Die haben für morgen früh um zehn die Besprechung angesetzt.«

»Wenn ich mich beeile, können sie dann zu unseren heutigen Funden auch schon was sagen.«

»Das wäre wenigstens ein erster Erfolg.« Melanie zögerte. »Der Chef hat nämlich ebenfalls angerufen. Er hat entdeckt, dass wir mit der Harley unterwegs sind. Puh, da war richtig die Hölle los. Du kannst dir nicht vorstellen, was der rumgeschrien hat. Er wollte wissen, ob wir die Vorschriften bewusst missachten oder sie einfach nicht kennen. Und wann du endlich ein Team zusammenstellst.«

»Ja, ja. Und sagtest du nicht, dass eine Pressekonferenz anberaumt wurde? Da habe ich jetzt überhaupt keinen Kopf für.«

»Hast du genug Material, was du den Journalisten anbieten kannst?«

»Bis Dienstag bestimmt.«

Nicht nur körperlich erschöpft, stiegen sie auf das Motorrad. Marius setzte seine Kollegin nur kurz vor ihrer Haustür ab, dann machte er sich auf den Weg zum Institut für Rechtsmedizin in Essen.

Überleben – Our hearts are filled with the will to survive

Sonntag, 01. März, 7.00 Uhr

Würde Oberkommissar Marius Pérez vor die Wahl gestellt, auf eine Beerdigung oder eine Hochzeit zu gehen, würde er sich für die Beerdigung entscheiden. Wenn jemand zu Grabe getragen wurde, zeigten die meisten Menschen ihr wahres Gesicht. Das hatte er oft beobachtet. Trauer bricht die äußere Schale, den Panzer, den sie sich im Laufe des Lebens zugelegt haben. In diesem Moment des Schmerzes ist der Mensch er selbst.

Manchmal kam sich Marius wie ein Exot vor. Nicht, dass er grundsätzlich etwas an Hochzeiten auszusetzen hatte. Im Gegenteil, noch vor fünf Jahren hatte er selbst vor dem Altar gestanden. Nur um von seiner großen Liebe Sina ins Ohr geflüstert zu bekommen, dass sie sich den gemeinsamen Schritt beim besten Willen nicht zutraue. Darauf hatte sie sich umgedreht und ihn mit dem Pfarrer und den beiden Trauzeugen verdutzt in der Sieben-Schmerzen-Kapelle zurückgelassen. Wie passend!

Seitdem mied er derlei Feierlichkeiten. Angesichts der Ehen, die in seinem Umfeld zu Bruch gingen, bezweifelte er, dass es Liebende gab, die sich tatsächlich ein Leben lang auf einen anderen Menschen einließen.

Die Morgensonne beleuchtete die Zipfel der Baumreihen, die zwischen seinem Cottage und der B 224 standen. Die vereinzelten Geräusche vorbeifahrender Fahrzeuge nahm er kaum noch wahr. Allerdings hielt sich der Verkehr an einem Sonntagmorgen um halb acht auch in Grenzen.

Er drosch mit enormer Intensität auf den Boxsack ein. Die Scharniere der Metallaufhängung quietschten. Ein wenig gaben die Bretter der Terrassenabdeckung nach. Höchste Zeit, dass er die Abdeckung erneuerte, bei einem baufälligen Haus wie seinem fielen ständig Reparaturarbeiten an. Marius schnaufte. Rechts – rechts – links. Tänzelnd wich er dem Sack aus. Seit ihm in der letzten Woche während der Befüllung des Sportgeräts aufgefallen war, dass er zu wenig Sand eingekauft hatte, stimmte das Gegengewicht nicht mehr. Er dachte an die Aufgaben, die er eigentlich im Urlaub hatte erledigen wollen, und ließ eine Folge kurzer Schläge auf das rote Leder einprasseln. Beim letzten Schlag stieß der Boxsack gegen die Terrassenlampe, die darauf krachend auf dem Boden zersplitterte. So eine Wut hatte er schon lange nicht mehr verspürt. Müde ließ er sich auf die Hollywoodschaukel fallen, versuchte, an nichts zu denken, und streifte die Boxhandschuhe von seinen Händen.

Diese Stunden im Winter, in denen er nur mit einer Boxershorts bekleidet seinem Training nachging, bedeuteten Lebensqualität. Niemand verirrte sich zu dem abgelegenen Haus im Stadtteil Bülse. Der einzige regelmäßige Gast war der Briefträger. Jetzt aber konnte er trotzdem nicht abschalten, also stand er auf.

Nach einer erfrischenden Dusche unter freiem Himmel ging er ins Haus und trocknete sich ab. Sosehr er sich einseifte und die Haut mit dem Handtuch bearbeitete, haftete noch immer der Geruch des Blutes an seinem Körper. Jedenfalls bekam er den Geruch nicht mehr aus der Nase, seit er am Vorabend die Tüte mit dem herausgetrennten Herz und der Haut gefunden hatte

Kurz nach acht, Zeit für die Nachrichten. Marius schaltete das Radio ein.

»… gingen nach dem klaren Heimsieg im Dortmunder Signal Iduna Park die Fans der beiden Reviervereine aufeinander los. Ausschlaggebend dürfte nicht nur das seelenlose Spiel der Schalker gewesen sein. Auch eine Drohung im Vorfeld der Begegnung, in deren Folge der Metal-Sänger Val Bergmann getötet wurde, erhitzte die Gemüter. Noch steht die Polizei vor einem Rätsel. Experten vermuten, dass die Übergriffe der verfeindeten Fangruppierungen in der nächsten Zeit zunehmen werden …«

Wütend drehte Marius der Nachrichtensprecherin den Saft ab. Statt durch eine sachliche Berichterstattung zur Deeskalation beizutragen oder gar die Polizei bei ihrer Arbeit zu unterstützen, ließen nicht mal die öffentlich-rechtlichen Sender eine Gelegenheit verstreichen, mit Spekulationen und Halbwahrheiten ein Thema auch noch aufzubauschen. Er fragte sich, wohin diese Hetze noch führen würde.

Nachdem er sich beruhigt hatte, nahm er die Akten »Glückauf-Kampfbahn« zur Hand. Doch er schaffte es nicht, sich auf die Fakten zu konzentrieren, immer wieder schweiften seine Gedanken ab. Was wurde von ihm erwartet? Marius' Bereitschaft, Verantwortung in dieser Größenordnung zu übernehmen, hielt sich in Grenzen.

Aus dem Körbchen neben der Küchentür machte sich sein einohriger Kater Dragón bemerkbar. Müde gähnend reckte er seinen Kopf vor und beschloss offenbar, vorerst genug von seiner Umgebung gesehen zu haben.

Marius klappte die Akte zu und stand auf. »Du wirst doch nicht schon wieder schlafen wollen? Wirst langsam alt.« Lächelnd hockte er sich vor den Kratzbaum, in dessen Mitte sich der Korb befand, und kraulte das seidige Fell. Sollte er den Briefumschlag öffnen, der noch immer auf der Anrichte in der Küche lag? Seine Nackenhaare stellten sich auf, wenn er an das Meeresblau des Umschlags dachte. Seine Phantasie setzte die Worte »Wir heiraten« auf der Vorderseite in eine böse Vorahnung um.

Seit einer Woche schob er das Öffnen des Briefes vor sich her. Sein Kopfkino schaltete sich ein, zeigte einen Film einer lachenden Gesellschaft auf einer Hochseeyacht. Nein, so einfach würde er nicht davonkommen. Obwohl bereits diese Vorstellung jenseits aller Feiern war, auf denen er sich wohlfühlen würde.

Marius überlegte, das Kuvert erneut zur Seite zu legen, um sich der Van-Canto-Playlist zu widmen, die sein Freund Finn ihm zusammengestellt hatte. Seine persönliche Mischung der stärksten Titel der A-cappella-Metal-Band würde ihm helfen, die weichgespülten Zeilen einer Hochzeitseinladung zu ertragen. Er legte die CD ein und drehte den Regler der Anlage hoch, bis die Boxen unter der Stimme des Leadsängers Philip Dennis Schunke, genannt Sly, erzitterten. *»The whole world against you …«* Mit einem spöttischen Lächeln öffnete er den Umschlag.

»… *Imagine getting stronger instead of feeling weak inside*«, stimmte er in den Gesang des Frontmanns der Band ein, als er die Karte herausholte. Ein Duft, der an Kokospalmen, weiße Strände und gebräunte Körper erinnerte, umwehte seine Nase. Schlimmer konnte es nicht werden. Einige Sandkörner lösten sich und rieselten auf sein Bandshirt, das vor ihm zusammengeknüllt auf dem Laminat lag. Unwirsch schüttelte er das Oberteil aus.

In der Hosentasche vibrierte das Handy, eine Unterbrechung, die ihm entgegenkam.

»Ja?«, schrie er gegen die letzten Töne des Liedes an.

»Hi, mein Lieber. Von dir hört man ja gar nichts mehr«, tönte Sinas helle Stimme aus dem Mobilgerät. »Und – was sagst du?«

Mit einem Griff stoppte er die Musik. »Was sage ich wozu?« Sein Blick fiel auf die Karte. Schlechtes Timing.

»Na, was wohl? Unsere Hochzeit.« Sina machte eine kleine Pause. »Du hast die Einladung nicht gelesen, oder?«

»'tschuldigung, hab sie gerade in der Hand. Ich ruf dich gleich an, okay?« Er wartete nicht ab, was Sina sagte, sondern beendete das Gespräch.

Nein, nicht sie! Seine beste Freundin seit der Oberstufe gab ihrem Partner Sebastian das Jawort. Er erinnerte sich an die endlosen Diskussionen, in denen sie ihm erklärt hatte, dass Sebastian ihr die Unverbindlichkeit bot, die ihrer Beziehungsangst entgegenkam. Er würde sie nicht erdrücken, wie Marius es vor Jahren getan hatte. Er liebe sie einfach. Wie sehr hatte Marius ihre Worte gehasst. Und nun wurde aus der oberflächlichen Beziehung eine Heirat. Die Ehe, die Sina ihm verwehrt hatte.

Schnell überflog er die Zeilen. *Musik! Ich ertrage diese Situation nicht ohne Musik*, schoss es ihm durch den Kopf. Mit einer Hand beförderte er die CD aus dem Player, öffnete das Earbook, das auf der Anrichte lag, und legte das gerade erschienene Album ein. Bevor sein Blick über die Buchstaben huschte, stellte er die Lautstärke auf ein annehmbares Maß.

»Ja, wir trauen uns«, las er und spürte, wie etwas in ihm dichtmachte, sich abschirmte gegen den Anschlag auf seine meist so erfolgreich kontrollierten Gefühle. »Passend zum Beginn unserer im Schwimmbad aufgekeimten Liebe laden wir Euch zu unserer Hochzeit ein, die von vornherein ins Wasser fällt. Die Zeremonie findet am 5. März um 10 Uhr zwischen versunkenen Schiffsschrauben und leeren Fässern im TauchRevier Gasometer Duisburg statt. Wir treffen uns zur Generalprobe am 4. März, gleiche Zeit. Bringt bitte Badesachen mit. Abends steigt eine Party auf Eddis Yacht. Lasst Euch überraschen! Wir freuen uns auf Euch! Sina und Sebastian«.

Ohne zu zögern rief Marius zurück. »Sina? Das ist ja schon nächste Woche. Ich stecke mitten in einem Fall …«

»Du nimmst noch immer deine Arbeit als Ausrede, um dich nicht mit mir zu treffen, stimmt's?«, erwiderte seine Ex in erstaunlich sanftem Ton.

Er konnte es einfach nicht ertragen, sie mit einem anderen Mann zu sehen. Verstand sie das nicht?

»Natürlich seid ihr zwei nicht die besten Freunde, aber ich liebe Sebastian. Und …«, sie zögerte, »… und ich liebe dich – auf eine besondere Art. Du bist mir noch immer sehr wichtig. Deshalb möchte ich, dass du kommst.«

Verdammt, konnte sie nicht sagen: »Ich liebe dich nicht, aber der Sex mit dir ist bombastisch?«, feixte er im Stillen. Ahnst du denn gar nicht, was du mir bedeutest, Lady? Er zog es vor, ihr seine Gedanken vorzuenthalten. Es würde nichts ändern. Stattdessen sagte er: »Mach es mir bitte nicht noch schwerer.«

Er hörte, wie sie tief einatmete. »Bitte!«, war alles, was sie erwiderte.

Während sie beide schwiegen, drang die Musik wieder an seine Ohren. Die rauchige Stimme Slys verdeutlichte ihm, wie wenig er seit der Trennung an der Welt seiner ehemaligen Schulfreunde teilgenommen hatte. Es passte einfach nicht mehr. Bei ihren Treffen jedes Mal mit Sebastian zusammenzustoßen, darauf hatte er keinen Nerv.

Der Bruch hatte mit Sinas Entscheidung vor fünf Jahren begonnen, die sie so spektakulär in der Kirche verkündet hatte. Noch immer hatte er ihre Worte im Ohr: »Ich kann das nicht. Du willst zu viel. Ich liebe dich, aber ich krieg keine Luft neben dir und deinen Erwartungen.« Und am nächsten Tag dann ihre klägliche Erklärung: »Ich will dich nicht als Freund verlieren,

Marius, darum musste ich unsere Beziehung an Ort und Stelle beenden.«

Wahrscheinlich hatte sie trotzdem das Richtige getan. Wären sie beide zusammengeblieben, auch noch als Ehepaar, hätten sie sich womöglich gegenseitig zerfleischt. Und doch blieben ihre gemeinsamen zwei Jahre voller Lust und Tränen die intensivsten seines Lebens.

Sicher, Sebastian wirkte auf den ersten Blick charmant, er arbeitete erfolgreich als Teamleiter in einem Busunternehmen. Vor allem kannte er sich mit den Gepflogenheiten der sogenannten oberen Gesellschaft, in der Sinas Eltern verkehrten, aus. Aber auch wenn er noch so viele Eigenschaften hatte, die ihn zum perfekten Ehemann machten, Marius zeigte keinerlei Verständnis für Sinas Wahl.

»Wenn es dir so viel bedeutet, komme ich.« Diese Worte kosteten sehr viel Überwindung.

Er hörte noch ihr geflüstertes »Danke«, bevor er das Gespräch wortlos beendete.

»Our hearts are filled with the will to survive.« Aus den Lautsprechern drang das Lied über die letzte Nacht der Könige. Sina hatte mitgesungen bei der Version, die Van Canto mit einem Chor von zweihundert Fans aufgenommen hatte. Die Band hatte sich entschieden, neben der üblichen CD noch ein Earbook von »Dawn of the Brave« auf den Markt zu bringen. Die Kombination aus Musik und themenbezogenem Buch im CD-Format, in dem alle Mitwirkenden auf einem Foto abgedruckt waren, hatte Sina ihm nach einem Konzert zum Geburtstag geschenkt. Als ob es nicht auch so schon schwer genug wäre. Seine Lieblingsband war seitdem unweigerlich mit seiner großen Liebe verbunden.

Er musste noch einmal mit Sina sprechen. Das Handy in der Rechten, tippte er mit dem Daumen ihre Nummer ein. Zwar hatte er alle Kontakte ins Handy eingegeben, doch auf Gespeichertes zurückzugreifen, lag ihm nicht. Sich die Nummern zu merken, war für ihn eine Übung. Hirntraining.

Auf dem Display erschien Sinas Bild. Durch die schwarze Lederjacke wirkten ihre roten Haare wie ein Feuerball, heiß und gefährlich. Der Blick aus den dunkel umrandeten Augen erinnerte ihn an die Nacht, in der das Foto entstanden war. Silvester vor einem Jahr, ihre letzte gemeinsame Nacht. Er beschloss, es beizeiten zu löschen. Seine Augen klebten an ihren, die ihn einluden, sie zu küssen.

»Hey, Sina. Ich bin's noch mal.«

»Hab ich gesehen. Was gibt's?« Er registrierte eine Mischung aus Ungeduld und Nervosität.

»Treffen wir uns vor der Zeremonie?« Beide wussten, was dieser Satz bedeutete. In dem Moment, in dem er die Worte ausgesprochen hatte, wusste er, dass er einen Fehler begangen hatte.

»Marius, unsere … gelegentlichen Abenteuer … sind seit über einem Jahr vorbei. Verdammt, ich heirate am Donnerstag. Wir alle sehen uns Mittwoch früh an der Tauchhalle, um den Ablauf zu besprechen. Da du inzwischen die Einladung gelesen hast, brauche ich dir die Uhrzeit nicht zu sagen. Das ist bestimmt nicht, was du wolltest, aber mehr kann ich dir nicht anbieten.« Dann legte sie auf.

Marius griff nach dem Earbook, das vor ihm auf dem Tisch lag. Hastig blätterte er an den Tourfotos von Wacken und den Porträts der Bandmitglieder vorbei, bis zu der Seite, von der ihm Sinas Foto entgegenschaute. Die schwarze Farbe des Papiers glänzte speckig. In seinem Inneren brodelte es. Ein heiserer Schrei drang tief aus seinem Innersten. Er packte das quadratische Buch mit beiden Händen, riss es entzwei und feuerte beide Teile gegen die Anrichte. Das Glas der Vitrine brach. Tausende kleine Scherben bedeckten den Küchenboden. Drei silberne Scheiben rollten über den Boden.

Dunkelheit – We cross the gates of darkness

Sonntag, 1. März, 8.30 Uhr

Marius hätte nie gedacht, dass er die Bearbeitung eines der widerwärtigsten Morde im Laufe seiner Dienstzeit in Gelsenkirchen einem Urlaub vorziehen würde. Unter normalen Umständen hätte er die freien Wochen genutzt, um sein in die Jahre kommendes Haus auszubessern. Wenn es die Zeit zugelassen hätte, wäre er mit seinem Motorrad nach Haro, der spanischen Heimatstadt seiner Mutter, gefahren, um sie zu besuchen. Zusammen mit ihrem ehemaligen Schulfreund betrieb sie dort eine Winzerei. Inmitten des entschleunigten Lebens am Fuße der Weinberge hätte er Zeit gefunden, um seine Beziehung zu Sina zu überdenken. Als er seinen ursprünglichen Plan gefasst hatte, wusste er noch nichts von ihren neuesten Plänen.

Jetzt, kurz vor Sinas Hochzeit, lenkte ihn die Konzentration auf die Arbeit ab. Sie ließ keine aufwühlenden Gefühle, keine Selbstzweifel zu.

Bevor Marius den Aktenordner aufschlug, durchkämmte er das CD-Regal. Sein Zeigefinger fuhr entlang der Titel seiner Musik-Sammlung. Ohne zu überlegen, fischte er die einzige Hülle heraus, in der das Inlet fehlte. Er nahm die silberne Scheibe heraus und betrachtete das Motiv.

Sina hatte der Anblick des von einem blutroten Scheinwerfer angestrahlten Skeletts fasziniert. Ihre Begeisterung für die aggressive Gestik des Gerippes, das mit einer Gitarre vor der Brust einem Bassisten nachempfunden war, passte gar nicht zu ihrem Status als Tochter reicher Eltern. Nur ihre engsten Freunde kannten ihre Liebe zur Metal-Musik und zu Dark Tattoos.

Sein Blick über das Label folgte einem Ritual, bei dem er die Außenwelt ausblendete. Er ergab sich der bizarren Schönheit der Gitarre, blickte auf die Saiten, den Korpus und die Wirbelsäule, die den Hals des Instruments bildete. Angekommen beim Kopf, aus dem zwei Hörner wie blutgetränkte Mahnmale wuchsen, fokussierte er sich mit jeder Faser auf den Mordfall.

Er legte die CD mit den zusammengestellten Musiktiteln in den Player. Das Stakkato des Black-Sabbath-Songs »Paranoid« durchteilte die Stille, verdrängte Geräusche der Straße und Vogelgezwitscher. Der Mix ausgesuchter Hardrock- und Metal-Songs tauchte die Umgebung in eine Aggressivität, die ihm die Bilder, die er gleich sehen würde, erträglicher machen würde.

Er setzte sich mit dem Aktenordner und seinem Tablet auf den Ohrensessel seines Opas. An der Sitzkante und den Armlehnen war der petrolgrüne Bezug derart zerschlissen, dass sich der Schaumstoff des Innenlebens nach außen drückte. Vor ein paar Minuten hatte der Posteingang seines Mail-Accounts den Eingang von Melanies Daten angezeigt. Schnell überflog er den Bericht über ihre aktuellen Funde. Wie erwartet lagen keine verwertbaren Spuren vor.

Er klappte den Ordner auf und blätterte die bisherigen Untersuchungsergebnisse der Forensik durch, ohne sich mit Einzelheiten zu befassen, die ihn in diesem Stadium hemmten. Ein Mord besaß eine eigene Komposition. Sichtbar war lediglich das Hauptthema. Um die Zwischentöne herauszufiltern, bedurfte es mehr als Daten, die vom Kern ablenkten und das Gefühl für den Fall unterdrückten.

Bevor er zu den Fotos kam, schloss er kurz die Augen. Er ahnte, was auf ihn zukam. Bilder von Mordopfern besaßen eine größere Grausamkeit, als es die Beschreibungen wiedergeben konnten. Marius atmete tief ein. Und sah, als er endlich hinschaute, das Erwartete. Valentin Bergmann, der auf dem Rücken auf der Erde abseits des Stadions lag, war regelrecht abgeschlachtet worden. Blut, wo immer er hinschaute. Es überflutete den gesamten Brustraum, verteilte sich von dort über den Oberkörper. Dort, wo sich das Herz hätte befinden müssen, klaffte ein großes Loch. Der Täter hatte seinem Opfer vermutlich mit einem Skalpell den Brustraum geöffnet und das Organ entnommen, das sie auf der Glückauf-Kampfbahn gefunden hatten. Das erklärte auch die enorme Menge an Blut. Die durchtrennten Rippen und das Brustbein standen bizarr vom Körper ab. Besaß dieses Herz für den Mörder einen besonderen Stellenwert? Schließlich hätte er es auch heraustrennen und danach liegen lassen können. Dass die Tüte mit den »Trophäen« absichtlich in die Büsche geworfen worden war, schloss Marius aus. Dazu hatte sich der Täter mit der Inszenierung zu viel Mühe gegeben. Jemand oder etwas hatte ihn gestört.

Beide Ärmel der schwarzen Motorradjacke hatte der Mörder bis zur Achselhöhle aufgeschnitten. Der rechte Arm zeigte über den Kopf des Toten, die Finger waren zur Faust geschlossen. Auf der Innenseite prangte ein großflächiges Tattoo: ein mexikanischer Totenschädel, aus dessen leeren Augenhöhlen Rosen wuchsen. Es reichte von der Ellenbeuge bis zum Handgelenk. Marius erschrak. Im letzten Jahr hatte ihm sein Tätowierer das Zeichen, mit dem traditionell der Verstorbenen gedacht wird, zum Andenken an seinen Vater gestochen. Seitdem zierte das Tattoo sein rechtes Schulterblatt. Welche Bedeutung mochte es für den Toten gehabt haben? Und für den Mörder?

Der andere Arm des jungen Mannes lag mit dem Handrücken zum Betrachter auf dem Untergrund des Spielertunnels. Die obere Hautschicht des linken Unterarms war an der Oberseite entfernt worden. Übrig war rotes Muskelfleisch geblieben. Er schaute genauer hin. Auch hier hatte der Mörder das Skalpell angesetzt. Um das Tattoo nicht zu zerstören? Der Umgang mit dem Werkzeug erforderte eine ruhige Hand und Übung. Das setzte eine sorgfältige Planung voraus. Er dachte an den gut erhaltenen Hautlappen auf seiner Hand. In seiner Kehle breitete sich ein unangenehmer Druck aus.

Insgesamt konnte man Valentin Bergmanns Zustand als verwahrlost bezeichnen. Anhand der Kleidung und einiger Accessoires erkannte Marius ihn als ein Mitglied der Metal-Szene. Ein Bandshirt lag in Streifen geschnitten über dem Oberkörper, Gruppenname und Tourdaten waren nicht mehr lesbar. Piercings durchstachen die Haut der Augenbraue, Lippe, Nasenwurzel und Nasenscheidewand. In beiden Ohren steckte ein schwarzer Flashtunnel mit Spinnennetz-Design, der beträchtliche Durchmesser zeugte von einem monatelangen Dehnen.

Das stumpfe, rabenschwarz gefärbte Haar des Toten umrahmte das Gesicht wie ein Bilderrahmen. Dadurch wirkte er sehr jung, sogar verletzlich.

Beim Blick auf die nächsten Fotos, die als Nahaufnahmen das Grauen der Tat einfingen, machte sich bei Marius endgültig die Frühstücksmilch seines Müslis bemerkbar. Aufnahmen jedes Körperteils und speziell der Wunden zeigten Auffälligkeiten, denen er vorher keine Beachtung geschenkt hatte. Er beschäftigte sich mit den Abbildungen der Arme. Es sah so aus, als sei die Tinte in der Armbeuge verschwommen, ein Indiz für das Stechen in zu tiefe Hautschichten. Er nahm die Lupe zur Hand, die auf dem Tisch vor ihm lag. Nein, das Foto zeigte kein schlecht gestochenes Tattoo. Bei den roten Punkten handelte es sich um Einstichlöcher eines Drogenabhängigen.

Marius fragte sich, wie viel der Ermordete von dem Prozedere mitbekommen hatte.

Auf einem Foto der Hände erkannte er Abdrücke, vermutlich die eines groben Seiles. Es gab keinerlei Striemen, wie man sie bei Personen sah, die versuchten, aus ihrer Gefangenschaft zu fliehen. Womit hatte der Täter sein Opfer derart eingeschüchtert, dass er nicht einmal einen Fluchtversuch gewagt hatte?

Auch die unteren Gliedmaßen hatte der Polizeifotograf einzeln abgelichtet. Betrachtete man die Beine getrennt von dem Oberkörper, schloss nichts auf ein Gemetzel. Schuhspitzen und Knie der zerschlissenen Jeans waren vom roten Staub des Platzes eingefärbt.

Marius blätterte um, und eine Großaufnahme des Gesichts – von der Spurensicherung von Schmutz, Blut und Haaren befreit – fesselte seine Aufmerksamkeit. Für einen Moment fühlte er sich wie vor den Kopf gestoßen. Diese Nahaufnahme der weit geöffneten, granitgrauen Augen holte ihn in die Wirklichkeit zurück. Schließlich hatte er das Mordopfer gekannt!

In der Szene war der Leadsänger der Metal-Band Steelheart nur Val gerufen worden. Marius hatte den Aufstieg des Musikers miterlebt. Erste semiprofessionelle Gigs in verräucherten Pubs der Region galten als Geheimtipp. Ein Live-Auftritt vor zwei Jahren in der Bochumer Disco »Matrix«, in der sich am

Wochenende regelmäßig alle Schwarzröcke versammelten, hatte nicht nur die Fans, sondern auch den Redakteur eines Metal-und-Rock-Magazins überzeugt. Fortan hatte die Band Unterstützung durch die laufende Berichterstattung erhalten, wodurch ihr Kultstatus wuchs. Im letzten Sommer hatte Marius zusammen mit Finn eine Vorab-Auskopplung ihrer aktuellen CD »Thicker than Blood« beim jährlichen Musikfest »Bochum Total« im »Bermudadreieck« miterlebt. Danach war es still um die Band geworden.

Val – erneut stand ein Ereignis auf der Glückauf-Kampfbahn eng mit seinem Leben in Verbindung. Obwohl ihre persönlichen Kontakte nicht von Belang gewesen waren, hatte ihn Val mit Songs berührt, die von Schmerz und Verlust erzählten. Songs, die er nicht zu jeder Zeit hören konnte, sondern denen er sich in speziellen Stunden widmete. Er schwor, den unsinnigen Tod des jungen Mannes aufzuklären.

»This is our mission so here we stand. We have the right to be ourselves again.« Die letzten Worte des Songs »The Mission« verhallten in Marius' Wohnzimmer. Es herrschte wieder Stille in seinem Haus. Durch die geöffnete Tür zur Küche sah er das Ergebnis seines Wutausbruchs. Der Raum sah noch immer so aus, als hätte jemand eine Glasbombe explodieren lassen.

Einem Impuls nachgebend stand Marius auf, warf die Akte auf den Boden und schmiss sich seine Lederjacke über. Hier zu Hause hielt er es nicht mehr aus. Dieses Nichtstun zerriss ihn innerlich, jeder Gedanke an die Tat, die an einen Ritualmord erinnerte, schmerzte. Alleine zu Hause hielt er es nicht mehr aus. Um direkt zum vereinbarten Termin bei der Gerichtsmedizin Essen zu fahren, war es jedoch noch zu früh. Telefonisch kündigte er sich bei Melanie an und machte sich auf den Weg.

Verletzte Gefühle

Sonntag, 1. März, 8.55 Uhr

Finn Loos schaute auf die Uhr. Gleich fing der Abenteuer-Tauchkurs an. Unruhig warf er einen Blick auf den Parkplatz des Landschaftsparks Duisburg-Nord, auf dem die Teilnehmer für gewöhnlich ihre Wagen parkten. Seltsam, dass um diese Uhrzeit noch immer keiner eingetroffen war. Normalerweise standen die Taucher mindestens eine halbe Stunde vor Beginn auf der Matte. Einige suchten ihre Ausrüstung zusammen, andere wollten ein paar Worte mit dem Besitzer des TauchRevier Gasometers wechseln.

Noch fünf Minuten bis zum Start des Kurses. Wo blieb Stefan? Gerade als er zum Hörer greifen wollte, um seinen Geschäftspartner anzurufen, wurde die Tür mit Schwung geöffnet, und Stefan Bremer trat ein. Seine kaffeebraunen Haare, die unter einer Strickmütze hervorlugten, klebten am Gesicht. Er blies seinen warmen Atem in die Hände, rieb sie aneinander und betrat den Büroraum der Tauchstation.

»Hi. Wo kommst du denn so spät her?«

»Hallo.« Stefan Bremer verzichtete darauf, seine Jacke auszuziehen. »Ich musste noch ein paar Telefonate führen.«

»Du weißt, dass in fünf Minuten dein Kurs stattfindet?« Finn verschränkte die Arme. Sein Körper schüttete Stresshormone aus.

»Ich habe den Teilnehmern abgesagt. Nicht nur für heute, sondern alle Übungseinheiten.« Stefan kramte in seiner Tasche und steckte sich eine Zigarette an.

»Sag mal, spinnst du? Das Letzte, was wir gebrauchen können, ist, als unzuverlässig dazustehen. Na, was denkst du, wie viel Geld uns durch deine Aktion durch die Lappen geht?« Er kalkulierte die Summe im Kopf. »Glaubst du, wir können uns das im Moment erlauben?«

»Interessierst du dich gar nicht für den Grund?«

»Es gibt keinen triftigen Grund, warum man einen ausgebuchten Kurs absagt. Vor allem nicht, wenn ich sehe, dass du gesund vor mir stehst.«

Stefan sah ihn wütend an. »Kannst du es dir nicht denken?«

Natürlich hatte Finn eine Idee, was hinter der plötzlichen Absage stand. Er presste die Lippen aufeinander, aus Angst, etwas zu sagen, was er hinterher bereuen würde.

»Zeig mir, dass du meine Bedenken hinsichtlich der Hochzeit ernst nimmst.« Stefan blies den Zigarettenrauch in das Gesicht seines Partners.

Finn fiel es schwer, seine Wut unter Kontrolle zu halten. »Was meinst du eigentlich, wer du bist? Kommst von den Malediven, ohne Geld, und glaubst, du könntest mir sagen, wie ich mein Geschäft zu führen habe?« Der angestaute Groll brach aus ihm heraus. Er drehte sich um und riss das Fenster auf. Ein Schwall kalter Morgenluft drang in den Raum. »Und mach verdammt noch mal die Zigarette aus. In diesem Zimmer liegen meine gesamten Geschäftspapiere. Willst du alles in Brand setzen?«

»Merkst du eigentlich, dass du ständig von ›deinem‹ Unternehmen und ›deinen‹ Papieren redest? Ich dachte, wir wären Partner?« Stefan rieb sich die Schläfen. »Brandstifter? So siehst du mich? Dir fehlt jegliche Selbsteinsicht. Wenn jemand das Unternehmen den Bach runtergehen lässt, bist du es.« Er lachte bitter. »Oder irre ich mich, und das Gesundheitszeugnis ist doch noch eingetroffen?« Langsam ging er an Finn vorbei zu dem geöffneten Ordner »Hochzeit Gehlen/Schlegel« und blätterte die abgehefteten Blätter durch.

Wutschnaubend riss Finn den Kalender, der an der Wand hing, herunter. Dabei fiel der Nagel, an dem er befestigt war, zu Boden. Der Ärger, der in ihm brodelte, betraf auch seine eigene Unzulänglichkeit. Stefan hatte ihn durchschaut. Er war sich bewusst, dass er einen Fehler beging. Trotz allem sah er keinen anderen Weg.

Stefan schlug seinem Partner den Kalender aus der Hand. »Jetzt komm mir nicht damit an. Meinst du, ich habe nicht gewusst, dass du den Auftrag angenommen hast? Du hast meine Einwände gegen die Unterwasserhochzeit von Anfang an zur

Seite geschoben.« Bei dem Reiter »Gesundheitszeugnisse« stoppte er. »Weißt du, was mich am meisten enttäuscht? Ich habe dich stets als korrekten Menschen kennengelernt, eine Eigenschaft, die für beruflichen Erfolg unabdingbar ist. Nun bist du bereit, aus Loyalität zu deinen Freunden deine Prinzipien über Bord zu werfen.«

Finn ging nicht auf die Worte seines Partners ein. Stefan hatte recht, eine Tatsache, die ihn nicht mehr schlafen ließ. »Na, welches Datum haben wir heute? Richtig, den 1. März. Und wann findet die Hochzeit statt? In vier Tagen.« Er unterstrich seine Worte, indem er Stefan die Finger seiner Hand vor die Augen hielt. »Noch vier ganze Tage. Bis dahin kann sich die Situation von Grund auf geändert haben.«

Der Jüngere winkte ab. »Wem willst du etwas vormachen? Ich habe mich inzwischen informiert und weiß aus gesicherter Quelle, dass es dieses Dokument nie geben wird.«

Finns Gesichtsfarbe wechselte schlagartig. »Mit wem hast du gesprochen?«

»Eddi.«

»Da hast du dir ja genau den Richtigen als Quelle gesucht. Bravo.« Finn applaudierte.

»Hab ich mir gedacht, dass du mir nicht glaubst. Aber was soll's. Du triffst in der letzten Zeit eine falsche Entscheidung nach der anderen. Da wundert mich nichts mehr.« Er warf die Kippe seiner Zigarette durch das geöffnete Fenster. Durch die rasche Bewegung löste sich Glut und fiel auf einige Papiere auf dem Schreibtisch. Finn eilte herbei, um ein Entflammen der Unterlagen zu verhindern.

»Na, bekommst du langsam Angst, dass dein Kartenhaus zusammenstürzt?« Lässig auf den Schreibtisch gestützt, durchbohrte Stefan seinen Partner mit seinen Blicken. »Ich jedenfalls klinke mich jetzt aus. Auch, wenn dir das nicht passt.«

»Du weißt gar nichts«, presste Finn heraus. Ohne Vorwarnung trat er einen Schritt auf sein Gegenüber zu. Seine Linke traf den überraschten Stefan am Kinn. Ohne dass er auf den Schlag reagieren konnte, kippte er seitlich um und stieß mit dem Kopf gegen einen auf dem Boden stehenden Heizlüfter.

Benommen setzte er sich auf das Laminat und rieb sein Kinn. »Du bist noch verrückter, als ich gedacht habe. Es dürfte dir klar sein, dass unsere Partnerschaft hiermit endgültig beendet ist. Eigentlich bin ich gekommen, um dich zur Vernunft zu bringen, aber es hat keinen Zweck.« Langsam erhob er sich, immer seinen Partner im Blick.

Doch Finn stand starr in der Mitte des Raumes. Er konnte nicht fassen, was er gerade getan hatte. Was hatte dieser Auftrag aus ihm gemacht?

»Aus falsch verstandener Freundschaft seinen Verstand auszuschalten, hat noch niemandem gutgetan. Mach deinen Scheiß alleine weiter.« Stefan richtete sich auf und verließ grußlos das Tauchzentrum.

Fragen – And for every question an answer is found?

Sonntag, 1. März, 13.00 Uhr

»Ich habe richtig Kohldampf. Was hältst du davon, wenn wir eine Kleinigkeit essen gehen?« Marius setzte den Blinker und bog auf den Parkplatz des Schnellrestaurants ein.

»Du bist auch vor gar nichts fies. Vor Kurzem haben wir uns noch die Leiche angeguckt, und jetzt hast du schon wieder Hunger.« Melanie verzog das Gesicht. »Na, dann können wir wenigstens einen Schlachtplan erstellen.«

Sie stellten den Dienstwagen ab und gingen zur Tür.

»Dass du aus dem Raum gegangen bist, kann ich verstehen. Ich bin selbst froh, dass ich Val nicht direkt nach dem Mord gesehen habe. Die Fotos sind schon hart, die Obduktion in der Leichenhalle ist auch nicht ohne, aber live am Tatort – nein danke!« Marius hielt seiner Kollegin eine der schwenkbaren Türen im Stil eines Saloons auf.

In dem weitläufigen Raum waren noch wenige Plätze frei. Sie wählten einen Tisch in der äußersten Ecke, wo sie sich ungestört unterhalten konnten.

»Was sagst du? Ziemlich viele Informationen auf einmal.« Melanie trug einen Teller, auf dem ein angebissenes Brötchen lag, auf den Nebentisch.

»Hey, solche Sätze solltest du dir vor Kollegen verkneifen. Damit outest du dich als Neuling.« Als die Kellnerin kam, bestellte Marius für sich einen Pott Kaffee und für Melanie einen Cappuccino. »So viel Neues ist ja gar nicht herausgekommen. Hauptsächlich, dass Valentin Bergmann tatsächlich durch die Messerstiche ins Herz gestorben ist.«

»Und zwar auf jeden Fall nach Mitternacht und vermutlich vor drei Uhr in der Frühe«, ergänzte Melanie. »Und vorher wurde er von dem Täter gefesselt.«

»Stimmt. Ohne sich zu wehren, wie uns der Toten-Doc anhand der geringen Abschürfungen an den Handgelenken erklärt hat.«

»Mist, heiß!« Hastig stellte Melanie die Tasse ab, wobei ein Teil des Getränks auf den Unterteller kippte. »Was hat das zu bedeuten?«

»Meiner Meinung nach kannte er seinen Mörder. Dafür spricht auch, dass er auf einen Anruf gewartet hat. Dass es sich bei der Person, die wir suchen, um jemanden handelt, mit dem er regelmäßig Kontakt hat, halte ich für ausgeschlossen.«

»Sonst hätte der Mörder einen anderen Treffpunkt gewählt, meinst du?« Melanie machte einen weiteren Versuch, einen Schluck zu trinken.

Marius zog sein Handy aus der Tasche und tippte auf die Tasten.

Melanie verzog das Gesicht. »Kannst du dich vielleicht mal auf das hier konzentrieren, Marius? Ich bin neu in dem Geschäft und könnte ein bisschen Unterstützung gebrauchen. Außerdem hätte ich nicht gedacht, dass du einer von denen bist, die ständig mit ihrem Smartphone spielen.«

»Nerv nicht«, sagte Marius und drehte ihr grinsend das Display zu. Darauf stand: »Erledigen: Verbindungsdaten der Telefone von Val, Kruschinski und Christina Rauschs Freund abfragen.«

»Oh, sorry. Dann kriegen wir vielleicht raus, von wem die SMS stammt. Ich kümmere mich um den Eilbeschluss. Was ist mit Julian Trotzek, Christinas Fußballrivalenfreund? Ich gehe davon aus, dass sich beide ab und zu in der Kneipe gesehen haben. Er sollte dringend überprüft werden.«

»Ob er Val kannte, werden wir sehen. Ich wollte morgen bei ihm vorbeifahren. Dann wissen wir mehr.«

»Geliebt haben sich die jungen Männer bestimmt nicht. Also … ich glaube, ihr Verhältnis hängt davon ab, ob Christina die beiden gegeneinander ausgespielt hat.« Melanie stand genervt auf. Ein Teil der braunen Flüssigkeit prangte als großer Fleck auf ihrer hellen Hose, die sie für das Treffen mit Staatsanwalt & Co. angezogen hatte.

»Bist du immer so tollpatschig, oder liegt das an meiner Gesellschaft?«, neckte sie Marius.

»Ach Quatsch. Du bist gar nicht mein Typ.« Melanie putzte

mit einer Serviette ihre Hose trocken. Dabei registrierte Marius eine leichte Röte in ihrem Gesicht.

»Außer sichergestellten Fasern gibt es keine Anhaltspunkte. Der Täter hatte Handschuhe an. Immerhin wurden einige Fußspuren sichergestellt. Wir haben Glück, dass es zu der Uhrzeit geschneit hat. Anscheinend ist der Täter auf dem Gelände herumgelaufen. Scheint, als hätte ihn jemand gestört.«

»Oder Valentin Bergmann und der Täter hatten erst geplant, sich zu treffen, und haben sich in der Kälte bewegt. Erst später ist es dann zu der Tat gekommen«, überlegte Melanie.

Marius schüttelte den Kopf. »Dann hätte uns die Spusi zwei Spurenblätter gezeigt. Valentin war schon tot, bevor der Schnee eingesetzt hat.«

Melanie stützte ihre Arme auf dem Tisch ab. »Und sonst?«

»Die Fingerabdrücke auf der Tüte können nicht zugeordnet werden. Dass das Herz und die Haut von Val stammen, war zu erwarten. Das Handy stammt auch von ihm. Ach ja, die DNA auf Kleidung und Kaugummi sind identisch. Christian Peters hat wirklich seine Trainingssachen vergessen. So viel zur guten Menschenkenntnis.« Marius schmunzelte. »Komm, lass uns bezahlen, ich möchte noch bei meinem Tätowierer vorbei.«

»Äh … so?« Melanie zeigte angewidert auf ihre schmutzige Hose.

Kopfschüttelnd stand Marius auf. »Du warst auch noch nie bei einem Tätowierer, oder? Skinny Jack ist es völlig egal, wie du dort antanzt.«

Das Studio von Skinny Jack im Gelsenkirchener Süden lag nur wenige Kilometer entfernt. Vor einem unscheinbaren Wohnhaus parkte Marius den Wagen und zückte sein Handy. Derweil vertrat sich Melanie die Beine.

»Hey, ich bin's. Sag mal, hast du ein paar Minuten Zeit?«

»In einer halben Stunde kommt mein erster Kunde.«

»Am Sonntagnachmittag? Wo bleibt die Freizeit?« Seit sie sich kannten, reservierte Skinny Jack das Wochenende für seine Familie.

»Feierabend und Wochenenden werden überbewertet. Also

entweder du beeilst dich, oder wir telefonieren nach zehn heute Abend.«

Bloß nicht. Es gab noch genug zu tun. Unnötiges Hin- und Herfahren konnte er sich nicht erlauben. Alles in ihm schrie nach einem Team, das ihn in vielerlei Hinsicht entlasten würde. »Ich stehe mit meiner Kollegin vor dem Haus.«

»Perfekt!« Marius hörte Schritte. Mit dem Telefon in der Hand öffnete der Tätowierer die Tür. Sein am Körper anliegendes Muscleshirt ließ keinen Zweifel, wie der Namenszusatz zustande gekommen war.

»Marius, lange nicht gesehen.« Er umarmte den Kriminalbeamten und musterte dessen Begleitung. »Kommt rein.«

»Hi, ich bin Melanie. Entschuldigung, dass wir ohne Ankündigung hereinschneien.«

Jack führte sie durch den schmalen Flur des Altbaus.

»Man sieht, du warst fleißig.« Anerkennend blieb Marius stehen. Der vier Meter lange Zugang zum Atelier glich einer Ausstellung. Bilder der außergewöhnlichsten Arbeiten des Tätowierers hingen dicht nebeneinander an der weiß gekalkten Mauer.

»Kommt, wir müssen uns beeilen«, drängte Skinny Jack. »Gibt ja sicher einen wichtigen Grund für euren Besuch.«

Das Studio war im Stil der fünfziger Jahre eingerichtet. Auf den ersten Blick erinnerte der Raum an einen amerikanischen Road Stop. In jahrelanger Kleinarbeit hatte die Sammelleidenschaft des Tätowierers für eine Einrichtung gesorgt, die in zahlreichen Tattoo-Magazinen abgelichtet worden war. Metallschilder mit Frauen im Marilyn-Monroe-Look, eine Popcorn-Maschine und weich gepolsterte Sitzbänke versetzten Kunden in das letzte Jahrhundert. Die Bestückung der Jukebox mit Singles von Black Sabbath bis Led Zeppelin aus den Siebzigern leistete sich der Enddreißiger als einzigen Stilbruch.

Sie setzten sich gegenüber einer von Skinny Jack in Airbrush-Technik gestalteten Wand. Vor einem Ford Mustang posierten John Wayne, James Dean mit geschultertem Gewehr und Gregory Peck in seiner Rolle als Captain Ahab, daneben der unvergessene Dean Martin mit einem Glas Whiskey in der Hand.

Marius schmunzelte, als er neben dem Entertainer einen Milchshake auf dem Boden stehen sah.

»Ergänzt du das Bild immer noch?«

Jack grinste. »Immer aufmerksam, ganz der Kommissar. Die Antwort ist Ja. Wann immer ich Zeit und Muße finde.«

»Die Idee mit der Milch gefällt mir«, warf Melanie ein.

»Aber deswegen sind wir nicht hier«, kam Marius auf ihr Anliegen zu sprechen. »Es geht um den Mordfall Glückauf-Kampfbahn. Stand groß in der Zeitung.«

»Nicht nur in einer. Hab gerade die Sonntagszeitung gelesen. Dass die Schlägereien unserer Fans ausgeschlachtet werden, kennt man ja inzwischen. Aber wer die heutigen Berichte gelesen hat, denkt, im Ruhrgebiet herrscht Krieg.«

»Was schreiben die jetzt schon wieder?«, ereiferte sich Melanie. »Ich hatte heute noch keine Zeit, irgendwelche Artikel zu lesen.«

»Spart euch das.« Jack runzelte die Stirn. Mit seinem tätowierten Körper, pechschwarz gefärbten Haaren und tief liegenden Augen verstärkte dies sein düsteres und melancholisches Äußeres. »Stimmt es, dass Val von Borussen bestialisch ermordet wurde? Und dass sie ihm bei lebendigem Leibe die Haut abgezogen haben?«

Marius' Miene erstarrte. »Wer hat das geschrieben?«

»Keine Ahnung, ich hol dir die Zeitung gleich aus dem Müll.«

»Da liegt sie richtig«, mischte Melanie sich ein. »Im Müll. Das sind reine Spekulationen. Dabei wird wie selbstverständlich vom schlimmsten Fall ausgegangen.«

»Und ohne seriöse Grundlage das ganze Umfeld aufgeheizt.« Marius spürte, wie angespannt er war. Er durfte es nicht zulassen, dass seine Ermittlungsarbeit derart torpediert wurde. »Reine Sensationsmache auf der Suche nach hohen Auflagenzahlen.«

Er überlegte, wie viel er verraten sollte. »Nicht die gesamte Haut wurde abgezogen. Der Mörder hat mit dem Messer ein Tattoo entfernt.« Marius holte sein Handy hervor. »Hast du Probleme mit Blut?«

Die Frage veranlasste Jack zu einem lauten Lachen.

»Ich frag ja nur …« Marius verzog den Mund. Sobald er das

Foto aus seiner Galerie sah, wurde er ernst. »Hier. Kommt dir das Tattoo bekannt vor?«

Skinny Jack nahm das iPhone in die Hand. Mit dem Finger vergrößerte er Einzelheiten, schob und zog, um jedes Detail aufzunehmen. Angesichts der grauenhaften Tat schüttelte er immer wieder den Kopf. Nach einigen Minuten blickte er auf.

»Das Bild zum Tattoo stammt von mir, auch wenn das Kanka Manka auf einen anderen Tätowierer hinweist.« Er zeigte auf einen kleinen Affen, dessen Hals in einer Schlinge steckte. »Wir sichern uns unsere Arbeiten mit einem individuellen Schutzzeichen. Seht es als Unterschrift oder analogen Avatar. Das niedliche Tier ...«, seine tiefe Stimme triefte vor Ironie, »ist das Erkennungszeichen von Dirty Nolan. Ein Pfuscher, wenn ihr meine Meinung hören wollt.« Nach kurzem Schweigen ergänzte er: »Dirty Nolan werdet ihr aber nicht mehr befragen können. Er ist im letzten Sommer nach einer Sauftour ertrunken. Pech.«

Marius stutzte. »Wie kann es sein, dass er dein Bild sticht?«

Skinny Jack, in dessen Personalausweis neben dem eingetragenen Künstlernamen »Jakob Schmidt« stand, seufzte. »In der Szene schwirren einige schwarze Schafe herum. Für Nolan existierten keine Regeln.«

»Gab es einen Auftraggeber für das Motiv?« Marius dachte an den Vortrag des Gerichtsmediziners. Der Mörder hatte das Tattoo post mortem mit einem Skalpell entfernt. Was mochte ihn dazu bewegt haben? Wenigstens hatte Val von der Tortur nichts mitbekommen.

Jack nickte. »Ja, Valentin Bergmann. Das war vor etwa zwei Jahren.

»Was?« Marius sprang von seinem Stuhl auf. Er konnte nicht fassen, was er hörte. »Du hast aus der Presse erfahren, dass ein Tattoo in Vals Mordfall eine bedeutende Rolle spielt? Und obwohl das Opfer vorher bei dir war, hast du dich nicht bei der Polizei gemeldet. Verdammt, warum?« Es fiel ihm schwer, ruhig zu bleiben.

»Sagen wir es so: Ich möchte die Polizei zurzeit nicht auf mich aufmerksam machen.« Jack wirkte angespannt.

Wenn Marius noch irgendwelche Infos aus dem schmächtigen Mann herausbekommen wollte, durfte er nicht auf den Satz eingehen. Er bedeutete Melanie, sich ebenfalls zurückzuhalten. Hoffentlich deutete sie sein Zeichen richtig.

»Marius, die Geschichte erschien mir unwichtig«, versuchte sich Jack zu erklären.

»Egal jetzt!« Marius beschloss, keinen Vortrag über Beweismittel zu halten, sondern ging lieber auf die Geschichte ein. »Wie lief das Ganze ab?«

»Mit Val hatte ich durch seine Bandkollegen Kontakt. Er lag mir schon seit Längerem in den Ohren, dass ich ihn tätowieren soll. So funktioniert das natürlich nicht. Mit siebzehn ist man laut Gesetzgeber zu jung.« Er schaute auf die Wanduhr. In zehn Minuten erwartete er die erste Kundin des Tages. »Er hat mich gefragt, was es kostet, ihm ein Bild zu entwerfen und es sich tätowieren zu lassen. Den Zahn musste ich ihm ziehen. Wie gesagt, an Minderjährigen vergreife ich mich nicht – zu gefährlich!«

»Und wie ist das Bild dann zustande gekommen? Ich meine, es ist doch sicher nicht üblich, dass sich Kunden einen Entwurf bei dir anfertigen lassen, um damit zur Konkurrenz zu gehen.«

Ein kurzer Klingelton wies auf den Eingang einer What's-App-Nachricht hin. Skinny Jack wollte Marius das iPhone reichen, der aber nur stumm abwinkte.

»Es war ein Gefallen meinerseits. Ich mochte diesen Val irgendwie. Er hatte etwas Geld von seinen Gigs zusammengekratzt, das hätte aber niemals gereicht.« Skinny Jack wies auf den Flur. »Ich habe das Motiv im Flur hängen. Kommt mit, dann erkläre ich es euch.«

Marius folgte Jack. Derweil sah sich Melanie im Studio um. Auf den ersten Blick entdeckte Marius die Skizze nicht. Der Tätowierer schob eine Palme zur Seite. Er hielt inne und zeigte auf eine Zeichnung, die dem Tattoo eins zu eins glich. »Da, der Beweis. Mieser Kopierer.«

Marius verglich das Foto mit der Vorlage. »Stimmt. Keine Abwandlung, keine persönliche Note.«

»Wozu auch? Ist doch viel einfacher, ein fertiges Motiv zu nehmen.« Die Verachtung für solcherlei Geschäftspraxis stand Skinny Jack ins Gesicht geschrieben.

Seit Marius das Foto des von der Rechtsmedizin gesäuberten Hautlappens erhalten hatte, dachte er an den geöffneten Brustkorb der Leiche, wenn er die Aufnahme anschaute. Das hinter Glas verbannte Bild verdrängte seine Assoziationen.

»Also«, begann Skinny Jack, indem er auf die einzelnen Bestandteile zeigte, »bevor ich beginne, spreche ich mit meinen Kunden über deren Intention. Über das, was sie ausdrücken wollen, ihre Vorstellungen. Das lief bei Val nicht anders. Ein Teil kommt mit eigenen Bildern, andere richten sich nach aktuellen Trends. Der Großteil jedoch sieht eine Tätowierung als ein Zeichen.«

Melanie, die aus dem Nebenraum kam, mischte sich ein. »Um die Seele sichtbar zu machen, heißt es.«

»Genau. Darum ging's definitiv auch bei Val. Er hatte in seinem Leben schon richtig viel Dreck erfahren, sonst wäre er nicht im Heim gelandet. Valentin hat erzählt, dass es ihm endlich besser ging. Das Tattoo sollte das alles zum Ausdruck bringen.«

Kerstin, Jacks Frau, kam aus der Wohnung. Sie lehnte sich an den Türrahmen. »Hi, Marius. Ihr müsst euch beeilen. Die erste Kundin steht vor der Tür.«

»Geht in Ordnung, Kerstin. Nur noch eine Frage: Was hat es mit dem Motiv auf sich?«

Skinny Jack strich sich über die Haare. »Ich versuche, mich kurz zu fassen. Das Tattoo besteht aus fünf Bestandteilen, wie du auf der Zeichnung erkennen kannst. Zunächst die Flügel: Sie stehen für himmlischen Schutz und Hoffnung.«

»Hat er sich alle Symbole ausgesucht?« Melanie zögerte. »Immerhin gehen große Motive mit einer Menge Schmerzen einher. Und es war sein erstes Mal.« Sie zuckte mit den Schultern. »Aber was weiß ich schon.«

»Er war ein Musiker, der auch noch seine Texte selber schrieb. Solche Menschen haben Phantasie«, suchte Jack nach einer Erklärung. »Das, was ihr als Kreuz mit einer Schlaufe am oberen Ende wahrnehmt, nennen wir Tätowierer –«

»Anch, auch ›Nilschlüssel‹ genannt«, ergänzte Marius.

»Val entschied sich für eine Mischung aus der alten ägyptischen Auslegung, in der der Anch für Leben und Unsterblichkeit steht, und der heutigen Deutung ›Zufriedenheit‹.«

»Eine starke Symbolik. Was hat ihn mit dem Pik-Ass verbunden?« Marius wies auf das stilisierte A auf der Spielkarte.

»*Ace of spades*, das Glücks-Ass im Ärmel, das gezogen wird, nachdem man alles auf eine Karte gesetzt hat.« Jack führte die Erklärung aus: »Vielleicht traute er dem Glück, das ihm widerfahren war, nicht.«

»Das brennende Herz. Lass mich raten: heiße Liebe?«, meinte Melanie.

»Die Deutungen sind subtiler. Hier geht es um Warmherzigkeit, Reinheit, hingebungsvolle Liebe, aber auch Neubeginn und Umwandlung. Der Schriftzug ›Forever bound‹ ist ein weiteres Zeichen der Verbundenheit.«

»So, so.« Melanie überlegte kurz. »Val war seinem neuen Heim oder auch der Heimbetreuung so dankbar, dass er sich ein brennendes Herz stechen lassen wollte, nur um immer an diese Zeit erinnert zu werden? Selbst ich als Frau würde nicht so weit gehen.«

»Du glaubst nicht, was für Geschichten mir hier erzählt werden, Melanie. Tattoos werden oft aus Gründen gestochen, die keiner nachvollziehen kann.« Skinny Jack sah auf die Uhr. »Lasst uns zum Ende kommen.«

»Danke, Skinny Jack. Endlich kommt ein wenig Licht in die Sache.«

Marius und Melanie verabschiedeten sich. Als er schon halb aus der Tür war, fiel Marius etwas ein. »Eins noch. Hast du Val nach diesem Vorfall noch einmal wiedergesehen?«

»Ja. Später auf einem Konzert.«

»Wann und wo war das?«

Der Tätowierer überlegte. »Muss letzten Sommer gewesen sein. In der Zeche Bochum.«

»Danke. Bis bald.«

»Irgendwie habe ich mir Skinny Jack anders vorgestellt.« Melanie lehnte sich an den Dienstwagen. »Er ist so … hmm, normal.«

Belustigt ging Marius zur Fahrerseite. »Was hast du erwartet – einen Satanisten? Skinny hat eine Frau und zwei Kinder. Wir kennen uns seit der Oberstufe. Damals hieß er noch Jakob. Er hat sich schon in der Mittelstufe für Tattoos interessiert. Frag ihn mal nach seinen Jugendsünden. Grauenhaft, sag ich dir. Die hat er sich im Keller seines Onkels gestochen.«

»Kann man solche Bilder nicht covern oder wie das heißt?« Melanie setzte sich zu Marius.

»Skinny sieht seine ersten Versuche als Erfahrungen, die auch zum Leben dazugehören.«

Durch ihrer beider Körperwärme beschlugen die Scheiben. Marius hatte keine Lust, zu wischen, und öffnete das Fenster. Ein eisig kalter Wind wehte in den Wagen.

»Spinnst du?«

Während er das Fenster wieder schloss, drückte er Melanie grinsend einen Lappen in die Hand. »Das hast du jetzt davon.« Er lehnte sich in den Sitz und beobachtete sie einige Minuten.

»Woran denkst du, Marius? Kommt dir Skinnys Geschichte auch seltsam vor?«

»Ich kenne ihn schon so lange. Er gehört zwar nicht gerade zu meinem engeren Freundeskreis, aber bis jetzt hatte ich immer das Gefühl, dass wir uns sehr nahe stehen.«

»Mach bitte den Motor und die Lüftung an.« Melanie schnaufte. »Was heißt ›bis jetzt‹?«

»Seine Story klingt konstruiert. Ziemlich viele Zufälle auf einmal. Wir müssen seine Angaben unbedingt überprüfen.« Als er wieder durch die Scheibe nach draußen sehen konnte, fuhr er los.

Nach einem lauten Gähnen reckte sich Melanie. »Puh, schon so spät. Wohin geht's?«

In den letzten Stunden hatte Marius bemerkt, wie schwierig es war, den Fall alleine zu bearbeiten. Einer der nächsten Punkte auf seiner Agenda hieß Teambuilding. Die richtigen Spezialisten würden ihm viel Recherchearbeit ersparen, sodass er sich auf das Ziehen der Fäden konzentrieren konnte. Doch zunächst waren einige organisatorische Punkte zu erledigen.

»Zum Revier.«

***

Vorbei. Ich kann kaum glauben, was passiert ist. Fast zwei Tage ist es her, dass ich einem Menschen das Leben genommen habe. Ich fühle mich nur dumpf, wie bei einem Spaziergang im Nebel, bei dem man nur reagiert, ohne zu wissen, was man tut.

Mir fällt erst jetzt auf, dass ich mir überhaupt keine Gedanken darüber gemacht habe, wie es mir nach der Tat geht. Und das nach so vielen Monaten der Planung.

An jedes Detail habe ich gedacht, habe mir den Moment, in dem ich vor ihm stehe, vorgestellt. Jede Kleinigkeit meines Plans habe ich wieder und wieder durchgekaut. Wer weiß schon, ob sich ein Körper besser lebendig oder tot häuten lässt. Das kann man nicht spontan klären. Ort, Blutgerinnung, die Wahl der Werkzeuge und der Zeichen, Auswirkung der Temperaturen – das zu entscheiden, braucht Zeit.

Ich habe mir so viele Gedanken über ihn gemacht. Er hat ein Schattenleben geführt, wirkte, als wäre er auf der Flucht gewesen. Hat er geahnt, was ihm bevorstand?

Ich frage mich, ob ich die richtige Entscheidung getroffen habe, ob es für mich wirklich nur die eine Wahl gegeben hat oder ob mich mein Hass getrieben hat. Was habe ich von seinem Tod erwartet – Genugtuung? Kann man sich nach so einer Tat zufrieden zurücklehnen? Ist damit wirklich alles vergessen?

Als ich mit blutdurchtränkter Kleidung vor ihm stand, habe ich festgestellt, wie sehr ich mich getäuscht hatte. Sein Körper ist vernichtet, seine Seele quält mich weiter. Das Blutvergießen hat mich nicht befreit. Und doch hat es seine Schuld getilgt.

Ich sehe seine toten Augen. Überall. Meine Konzentration lässt nach. Ich habe Angst vor der Nacht, Angst davor, meine Augen zu schließen und die Bilder vor mir zu sehen. Meine Träume beginnen in Grautönen und enden im tiefen Rot, und überall sind diese Augen, die mich anstarren.

Ich erkenne mich nicht mehr wieder, ekele mich vor mir selbst.

Bruderschaft – In this brotherhood of life

Montag, 2. März, 11.10 Uhr

»Ich benötige mehr Fakten, Pérez. Valentin Bergmann ist nicht irgendein Toter, der auf einem Sportplatz gefunden wurde. Sie können sich nicht vorstellen, wer mir wegen des Falls alles im Nacken sitzt. Wenn wir morgen auf der Pressekonferenz keine ersten Ergebnisse präsentieren, ist hier die Hölle los.« Polizeirat Siegmund Lenz betonte die wichtigsten Wörter des Satzes mit Nachdruck. Da er nie schrie, wusste Marius seine Rede einzuordnen. »Was wissen wir über Bergmann?«

Marius hielt den Hörer seines Telefons zur Seite, damit Lenz sein Stöhnen nicht hörte. Gestern Abend hatte er alle bisherigen Daten in seinem Computer in die Spurendokumentation »Spudok« eingetragen. Sobald er das Team zusammengestellt hatte, erhielten die Mitglieder alle aktualisierten Infos.

»Valentin Bergmann wurde 1994 in Essen geboren«, begann er seinen Bericht. »Beide Eltern waren drogenabhängig, haben sich gemeinsam den Goldenen Schuss gesetzt. Nach ihrem Tod hat das Jugendamt den damals Vierjährigen bei seinen Großeltern in Gelsenkirchen untergebracht, typische Ruhrpott-Mittelschicht mit Einfamilienhaus und Schrebergarten. Der Großvater ist zwei Jahre später an einem Herzinfarkt gestorben, die Großmutter lebt im Marthaheim. Sie ist nicht mehr fähig, sich um ihre finanziellen Angelegenheiten zu kümmern, steht unter Betreuung. Um den Aufenthalt zu finanzieren, wurde das Haus verkauft, Valentin wurde ins Heim verfrachtet.«

Marius fragte sich einmal mehr, ob im Sinne des Kindes entschieden worden war.

»In den folgenden Jahren hat er eine klassische Heimkarriere durchlaufen, wurde sogar dreimal vermittelt, doch die Pflegeeltern haben es nicht lange mit ihm ausgehalten. Er hat ständig seine Grenzen ausgetestet: Seine Akte weist Einbrüche, Schlägereien, Sachbeschädigung aus.«

»Dann war die Tat eine logische Folge seines Handelns?« Lenz räusperte sich.

»Keineswegs. Vor sechs Jahren wurde er an das Luisenstift weitergereicht, hat dort mit zwei weiteren Heimkindern in einer betreuten Wohngruppe gelebt. Trotz Pubertät hat sich auf einmal ein Wandel vollzogen. Er hat seinen Hauptschulabschluss geschafft und sich auf seine Leidenschaft, die Musik, konzentriert. Seit dieser Zeit liegen keine Anzeigen gegen ihn vor.«

Abschließend informierte Marius seinen Chef über die Untersuchungsergebnisse der letzten Tage.

»Das ist nichts Greifbares, Pérez! Bringen Sie mir den Mörder und ein Motiv.«

Seit der Tat waren noch keine sechzig Stunden vergangen. Sie hatten erst vorgestern Morgen mit den Ermittlungen angefangen. Drei Viertel des Kommissariats lagen mit Grippe im Bett. Er fragte sich, wann Lenz das letzte Mal auf der Straße gewesen war. Nach so kurzer Zeit einen Täter zu präsentieren, war nahezu unmöglich.

»Die Wohngruppe wurde im letzten Jahr aufgelöst. Seitdem ist es mit ihm bergab gegangen. Ich habe ihn noch vor Kurzem auf einem Konzert gesehen. Ziemlich abgewrackt, aber seine Musik war niemals besser.« An jenem Abend hatte sich Marius gewundert, wie Val das Konzert überstanden hatte.

»Freunde?«

»Nicht wirklich. Seine Bandkollegen beschreiben ihn als sehr zurückgezogen. Melanie hat heute Vormittag mit ihnen telefoniert. Intensivere Befragungen folgen, sobald das Team komplett ist.«

Marius freute sich, dass Lenz nicht nachhakte, wie weit die Zusammenstellung der Mitarbeiter gediehen war. »Kurz nach der Vorstellung der CD hat sich Steelheart aufgelöst. Grund war Vals Verhalten, der immer wieder unter Panikattacken litt. Übrigens haben die Jungs für die Tatnacht ein Alibi: ein gemeinsamer Gig in Hannover vor ausverkauftem Saal.«

»Wurde inzwischen das Handy des Mordopfers gefunden?«

Allmählich reichte ihm die Fragerei, er wollte lieber ermitteln. Sein Chef durfte auch gern einen Blick in die Akte werfen. Lesen konnte er ja. »Ja. Lag in der Tüte mit dem Herz und der tätowierten Haut.« Was erwartete Lenz vom ihm als Leiter des Falls? Im Idealfall bedeutete das volle Verantwortung, ohne Dauerkontrolle von oben. Vertraute sein Chef ihm? War Lenz sein Spürsinn, der schon oft zur Lösung eines Falls beigetragen hatte, überhaupt bewusst? Oder fürchtete er mehr seine unkonventionelle Arbeitsweise?

»Was ist mit den Leuten aus der Fankneipe?«

»Negativ.« In Marius' Stimme mischte sich ein genervter Tonfall. »Bergmann ist ab und an gekommen, um der Wirtstochter nahe zu sein. Ich treffe mich gleich mit ihrem Freund Julian Trotzek, ein BVB-Anhänger. Vielleicht ergibt sich dort etwas.«

Ihm fiel sein Auftrag für Melanie ein. Bestimmt hatte sie inzwischen Informationen über Heinz Brink, den alkoholisierten Schalke-Fan mit dem Teutonia-U19-Sohn, den er an der Glückauf-Kampfbahn kennengelernt hatte, und Christian Peters, den Jugendkicker, gesammelt.

»Pérez, haben Sie inzwischen ein Team zusammengestellt?« Jetzt also doch.

Marius klopfte mit den Fingerkuppen auf den Schreibtisch. »Wir … Wir sind bisher die ganze Zeit unterwegs gewesen. Melanie macht sich übrigens sehr gut.« Er ging in die Offensive. »Wie sieht es denn bei Steffens aus? Sollte er nicht heute aus dem Krankenhaus kommen?«

»Er hat sich noch nicht gemeldet. Und was das Team betrifft: Sehen Sie zu, Pérez.« Damit beendete der Polizeirat das Gespräch. Lenz war *not amused*.

Melanie saß mit einigen Zetteln in der Hand auf ihrem Schreibtisch. Sie hatte das Gespräch verfolgt und sah Marius besorgt an. »Du musst dich an bestimmte Regeln halten. Hier sind keine Einzelkämpfer gefragt.«

Genervt suchte seine Hand die Narbe im Gesicht. »Ich habe mir gestern Abend überlegt, wen wir ins Team holen sollten. Komm mit«, forderte er seine Kollegin auf. An der gegenüberliegenden Wand von Marius' Arbeitsplatz hing ein Whiteboard. Er wies auf die Fotos und wiederholte die Infos, die sie über den Toten zusammengetragen hatten. »Bergmann war seit einigen Jahren drogenabhängig. Ich will einen Spezialisten aus dem Drogendezernat, der über alle Fälle, die sich in den letzten Jahren in Gelsenkirchen zugetragen haben, informiert ist.«

Melanie notierte sich seine Gedanken.

»Wer kennt sich in der Fanszene aus? Ich meine Fanclubs, Rivalitäten, Vorstrafen, Vorfälle.«

»Da fallen mir ein paar Namen ein. Muss nur durchtelefonieren, wer zur Verfügung steht. Die Grippe wütet in der gesamten Stadt«, antwortete Melanie.

Marius wies auf die Großaufnahmen der Wunden. Er wunderte sich, wie emotionslos Melanie die Bilder ansah. Beim Termin in der Gerichtsmedizin war sie deutlich zarter besaitet gewesen.

»Drei Stiche ins Herz mit einem Bundeswehrmesser, das Tattoo wurde mit einem Skalpell entfernt, eine Inszenierung, die auf einen Ritualmord weist – das schreit nach einem Spezialisten.« Er zeigte auf Fotos der Bandmitglieder. »Das letzte Teammitglied sollte sich in der hiesigen Metal-Szene auskennen. Vielleicht Henne Feuerbach.«

Melanie stutzte. »Spontan fallen mir zuerst du und Finn ein.«

»Klar werde ich mein Wissen einbringen, doch um in die Tiefe zu gehen, bleibt mir keine Zeit. Und Finn darf als Ex-Polizist nicht an den Ermittlungen teilnehmen.«

»Blöde Regelung.« Sie klappte ihr Notizbuch um. »Ich habe heute Morgen ein wenig rumtelefoniert. Heinz Brink, geboren 26. Juni 1969 in Herne, seit 2001 geschieden, seine Frau Gabriele hat nach der Scheidung wieder ihren Mädchennamen angenommen. Sehr schmutzig, laut Gerichtsakte hat er sie und den gemeinsamen Sohn Adrian geschlagen. Nachbarn haben sie aus der Beziehung rausgeholt und ihr Unterkunft gewährt. Brink ist mit einer Bewährungsstrafe davongekommen. Heute arbeitet er als selbstständiger Immobilienmakler in Altenessen.« Sie unterdrückte ein Gähnen.

»Gut zu wissen, danke. Vielleicht sollten wir auch mal mit Adrian sprechen. Sein Vater schien mir jedenfalls nicht richtig zu den anderen Fans zu passen, mit denen wir bei der ersten Tatortbesichtigung gesprochen haben. Wenn wir mehr Leute haben, soll sich morgen noch einer an ihn dranhängen. Vielleicht bekommen wir durch ihn Einzelheiten heraus, sofern wir ihn nüchtern antreffen.«

Beim Anblick seiner kurzfristig zur Ermittlungsbeamtin beförderten Kollegin, die sich wie sein Kater Dragón nach einer Schlafphase genüsslich streckte, grinste er breit. »Und der junge Mann, der sein Trainingszeug vergessen hatte, Christian Peters?«

Melanie blätterte in ihrem Notizbuch. »Gerade zwanzig geworden. Absolviert ein FSJ in einer sozialtherapeutischen Werkstatt. Wohnt bei seinen Eltern in Schalke-Nord. Sonntagabend ist er mit ihnen für eine Woche nach Ibiza geflogen. Das hat mir sein Fußballtrainer bestätigt.«

»Mit dem sollten wir auch reden. Vielleicht hat einer seiner Schützlinge etwas Verdächtiges bemerkt.« Er schaute auf sein Handy. Zwanzig nach elf. Höchste Zeit, dass sie losfuhren. »Gute Arbeit!«

»Ich lege dir die Berichte auf deinen Schreibtisch. Bin gespannt, wen wir für unser Team gewinnen können.« Sie pustete eine Strähne ihrer dunkelblonden Haare, die aus dem Zopf gerutscht war, aus der Stirn. »Ich telefoniere gleich alle in Frage kommenden Dienststellen durch.«

Marius ging zur Garderobe und kam mit seiner und Melanies Jacke in der Hand wieder. »Steffens wird noch vermisst. Du hast die Ehre, mich weiterhin zu begleiten.«

»Mann! Weißt du, wie es bei mir zu Hause aussieht?«, protestierte sie. »Ich hatte geplant, in der Mittagspause in meine Wohnung zu fahren, um klar Schiff zu machen.«

»Daraus wird nichts.« Marius half ihr in die Jacke. »Jetzt sind ein mobiles Büro und Zeugenbefragung angesagt.«

Maulend packte sie ihre Unterlagen zusammen. »Den Jackenservice behältst du aber bei.«

»Von wegen.« Insgeheim war er stolz auf seine Kollegin. Dass sie pfiffig war, hatte er bereits bei einigen Gelegenheiten gemerkt. Doch der Fall des toten Sängers, der nur wenige Jahre jünger war als sie, erforderte mehr. Bisher schlug sie sich sehr gut.

Beim morgendlichen Kaffee hatte sie ihm anvertraut, dass sie sich für die gehobene Polizeilaufbahn bewerben würde. Er freute sich über ihren Ehrgeiz. Ihre Talente in der Schreibstube zu verschwenden, wäre eine Schande. Sie als neue Kollegin einzuarbeiten, würde ihm wesentlich mehr Spaß machen, als sich täglich mit Heberlein herumzuschlagen.

Um diese Uhrzeit herrschte auf der Ruhrallee noch gerade erträglicher Verkehr. In knapp einer halben Stunde begann die Mittagspause. Wenn sie bis dahin nicht am Ziel waren, mussten sie mit großen Verzögerungen rechnen.

Ihr Ziel lag in Dortmund-Dorstfeld, im Westen der Stadt. Der Wohnkomplex Hannibal II am Vogelpothsweg erinnerte an die Plattenbauten der ehemaligen DDR. Sie parkten zentral und suchten zu Fuß die richtige Hausnummer. Auf der Mauer eines Sandspielplatzes saß eine Gruppe Jugendlicher.

»Marius, bisher habe ich nur mit stöhnenden Dienststellenleitern gesprochen. Wenn du heute Abend deine erste Teamsitzung abhalten möchtest, wäre es vielleicht sinnvoll, dass ich weiter telefoniere.« Unvermittelt blieb sie stehen. »Sag mal, was für Leute wohnen hier? Das ist einfach nur grässlich.«

Marius wies auf die Eingangstür. »Komm. Die Leute können nichts dafür. Es gab Zeiten, da waren diese riesigen Wohnkomplexe modern, besonders geeignet für Familien mit Kindern. Später haben die Wohnungsbaugesellschaften nicht mehr viel Geld in die Immobilien gesteckt.«

»Dann würde ich ausziehen.«

Marius drückte auf die Klingel, neben der in Großbuchstaben »TROTZEK« geschrieben stand. »So einfach ist das nicht.« Er hatte mit seinen Eltern selber für einige Jahre in einem ähnlichen Komplex gewohnt. »Vor dem Verdächtigen zu telefonieren, geht gar nicht. Also, was ist jetzt, kommst du mit?«

»Nein, sonst werde ich nicht fertig.« Unterlagen und Telefon in der Hand zeigte sie mit dem Kinn auf eine steinerne Sitzgruppe. »Hol mich hier ab, wenn du fertig bist.«

»Okay.«

Im Flur nahm Marius einen Frühlingsduft wahr, so synthetisch, dass er wohl nicht zum geöffneten Etagenfenster hereingeweht war, sondern eher von einem intensiven Reiniger herrührte.

Nach zweimaligem Klingeln öffnete eine gepflegte Mittvierzigerin die Wohnungstür. Sie zog eine Augenbraue hoch und sah ihn skeptisch an. »Bitte?«

»Mordkommission KK11 Gelsenkirchen, Oberkommissar Marius Pérez. Ist Julian Trotzek zu Hause?«

Der kritische Ausdruck ihres Gesichts legte sich nicht. Marius merkte deutlich, wie sie zögerte, ihn hereinzubitten.

»Ich bin Anna Trotzek. Mein Sohn kommt gleich. Sie hatten sich vorhin bei meinem Sohn telefonisch angekündigt?« Zögerlich trat sie zur Seite.

Marius schaute sich um. Die Möbel, die er auf den ersten Blick sehen konnte, standen zuhauf in Mitnahme-Möbelhäusern. Farbige Tapeten betonten einzelne Bereiche der Wohnung. Wände und Schränke zierten Fotorahmen in verschiedener Größe. Überwiegend zeigten die Abbildungen einen jungen Mann in den Zwanzigern. Neben der Tür registrierte er eine hohe Blumenvase mit Forsythien aus Seide. Hierhin verirrte sich tagsüber kein Sonnenstrahl.

»Julian und ich wohnen noch nicht lange im Hannibal«, erklärte Anna Trotzek, während sie ihre Hausschuhe gegen flache Schuhe tauschte. »Kaffee?«

Marius nickte kurz. Bis auf die wenigen Bilder offenbarten die Räume nichts über die Persönlichkeit der Bewohner.

Wenige Minuten später hörte er das Zischen einer Padmaschine.

»Sind Sie dienstlich hier?« Ihre Augen fuhren über seine Motorradkleidung, auf die er trotz des Dienstwagens nicht verzichtete. Außer einer erneut hochgezogenen Augenbraue war ihre Mimik starr.

»Ich ermittle im Mordfall Valentin Bergmann.«

»Man liest ja überall von der Geschichte. Schlimm – so ein junger Mann. Aber was hat das mit Julian zu tun?« Sie ging vor und öffnete die Tür zum Wohnzimmer. Dort strömte Marius brütende Hitze entgegen.

»Ihr Sohn ist in der Gelsenkirchener Vereinskneipe, in der Valentin Bergmann zum letzten Mal gesehen wurde, ein- und ausgegangen«, erklärte er.

Anna Trotzek schüttelte vehement mit dem Kopf. »Gelsenkirchen? Wohl kaum. Auch wenn ich diesen Kult nicht gutheiße, mein Sohn ist Borusse. Jeder hier im Ruhrgebiet weiß, was das bedeutet.«

Wusste sie wirklich nichts von der Beziehung ihres Sohnes, oder wollte sie es nicht wahrhaben? Wie nah stand sie ihm? »Ihr Sohn ist mit Christina Rausch zusammen, der Tochter der Fankneipe neben der Glückauf-Kampfbahn?«

»Wer hat Ihnen denn den Schwachsinn erzählt?« Ihre erste Reaktion fiel sehr heftig aus. »Na ja, dann wissen Sie eben Bescheid. Wenn Sie so wollen … treffen sich die beiden. Aber … das ist nichts Festes. Mein Sohn absolviert eine Ausbildung zum Versicherungskaufmann, da bleibt keine Zeit …«

»… für eine Wirtstochter?« Marius registrierte ein Aufblitzen ihrer Augen.

»Sicherlich ist Wirtin einer Fankneipe ein angesehener Beruf …«, sie stellte ein silbernes Zuckerkännchen auf den Tisch, »… was nicht heißt, dass mein Sohn sich mit deren Tochter treffen muss.«

»Muss nicht, aber anscheinend will er es.«

»Er will so vieles. Freunde, Freundin, Verein – was wirklich zählt, ist sein berufliches Fortkommen. Julian trifft oft falsche Entscheidungen.«

Marius sah ihr an, dass ihr die vielen Momente durch den Kopf gingen, in der sie sich um ihren Sohn gesorgt hatte. Er nahm ein Foto zur Hand, auf dem Julian Trotzek im Trikot der Borussen neben Marco Reus posierte. »Ist beim Training entstanden, oder? Marco ist sein Vorbild?«

Anna Trotzek nahm ihm das Bild aus der Hand und wischte mit einem Zipfel ihres T-Shirts die Scheibe sauber. »Er ist wie sein Vater. Diese Dinge sind nicht wichtig im Leben. Wer ist schon Marco Reus? In fünf Jahren spielen ganz andere Fußballer für den Verein. Keinen von denen interessiert, ob die Jugendlichen zu viel Zeit im Stadion und mit irgendwelchen Aktionen verbringen. Keinen interessiert, ob ihre Fans ihr Leben im Griff haben.«

Ihre Stimme klang müde, als hätte sie immer und immer wieder diese Sätze gepredigt und trotzdem kein Gehör gefunden. Sie schaute auf die Uhr und sprang hektisch auf. »Höchste Zeit, ich muss zur Arbeit. Wenn Julian nicht gleich kommt, müssen Sie auf dem Flur auf ihn warten.«

In dem Moment schloss jemand die Tür auf. Drei junge Männer stürmten in die Wohnung.

»Ob der Bulle schon da ist?«, hörte er ein Flüstern.

»Hier!« Marius ging auf die Gruppe zu. Julian Trotzek trug wie seine Freunde ein BVB-Trikot. Im Gegensatz zu den Bildern, auf denen er meist in Stoffhose und Hemd abgelichtet war, ließen ihn seine weichen Gesichtszüge in diesem Aufzug jünger aussehen. Zwischen den beiden stiernackigen Jugendlichen wirkte er noch schmächtiger als auf den Bildern. Er nickte kurz.

Marius hatte sich den Freund der Wirtstochter anders vorgestellt.

»Geht schon mal in mein Zimmer.«

Obwohl der Kleinste der Gruppe, schien Julian den Ton anzugeben. Zielstrebig ging er zum Esstisch, wo der Oberkommissar an einen Stuhl gelehnt auf ihn wartete. Ohne ein Wort zu sagen, blieb der Jüngere stehen, zog seine rechte Hand, die bis eben noch in der Jeans versenkt gewesen war, aus der Hose. Seine Schultern und der Oberkörper zuckten unaufhörlich. Marius war sich nicht sicher, ob eine Krankheit der Grund war oder ob der junge Mann seine Nervosität nicht im Griff hatte. Jedenfalls wirkte er nicht so, als fühlte er sich besonders wohl. Für ihn sprach die polizeiliche Akte des jungen Mannes, die keinen Eintrag enthielt, was allerdings nichts zu bedeuten hatte. Vielleicht blieb er bei seinen Aktionen im Hintergrund.

»Julian Trotzek!« Die laute Stimme, mit der sich der junge Mann vorstellte, überraschte Marius.

»Oberkommissar Pérez. Setz dich bitte!« Auch Marius setzte sich. »Du weißt, warum ich hier bin?«

»Es … es geht um den Tod dieses Sängers … Hören Sie«, seine

Stimme überschlug sich fast, »ich habe damit überhaupt nichts zu tun. Ich kenne den Mann kaum.« Seine Augen wanderten unruhig zu seiner Mutter, die in der Tür stand. »Du kannst zur Arbeit gehen, Mutter. Es ist alles in Ordnung.«

»Das werden wir sehen.« Der Kaffee schmeckte bitter. Marius trank einen weiteren Schluck und füllte den Rest mit Milch auf. Dabei behielt er Julian im Blick. Nachdem sich die Tür hinter Anna Trotzek geschlossen hatte, entspannte sich der junge Mann sichtlich. »Mir liegt eine Aussage vor. Anscheinend hat es dir überhaupt nicht gepasst, dass Valentin Bergmann die Nähe zu deiner Freundin gesucht hat.«

»Natürlich nicht. Alle Typen da stehen auf Christina. Kein Wunder bei ihrem Aussehen. Die Affen in der Kneipe ihrer Mutter meinen, sie gehört zum Inventar.«

»Und damit das Bier in Strömen fließt, flirtet die junge Dame mit den Kunden.« Marius sah Julian Trotzek herausfordernd an. »Ihr hattet in der letzten Zeit öfter Streit wegen dieses Themas. Ich hab einige Geschichten über euch in der Schalker Kneipe gehört.«

Julian Trotzek sprang vom Stuhl auf, der krachend zu Boden fiel. »Das heißt noch lange nicht, dass ich einen der Gäste umbringe. Klar war ich eifersüchtig. Ihre Mutter verlangt von Christina, dass sie möglichst viel von ihren Titten zeigt. Diese Prolls sabbern schon, wenn sie den Raum betritt.«

»Die Prolls, wie du sie nennst, sind nicht das Problem. Valentin Bergmann hat sich anders benommen. Er hat deine Freundin respektiert. So sehr, dass Christina ihrer Mutter ständig von ihm erzählt hat. Das hat dir Angst gemacht.«

»Brauchst du Hilfe?«, brüllte einer von Julians Begleitern aus dem Zimmer.

»Passt schon.«

Hilflos zuckte Julian Trotzek mit den Schultern. »Was soll ich denn machen, ich wohne in Dortmund. Und mach hier meine Ausbildung zum Versicherungskaufmann. Oft muss ich nach der Arbeit noch Kunden besuchen. Wenn ich sie dann anrufe, hat sie schon Stunden mit den anderen Männern verbracht.«

Marius stand auf und schaute sich die Fotos an. »Kommen wir

zu der Nacht vom 27. auf den 28. Februar. Ich gehe davon aus, dass du nachts nicht bei Kunden bist. Wie hast du den Abend verbracht?«

»Bei dem Beruf kann man nicht pünktlich um vier Uhr den Kugelschreiber fallen lassen. Ich musste mit meinem Bereichsleiter zu einem Kunden, der eine Lebensversicherung abschließen wollte.«

Mensch Junge, man sieht dir sofort an, wenn du lügst. »Name und Adresse?«

»Mein Chef heißt Hagen Feldmann. Den Namen des Kunden weiß ich nicht mehr, kann ich aber nachreichen.« Trotzeks Schulter zuckte.

Ein Klingelton informierte Marius über eine eingegangene Nachricht. Er las die Nachricht von Melanie, auf die er gewartet hatte. Sie hatte Julian Trotzek durchgecheckt. Der Inhalt der Nachricht überraschte ihn.

»Versuch nicht, mich für dumm zu verkaufen.« Er drehte sich um und baute sich direkt vor Julian auf. »Heute Morgen wurde dein Ausbildungsverhältnis fristlos gekündigt. Du bist zum wiederholten Male nicht zur Arbeit erschienen. Am Freitagabend warst du nicht bei einem Kunden, sondern bist um sechzehn Uhr aus dem Büro abgehauen. Den vereinbarten Termin hast du nicht wahrgenommen. Also, von vorne. Wo warst du in der Nacht vom 27. auf den 28. Februar?« Marius gab Julian die Chance, sich zu besinnen.

In der Türöffnung zum Wohnzimmer erschienen die beiden Borussen.

»Kommt rein«, sagte Marius. Sofort registrierte er bei Julian einen Anstieg der Selbstsicherheit. Zeit, einen anderen Ton anzuschlagen. »Dir war bekannt, dass in der Nacht vor dem Derby in der Vereinskneipe gefeiert wird. Christina hatte an diesem Abend Dienst. Was bedeutete, dass Valentin Bergmann ebenfalls anwesend sein würde. Ich habe gerade die Verbindungsdaten von seinem Handy erhalten.«

Marius schaute auf das Display. »Du hast ihn angerufen, und zwar am frühen Morgen des 28. Februar, um null Uhr vier.« Er beobachtete die Reaktion des jungen Mannes. »Als Treffpunkt hast du die Glückauf-Kampfbahn gewählt. Danach hast du ihm mit einem Skalpell das Herz und sein Tattoo entfernt.« Marius machte eine Pause. Stille um ihn herum. »Was für ein Tag! Du hast deinen Rivalen aus dem Weg geräumt und gleichzeitig das Wahrzeichen der verhassten Schalker entehrt.«

Julian fing die Blicke seiner beiden Bodyguard-Freunde auf. »Als Allererstes habe ich mich umgezogen.« Seine Lippen umspielte ein spöttischer Zug, von dem Marius noch vor Minuten nicht gedacht hätte, dass er zu diesem Ausdruck fähig sein würde. »Ich hatte ja noch meinen Anzug an.« Unmerklich deutete Julian mit dem Kinn auf Marius. Die Jungs traten langsam aus dem Hintergrund hervor, ihre Arme in Django-Manier neben dem Körper. »Nach dem Job ging's ab in die Kneipe zum Vorglühen.«

»Derbytime?«

»Klar, so läuft es nun mal. Habe mit den Jungs einige Aktionen abgesprochen – nichts Illegales natürlich. Gegen drei Uhr morgens haben wir uns ein Taxi nach Hause geteilt.« Julians Augen waren starr auf Marius gerichtet, der sich wunderte, wie schnell sein Gegenüber in unterschiedliche Rollen schlüpfte.

»Das ist ja alles recht schön, und der Wirt deiner Stammkneipe wird mir bestimmt bestätigen, dass du dort den Abend verbracht hast. Aber eine Sache hast du vergessen zu erwähnen.«

Julian Trotzeks Hände ballten sich zur Faust. »Was meinen Sie?«

»Sag du es mir.«

Der junge Mann zuckte wieder mit den Schultern. »Keine Ahnung.«

»Die Nachricht an Willi Kruschinski am Abend vor der Mordnacht stammt ebenfalls von deinem Handy. Damit hast du die Tat angekündigt, was ziemlich dumm war.«

»Nein!« Aus der versteinerten Miene Julians konnte Marius nichts lesen.

»Jetzt reicht's, du Bullenschwein!« Der Kleinere der beiden Borussen sprang aus dem Nichts los, um sich gegen Marius zu werfen. Sofort hob der seinen Unterarm und ging in Kampfstellung.

»Darüber, dass der blöde Wichser die SMS ernst nimmt, haben wir uns gefreut. ›Ihr habt Panik, zu verlieren? Heute Nacht werdet ihr erfahren, was Angst wirklich bedeutet.‹ Das nimmt der ernst? Loser. Denken Sie wirklich, der Spaß hätte was mit Ihrem Fall zu tun?«, herrschte Julian den Oberkommissar an.

»Du Bullensau, ich werde dir zeigen, was passiert, wenn du dich mit einem von uns anlegst.« Der Größere der beiden Stiernacken beugte seine Knie, um in Angriffsstellung zu gehen. Mit seinen kahl rasierten Seiten, dem langen Deckhaar, das mit Gel stramm nach hinten gekämmt war, und seinen eisblauen Augen mochte er Passanten auf der Straße einschüchtern, aber Marius nicht.

Der Angreifer schnalzte mit der Zunge. Plötzlich stürzten sich alle drei auf den Oberkommissar. Marius spürte im Stakkato Fäuste auf seinen Oberarm schlagen, eine erwischte seine Magengegend. Er krümmte sich. Die Gesichter der Jungs glichen in ihrer blinden Wut Fratzen. Ehe sich Marius besinnen konnte, landete ein Knie an seinem Kinn. Einen weiteren Stoß fing er ab, doch der Ring, den der kleinere Angreifer gegen seine Schläfe stieß, zerfetzte Marius' Gesichtshaut. Wie von Sinnen schlugen die drei auf ihn ein. Marius igelte sich ein, um seinen Körper zu schützen und Kraft zu tanken. Abrupt vollzog er eine halbe Drehung. Mit der Rechten griff er unter die Jacke nach seiner Dienstwaffe.

»Halt! Hände hoch!« Sein gestreckter Arm hielt die drei in Schach.

Die jungen Männer blieben dicht vor ihm stehen.

»Runter auf den Bauch, Hände auf den Rücken!« Nur widerwillig leisteten die jungen Männer Folge. Marius wählte die Telefonnummer seiner Dortmunder Kollegen und beorderte sie zum Hochhaus.

»Jetzt habt ihr euch richtig in die Scheiße geritten!« Seine Waffe blieb auf die drei gerichtet. »Letzte Chance, noch einmal in Ruhe, Julian. Hast du an diesem Abend Valentin Bergmann angerufen?«

Der auf dem Boden liegende Mann schluckte ein paarmal. »Ja, stimmt. Ich habe ihn angerufen. Die Nummer habe ich von

Christina. Der werden ständig Nummern der Gäste zugesteckt. Ich wollte ihn zur Sau machen, ihm verbieten, meine Freundin anzubaggern. Aber der hat mir überhaupt nicht zugehört, hat immer wieder gesagt, ich soll aus der Leitung gehen. Und dann hat er mich einfach weggedrückt.«

Das deckte sich mit den Daten, die Marius bekommen hatte. Der erste Anruf von außerhalb dauerte keine Minute, wenig später folgte ein zweites Gespräch von einer nicht registrierten Nummer.

»So leicht kommst du nicht aus der Sache raus. Ich werde mich wieder melden. Wo du dich die nächsten Stunden aufhältst, weiß ich ja.«

Er wartete noch, bis die Kollegen eingetroffen waren.

Gleichzeitig mit den Beamten kam Melanie in die Wohnung gestürmt und sah sich um. Entsetzt sah sie seine blutende Wunde.

»Was ist hier los, Marius?« Sie wies auf die Personen, denen gerade Handschellen angelegt wurden. »Wurdest du angegriffen?«

»Erzähl ich dir später.«

»Verdammt, wir hätten zusammenbleiben sollen.« Umständlich wühlte sie in ihrer Handtasche und zog ein Taschentuch heraus. »Nimm!«

Marius beruhigte sie. Zwar hatten sie einen weiteren Verstoß gegen die Dienstvorschriften begangen, aber zumindest war Melanie in Sicherheit geblieben. Noch konnte er ihr Verhalten in Notsituationen nicht einschätzen.

»Diese Probleme gehören der Vergangenheit an. Dein Team steht!«

Sie fuhren zurück nach Gelsenkirchen. Melanie hatte die neuen Mitarbeiter für neunzehn Uhr ins Präsidium bestellt.

Stunden später, um Viertel vor elf in der Nacht, rollten die Räder von Marius' Maschine über die Auffahrt. Was für ein Tag. Er hatte sich ohne Verstärkung in die Höhle des Löwen gewagt. Die Geschichte hätte auch anders ausgehen können. Der Zusammenstoß hinterließ nicht das gute Gefühl einer Trainingseinheit im Freien. Seine Muskeln spannten, die Schulter hatte auch etwas abbekommen. Einige der Treffer waren ungebremst auf seiner Haut gelandet.

Obwohl er sich körperlich am Ende fühlte, streifte er die Plane über sein Motorrad. Die Nachtkälte tat gut. In dem überhitzten Wohnzimmer der Trotzeks hatte er das Gefühl gehabt, dass Körper und Hirn verklebten. Er setzte sich auf die unterste Stufe seiner Veranda. In solchen Momenten fehlte ihm Sina, die es immer geschafft hatte, ihn abzulenken und auf andere Gedanken zu bringen. Wenn er wenigstens eine Zigarette rauchen könnte. Er stand auf, checkte die Vorräte, fand aber nur leere Schachteln, was auch besser war. Die Lust auf eine Kippe hörte auch nach über einem Jahr Abstinenz nicht auf.

Bei seinem Eintreten kam Dragón auf samtigen Tatzen angelaufen. Seit er im Kampf ein Ohr verloren hatte, war er sehr anhänglich geworden. Maunzend streckte er Marius sein Köpfchen entgegen, um sich ein paar Streicheleinheiten abzuholen.

Der Anrufbeantworter blinkte. Eine Nachricht. »Marius? Na, wie haben dir die neuen Mitarbeiter gefallen? Starkes Team, würde ich sagen. Wenn du Lust hast, ruf noch an. Ansonsten sehen wir uns morgen. Ciao!«

Genug für heute. Er würde morgen mit Melanie sprechen.

Sturm – Roaring thunder, wind and rain

Dienstag, 3. März, 11.00 Uhr

Der Saal des Polizeipräsidiums Gelsenkirchen-Buer platzte aus allen Nähten. Kurz vor zehn Uhr hatte sich der Raum mit Journalisten gefüllt. Neben den üblichen Verdächtigen suchten zahlreiche Vertreter der Klatschblätter einen Platz, deren Interesse üblicherweise den Eskapaden der Stars und Sternchen galt. Für den Polizeidienst begeisterten sich diese Reporter in der Regel nicht. Doch damit hatte das Team gerechnet.

Aus dem Nebenraum hörte das Quartett aus Polizeirat Siegmund Lenz, Oberkommissar Pérez, Melanie Klein und Staatsanwalt Brömmel Gemurmel.

Endlich gab Melanie ein Zeichen. Marius, ausnahmsweise in Tuchhose und Jackett, die Haare zum Dutt gebunden, wünschte sich seine Lederkluft herbei. Er atmete tief durch und durchschritt die Tür hinter seinem Chef. Einige Gesichter aus der Region erkannte er wieder, nickte ihnen unmerklich zu. *Sympathie gewinnen!* Sie rückten ihre Stühle zurecht.

Melanie, die die Vertretung für den erkrankten Pressesprecher übernommen hatte, beugte sich zu ihm rüber und sah ihn grinsend an. »Coole Friese. Solltest du öfter machen.«

Anschließend ergriff sie das Mikrofon. Nach einer kurzen Begrüßung bat sie die Anwesenden, ihre Handys stumm zu schalten. Eindringlich wies sie darauf hin, sich vor einer Frage vorzustellen. Daraufhin nannte sie die Mitwirkenden beim Namen und übergab das Wort an den Polizeirat Siegmund Lenz.

»Guten Tag, meine Damen und Herren. Auch ich möchte Sie in den Räumlichkeiten des Polizeipräsidiums Gelsenkirchen-Buer begrüßen.« In einer kurzen Rede fasste er die Fakten des Falles zusammen. »Ich darf Ihnen Folgendes bekannt geben: Bereits zwei Tage nach dem schrecklichen Verbrechen auf der Glückauf-Kampfbahn hat Oberkommissar Pérez den neunzehnjährigen Dortmunder Julian Trotzek in seiner Wohnung in Haft genommen. Nach der Festnahme wurde der Verdächtige in die JVA Essen überstellt. Die Auswertung der Verbindungsdaten von Valentin Bergmanns Handy hat ergeben, dass Trotzek kurz vor der Tat telefonischen Kontakt zu dem Opfer gehabt hat. Darüber hinaus liegen gegen ihn weitere Indizien vor. Einen Kontakt mit Valentin Bergmann am Tatabend räumte der unter dringendem Tatverdacht Stehende ein. Ein Geständnis steht bislang aus. Unsere Ermittler arbeiten mit Hochdruck an der endgültigen Aufklärung des Falls.«

Wer die Berichterstattung mitverfolgt hatte, dem fiel auf, dass Lenz seine Informationsbruchstücke sorgfältig selektierte.

Marius schnaubte innerlich. Was sein Chef als Ermittlungserfolg darstellte, beurteilte er als erste Spur. Trotzek hatte die Wahrheit verdreht, das stimmte. Nach einem Anruf der Gerichtsmedizin am Morgen stand fest, dass er beim genauen Hergang des Abends gelogen hatte. Auf der Dose waren neben Willi Kruschinskis, Bergmanns, seine und die Fingerabdrücke von einer weiteren Person gefunden worden. Mit Spannung erwartete Marius das Ergebnis der Befragung der Nachbarn, die zurzeit von einigen Beamten durchgeführt wurde.

»Ich bitte um Verständnis«, setzte Lenz seine Rede fort, »dass wir keine weitergehenden Angaben zu Ermittlungsergebnissen machen können, außer denen, die Ihnen bekannt sind. Stellen Sie sich die Arbeit an einem Mordfall wie ein Puzzle vor. Die erworbenen Erkenntnisse und Indizien müssen zu einem Gesamtbild zusammengefügt werden. Hierbei bringt uns jede kleine Information ein Stück voran.«

Er schaute Staatsanwalt Brömmel an, dessen Ausführungen die Gefühlsebene ansprechen würden. Ein kluger Schachzug. »Der Tod des Sängers der Band Steelheart, Valentin Bergmann, erschüttert mich sehr, zumal davon auszugehen ist, dass sich das Opfer nicht gewehrt hat. Mein Mitgefühl liegt bei seiner Großmutter, die als einzige Angehörige ausgemacht wurde.«

Er berichtete über die Untersuchungsergebnisse, die effektive Arbeit der Mordkommission und lobte alle Beamten, die zum Ermittlungserfolg beigetragen hatten. Ganz der Politiker. Dann räusperte er sich und sagte: »Ich übergebe das Wort an Oberkommissar Marius Pérez, der die Mordkommission ›Glückauf-Kampfbahn‹ leitet. Bitte stellen Sie ihm Ihre Fragen.«

Marius setzte das Glas Wasser, das vor ihm stand, an seine Lippen und trank es bis zum letzten Tropfen aus. Bevor er zu sprechen begann, öffnete er eine neue Flasche.

»Guten Morgen!« Er hustete. Viele Hände schnellten in die Höhe. Er zeigte wortlos auf eine in der ersten Reihe.

»Marie Kastenbutt, ›Reviersport‹«, sagte die blonde Frau, der die Hand gehörte. Sie erinnerte ihn an eine Moderatorin bei Sky. »Stehen die Ereignisse im Zusammenhang mit dem Derby?«

»Bei der vorübergehenden Festnahme des tatverdächtigen Dortmunders gehen wir von einer Eifersuchtstat aus. Dagegen handelt es sich bei der SMS, die von Julian Trotzek am frühen Abend an den Platzwart der Glückauf-Kampfbahn gesandt wurde, um einen Streich einiger Fans. ›Ihr habt Panik, zu verlieren? Heute Nacht werdet ihr erfahren, was Angst wirklich bedeutet.‹ Diese Nachricht spricht für sich.«

Lenz warf ihm einen Blick zu, der seine Enttäuschung über die Antwort offenbarte.

Damit konnte Marius leben. Hier ging es nicht um das, was tatsächlich geschehen war, sondern darum, was man der Presse lieferte. Und da lautete selbst Lenz' Marschroute: jegliche Verbindung zu der Fan-Feindschaft der Vereine leugnen. Da konnte man dann eben schlecht einen verfeindeten Fan zum wahrscheinlichen Täter machen.

»Philipp Kupczyk, ›Dortmunder Tageblatt‹. Nach meinen Informationen ist es am Montag zu drei Festnahmen gekommen. Zwei Personen besitzen aufgrund mehrerer Delikte Einträge in der Gewaltdatei Sport. Darüber hinaus verbindet sie mit dem SMS-Schreiber Trotzek eine Freundschaft. Sehen Sie in dem Mord ein Zeichen der Eskalation zwischen Fangruppierungen?« Kupczyk pflegte Kontakte zu einem Insider der Dortmunder Polizei, das war ein offenes Geheimnis.

»Im Gegenteil«, antwortete Marius sachlich. »In den letzten Jahren konnten wir dank präventiver Maßnahmen einen Rückgang der Delikte rund um Fußballspiele der Reviervereine verzeichnen.«

Die meisten der folgenden Fragen zielten auf das Spiel zwischen Schalke 04 und Borussia Dortmund ab – typische Reviersturheit. Wie ein Leierkastenmann, der immer wieder ein und dasselbe Lied wiederholte, wurde Marius nicht müde, jeglichen Zusammenhang zwischen der Rivalität und dem Mord zu bestreiten. Noch konnten sie eine Tat aufgrund einer eskalierenden Feindschaft nicht ausschließen, aber die Art und Weise, wie Valentin Bergmann getötet worden war, sprach für ein persönliches Motiv. Er würde einen Teufel tun, die Meute mit Halbwahrheiten anzustacheln.

Eine junge Frau, Typ Jura-Studentin, stand auf. »Ann Molkenbur, ›Blickpunkt‹. Können Sie weitere Morde ausschließen?«

»Wie ich bereits sagte, liegt das Motiv im privaten Umfeld und ist als Einzeltat zu verstehen.«

»Valentin Bergmann hat in seiner Kindheit bei Teutonia Schalke gespielt. Was ist, wenn es der Täter auf Spieler des Vereins abgesehen hat?«, rief eine Ton in Ton in helles Grau Gekleidete, die hinter den offiziellen Plätzen stand. »Wer ist dann der Nächste? Und was tun Sie, um die Jugendlichen zu schützen?«

»Bitte halten Sie sich an die Regeln und stellen sich zunächst vor«, wies Melanie die Frau zurecht.

»Sandra Steiner, ›Localpress‹.«

Eine aufgebrachte Bürgerreporterin, vermutlich Spielermutter. Verdammt! »Dies ist nicht der Ort, um Spekulationen anzustellen. Bitte haben Sie Vertrauen in unsere Arbeit. Wenn wir es für notwendig erachten, treffen wir adäquate Maßnahmen.«

Marius blickte in die Runde. »Gibt es noch Anmerkungen?«

Keiner der Journalisten hob seinen Finger oder stand auf. Unter dem Tisch gab er Melanie ein Zeichen, die Pressekonferenz aufzulösen.

Die Eingangstür wurde geöffnet und mit Schwung gegen die Holzverkleidung des Raumes geworfen. Marius beobachtete die Meute. Dabei fiel ihm Sandra Steiner auf. Sie redete auf Ann Molkenbur ein, ihre Mimik und Gestik verströmten Aggressivität. Steiner zog ihre einen Kopf kleinere Kollegin an der Jacke aus dem Saal. Sie reckte das Kinn, hob die Hand und signalisierte ihrem Fotografen, ihr zu folgen.

»Melanie, da ist was im Gange.« Er zeigte auf die beiden Frauen, die im Gedränge verschwanden.

Von draußen drangen Sprechchöre an sein Ohr. Die ganze Lage war angesichts der kurzen Zeit, die seit dem Mord verstrichen war, an Absurdität nicht zu überbieten. Er konnte sich das Verhalten nur mit der Grausamkeit der Tat und dem Hang der Gelsenkirchener zur übertriebenen Emotionalität erklären. Das Ausleben der Gefühle, das diese Region auszeichnete, war in Deutschland einzigartig. Leider schossen die Bürger manchmal über das Ziel hinaus.

Marius' Hand fuhr zu seiner Waffe. Er bedeutete Melanie, mit ihm zu kommen.

»Ziehen Sie bloß nicht Ihre Dienstwaffe, Pérez«, zischte ihm Lenz zu. »Darauf warten die Aasgeier von der Presse nur.«

Marius nickte. Dass die Pressekonferenz eskalieren könnte, hatte er im Vorfeld nicht in Betracht gezogen.

Mit Schwung setzte er seitlich über den Tisch, um keine Zeit zu verlieren. Melanie folgte ihm. Von der Seite stieß das neue Teammitglied und Kenner der Metal-Szene, Lois Eggemann, zu ihnen. Währenddessen rannten die Journalisten, die vor Minuten geordnet auf ihren Stühlen gesessen hatten, die Treppe hinunter. Im Saal kursierte die Nachricht, dass am Ausgang eine Sensation wartete. Zügig drängten sich die drei Beamten durch die Menge. Per Telefon forderten sie in den Hörer schreiend Unterstützung an. Hoffentlich verstand der diensthabende Polizist ihr Anliegen. Wie hatte es so weit kommen können? Mist! Zum gefühlt hundertsten Mal in der letzten Woche verfluchte Marius die Grippewelle.

Vor dem Präsidium stand eine Horde Menschen. Sie beklagten sich über die Polizei und diskutierten in einer Lautstärke, die Schaulustige auf dem gegenüberliegenden Parkplatz des Finanzamts anlockte. Um sie herum hatten sich einige Beamte postiert. Bevor Marius das Ausmaß der Geschehnisse vollends registrierte, zückten Pressefotografen ihre Kameras und hielten den wütenden Mob in skandalträchtigen Bildern fest. Jeglicher Versuch, sich Gehör zu verschaffen, scheiterte. Ungehalten entriss er einem Demonstranten ein Megaphon, sprang auf die

Mauer der Treppe vor dem Kommissariat und brüllte: »Ruhe! Verdammt noch mal, seien Sie still und hören mir zu!«

Für einen Moment sagte niemand ein Wort. Die Bürger, die neben dem Lautsprecher standen, bedeckten ihre Ohren mit den Händen.

»Spinner!«, hörte Marius einen der Rädelsführer rufen. Das Gesicht des Anzugträgers, der durch seine elegante Kleidung deutlich aus der Menge herausstach, sah er nicht zum ersten Mal.

»Damit eins zunächst klar ist: Ich muss nicht mit Ihnen reden!« Marius blickte in die Gesichter unter ihm. Mit der Aktion hatte er sich ihre ungeteilte Aufmerksamkeit erkämpft. »Dieser Fall betrifft unsere Zuständigkeit. Wir arbeiten auf Hochtouren mit allen verfügbaren Kräften, um den Mord aufzuklären. Und doch kann ich nachvollziehen, dass Ihnen die Situation Angst bereitet. Also lassen Sie uns sachbezogen miteinander reden. Bitte einigen Sie sich bei Ihren Fragen auf eine Reihenfolge. Ansonsten ist die erweiterte Fragestunde sofort beendet.«

Warum behandelte er den Mob wie eine Journalistenrunde? Für diese Aktion würde Lenz ihn zusammenstauchen, das war ihm klar. Doch Marius konnte sich in die Menschen hineinversetzen. Der Mord war nicht nur extrem grausam gewesen, er betraf eine Person, die viele kannten. Hinzu kam als Tatort ein viel frequentierter Platz vor der eigenen Haustür.

Er schaute in die Runde, in zweifelnde Gesichter. Aus einem nicht nachzuvollziehenden Grund glaubten die Leute der Erklärung nicht. Stur hielten sie an ihrer eigenen Meinung vom Hergang der Tat fest. Trotzek ging aufgrund seiner Beziehung zu der Wirtstochter in der Vereinskneipe ein und aus. Zwar erfreute sich Christinas Freund aufgrund der Zugehörigkeit zum gegnerischen Verein keiner hohen Beliebtheit, trotzdem traute ihm niemand einen Mord zu.

»Ich habe bereits mehrmals bei der Polizei angerufen und um Schutz für unsere Kinder gebeten. Was passiert? Wir werden hingehalten.« Der Anzugträger sah Marius in die Augen. »Von der Kämpfernatur Ihres Vaters haben Sie nichts geerbt. Ihr Vater hätte sich für uns eingesetzt, auch wenn das als Bergmann nicht seine Aufgabe gewesen wäre.«

Joe Zarske – Marius erkannte ihn an der polemischen Redeweise. Der Typ war Anfang fünfzig, wollte mit seinen gefärbten Haaren und gezupften Augenbrauen aber mindestens fünf Jahre jünger aussehen. Den Erfolg mochte jeder für sich beurteilen. Der Spielerberater machte einen auf dicke Hose, biederte sich den Jungspielern von Schalke an, die auf dem Weg zur großen Karriere Beistand suchten. Vor zwanzig Jahren hatte er mit seinem Vater in derselben Mannschaft trainiert, bis ihn Disziplinlosigkeit aus der Bahn warf.

»Bitte werden Sie nicht persönlich, Herr Zarske!« Er merkte, wie sinnlos sein Versuch war, Nähe zu den empörten Bürgern aufzubauen. Solange die Regenbogenpresse als Meinungsmacher diente und sie nicht lernten, der Arbeit der Polizei zu vertrauen, würde sich nichts ändern.

Marius beschloss, sich den Schwachsinn nicht weiter anzuhören. Wie es aussah, wollten die Bürger nicht mit ihm reden, sondern ihren Frust loswerden. Er sicherte ihnen abschließend schnellstmögliche Aufklärung zu und ging ins Präsidium.

»Ich habe dir von hier aus zugehört.« Melanie begleitete ihn. »Ich find's ja gut, dass du versuchst, die Bürger zu beruhigen. Aber nimm dir nicht zu viel vor. Es wird nicht funktionieren.«

Marius betrat den Raum, in dem noch vor einer halben Stunde die Pressekonferenz stattgefunden hatte. Polizeirat Siegmund Lenz saß in der letzten Reihe der leeren Stuhlreihen und starrte apathisch auf das Podium. Er zitterte, unter der randlosen Brille hatten sich Schweißtropfen gebildet.

Marius gesellte sich zu ihm.

Lenz wandte ihm den Kopf zu. »Noch zwei Jahre bis zu meiner Pensionierung, Pérez. Der jahrzehntelange Kampf im Präsidium zehrt an meinen Nerven.« Er zog ein Taschentuch aus seiner Hose und wischte sich Stirn und Glatze trocken. »An die mangelnde Anerkennung von Seiten der Bevölkerung habe ich mich gewöhnt. Was mir wirklich Sorgen bereitet, ist die Anfeindung meiner Mitarbeiter, die meines Erachtens immer größer wird.«

Marius wusste, worauf sein Chef hinauswollte. Einige Straftäter machten selbst keinen Halt vor Übergriffen auf Beamte. Der Respekt schwand.

»Langsam fehlt es mir an Ideen, die Situation umzukehren. Vermutlich wird es Zeit, einen Nachfolger aufzubauen.«

Lenz' Dienstmüdigkeit war Marius schon seit Längerem aufgefallen.

»Dass Sie ein Kandidat für meine Nachfolge sind, haben Sie heute wieder bewiesen. Sie sind der geborene Kriminalbeamte, besitzen den richtigen Riecher und finden Lösungen, wo andere Kollegen resignieren. Sie verstehen die Mentalität der Bürger im Ruhrpott, kommunizieren mit ihnen auf einer Ebene.«

Alles hätte Marius erwartet, nur kein Lob. Auch wenn er selbst fand, dass er mehr Einfühlungsvermögen besaß als Heberlein, dessen Umgang mit Menschen oft an eine Katastrophe grenzte. Er lehnte sich zurück und zog das Haargummi aus seinem Dutt. »Danke« war alles, was er sagte.

Als würde ihn die Frisur an Marius' unkonventionelle Art erinnern, fuhr Lenz fort: »Ihr hitziges Temperament, Pérez« – er unterbrach sich und stieß einen kurzen Seufzer aus – »ein bisschen mehr von Hebeleins Korrektheit könnte Ihnen nicht schaden. Auf die Dauer zerreiben Sie sich.« Behäbig packte er seine Unterlagen zusammen, drehte sich wortlos um und verließ den Raum.

Auf dem Weg zu seinem Büro schwirrten Gedankenfetzen durch Marius' Kopf: *Wir arbeiten nicht im beschaulichen Sauerland oder München mit seiner Schickimicki-Gesellschaft. Lenz' Einschätzung hinsichtlich meiner Bürgernähe hakt. Warum gelingt es mir nicht, die Leute bei ihren Problemen abzuholen? Besser als wir wissen sie instinktiv, dass der Mörder noch lange nicht gefunden worden ist. Ihre Angst ist real.*

Julian Trotzek hatte durch seine Tätigkeiten in der Fanszene seine Ausbildung verloren. Bei ihrem Gespräch in Trotzeks Wohnung hatte dessen Mutter durchblicken lassen, dass ihr Sohn falsche Prioritäten setzte. Hoffentlich besann er sich und kriegte die Kurve. Ansonsten drohte eine Karriere, bei der die Rückkehr in ein normales Leben immer unwahrscheinlicher wurde. Vorausgesetzt, er hatte Valentin Bergmann nicht umgebracht.

Marius nahm drei Stufen auf einmal, bis er im oberen Flur angekommen war. In einer Stunde fand ein weiteres Treffen seines Teams statt.

Lächelnd stand Melanie im Vorzimmer. »Hast dich gut geschlagen.« Sie reichte ihm die Unterlagen. »Ich gehe davon aus, dass du dich vorbereiten willst.«

Im Moment fehlte ihm die Lust auf ein Gespräch. Mit einem knappen »Ja, danke!« nahm er die Akte, die sie ihm hinhielt, und ging ins Büro. So positiv wie sie beurteilte er seinen ersten Auftritt als Leiter der Mordkommission nicht. Er nahm auf dem Schreibtischstuhl Platz. Seine Hand fuhr über die Wange, tastete sich zu der Narbe vor. Ärgerlich zog er die Hand zurück, stützte die Ellenbogen auf die Tischplatte und legte seinen Kopf in die Hände. Nur ein paar Minuten abschalten.

In der Tür erschien Melanie. Sie klopfte so lange an den Rahmen, bis Marius schließlich zu ihr aufschaute. Ihr Gesicht wirkte zerknirscht. Bestimmt hatte sie gespürt, dass ihr Kollege nicht gestört werden wollte.

»Marius?«

»Was ist?«

»Ich habe gerade einen Anruf bezüglich der Befragung der Anwohner rund um die Glückauf-Kampfbahn hereinbekommen, die du angeordnet hast.«

Nun hatte sie seine Aufmerksamkeit.

»Ach ja, die Kollegen sind auch schon da«, ergänzte Melanie.

Bevor sie ihm von dem Anruf berichten konnte, sagte er: »Traust du dir zu, die Infos vor dem Team vorzutragen?« Es sprach nichts dagegen und sparte Zeit.

»Marius, das kann doch nicht wahr sein!« Melanie riss den Mund auf, als wollte sie schreien. »Wer hat gerade die Pressekonferenz geleitet?«

»Na, dann lass uns nach drüben gehen, du Medienprofi.«

Gestern hatte er einige Rechercheaufgaben verteilt. Bestimmt gab es bereits erste Ergebnisse. Aufgrund der Pressekonferenz hatte er keine Zeit gehabt, nach Aktualisierungen der Spudok zu sehen.

Nach der Begrüßung ergriff Melanie das Wort. »Also, zuerst zum Anruf bezüglich der Nachbarbefragungen. Eine Frau vom Hubertshof hat ausgesagt, dass sie nach einem Streit mit ihrem Mann fürchterlich aufgeregt gewesen sei. Um sich abzureagieren, hat sie gegen kurz vor zwölf mit dem Familienhund eine Runde um das Areal der Glückauf-Kampfbahn gedreht. Weit ist sie nicht gekommen. An der Caubstraße, das ist die nördliche Begrenzung des Areals«, erklärte Melanie Kriminalkommissar Johann Bauer, der aus dem benachbarten Herne kam, »ist ihr ein schwarzer Polo mit Dortmunder Kennzeichen aufgefallen. Sehr ungewöhnlich für Zeit und Ort. Der Wagen kam ihr bekannt vor, also ist sie etwas abseits stehen geblieben, um das Geschehen zu beobachten.«

»Mutig«, kommentierte Marius.

»Hat sie jemanden erkannt?«, wollte Dirk Weitkamp, der Spezialist für die Fanszene, wissen.

»Aus dem Wagen sind grölende Jugendliche gestiegen, unter ihnen Julian Trotzek. Da ihre Tochter mit der Wirtstocher Christina befreundet ist und sie den jungen Mann kennt, hat sie sich bislang nicht bei der Polizei gemeldet.«

»Mal wieder falsch verstandene Loyalität.« Marius schnaubte.

»Heute Morgen war sie bei den Anwohnern, die vor dem Präsidium gestanden haben«, sagte Melanie. »Irgendetwas an der Stimmung oder an deinen Worten hat sie veranlasst, auszupacken.«

»Sie hat die Gruppe aus einem Versteck beobachtet und ist nach einiger Zeit umgekehrt?« Ungläubig starrte Marius Melanie an.

»Im Gegenteil. Anscheinend hat sie ein sehr gutes Verhältnis zu Julian. Sie ist geradewegs auf ihn zugelaufen.«

»Mutig würde ich das nicht nennen, eher lebensmüde«, kommentierte Dirk Weitkamp.

»Na ja, immerhin hatte sie mit der Deutschen Dogge einen Aufpasser an ihrer Seite. Sie hat ausgesagt, dass sie mit Trotzek gesprochen hat. Der hat daraufhin seine Kollegen überredet, abzuhauen. Marion Krychon, so heißt die Zeugin, ist erst wieder nach Hause zurückgekehrt, nachdem der Tross abgefahren war.

Sie meinte, sie wollte Julian davon abhalten, eine Dummheit zu begehen.«

»Respekt, das hätte auch ganz anders ausgehen können. Bestell sie bitte zur schriftlichen Aussage. In welche Richtung ist der Wagen weitergefahren?«

»Richtung Kurt-Schumacher-Straße. Also konnte sie davon ausgehen, dass er zur Autobahn fuhr.«

Die Tatsache, dass Trotzek mit einer Horde Fans vor Ort war, stützte Marius' These. Seiner Meinung nach hatte der Mord an Val nichts mit der Feindschaft der Fans zu tun.

»Und das ist noch längst nicht alles.« Melanie zeichnete mit ein paar Strichen das Gelände der Glückauf-Kampfbahn auf ihren Block. Neben dem Spielertunnel fügte sie ein Kreuz ein und markierte die Stelle, an der die Zeugin Trotzek getroffen hatte. Bevor sie das Blatt an die Teammitglieder weiterreichte, tippte sie mit dem Kugelschreiber auf einen weiteren Punkt.

»Ein Rentner, Franz Walschewski, er lebt in der Kurt-Schumacher-Straße, hat angegeben, in der Nacht Schlafprobleme gehabt zu haben. Das passiert ihm wohl relativ häufig. Er hat den Wagen mit den Dortmundern kurz nach zwölf vor dem Haupteingang gesehen. Die genaue Uhrzeit wusste er nicht. So zwischen fünf und Viertel nach.«

»War das nicht die Uhrzeit, zu der sich Valentin Bergmann mit seinem Mörder getroffen hat? Das muss kurz nach dem Telefonanruf gewesen sein.« Der Metal-Spezialist Lois Eggemann blickte von seinen Unterlagen auf. Die anderen nickten zustimmend.

»Er war aufgeregt, ihm war die Geräuschkulisse zu laut. Daraufhin verließ er die Kneipe. Das bedeutet …«, setzte Marius an.

»Warte, hör zu!«, unterbrach Melanie. »Es geht weiter: Walschewski war sich sicher, dass die drei ›etwas auf dem Kerbholz‹ hatten, wie er sich ausdrückte. Die Szenerie erschien ihm so spannend, dass er weiter aus dem Fenster guckte. Wenige Minuten nachdem die Jugendlichen angekommen waren, fingen sie an rumzuschreien, dann warf jemand eine Bierdose aus dem Stadion über die Mauer.«

»Bergmann? Seine Fingerabdrücke befanden sich auf der Dose.« Marius stand auf und ging zu der Tafel, an der er alle relevanten Fotos befestigt hatte. Dort sah er sich die vergrößerte Aufnahme des Wurfgeschosses an.

»Hat der Zeuge gehört, was die Jugendlichen gesagt haben?« Bisher hatte sich Dirk Weitkamp, Kenner der hiesigen Fanszene, im Gespräch zurückgehalten. Auch bei der gestrigen Zusammenkunft hatte Marius den Mittdreißiger als eher wortkargen Beobachter wahrgenommen.

»Nein, das wohl nicht.«

»Ohne Frage wollten die jungen Männer auf das Gelände«, resümierte Weitkamp. »Aber wenn sie oder einer von ihnen mit Bergmann verabredet waren, warum schreien sie in der Nacht so laut, dass man sie hört?«

»Trotzek, Bergmann, Kruschinski – wissen wir eigentlich, zu wem die anderen Fingerabdrücke auf der Dose gehören?«, fragte Eggemann. »Soweit ich gelesen habe, war von vier Spuren die Rede.«

Marius schüttelte den Kopf. »Bisher noch nicht.«

Ungeduldig rückte Melanie ihre Brille zurecht. »Soll ich fortfahren?« Ohne die Antwort der Männer abzuwarten, berichtete sie weiter. »Nach der Aktion haben die drei diskutiert. Kurz darauf ist der Wagen abgefahren …«, sie machte eine Pause, »… ohne Trotzeks Freunde, die sich zu Fuß in Richtung Buer aufmachten. Trotzek hat sich laut dem Zeugen mitsamt dem Polo auf der Kurt-Schumacher-Straße in Richtung Gelsenkirchen-Stadtmitte in Bewegung gesetzt, ist aber dann gleich rechts in die Hubertusstraße abgebogen, die ja bekanntlich zum Hintereingang des Stadions führt.«

Melanie legte ihre Notizblätter auf dem Tisch ab. »Der Zeuge Walschewski hat zunächst einen Sprengsatz vermutet. Da er keinen Fehlalarm auslösen wollte, hat er die Situation weiter beobachtet.« Sie legte den Stift zur Seite. »An Phantasie fehlt es dem alten Herrn nicht. Nachdem wieder alles ruhig war, ist er ins Bett gegangen. Allerdings währte der Schlaf nicht lange. Seite letzte Beobachtung betrifft einen Vorfall um 2.40 Uhr. Zu dieser Zeit stand Willi Kruschinski, den er bestens kennt, offenbar frierend vor der Kneipe. Gleichzeitig ist der schwarze Polo aus der Hubertusstraße kommend links in Richtung Buer abgebogen. Da soll mir mal einer was gegen Rentner sagen, die den ganzen Tag am Fenster hängen.«

»Das sind oft sehr wichtige Zeugen«, warf Marius ein. »Höchste Zeit, dass einer von uns Kruschinski einen weiteren Besuch abstattet.«

»So isses!«, stimmte Melanie zu.

»Damit erklärt sich, wie Trotzeks Fingerabdrücke auf die Dose gekommen sind.« Johann Bauer stand auf.

»Stell dir die Situation vor, Mel«, versuchte Marius Trotzeks Verhalten zu erklären. »Er hatte Angst – panische Angst, mit dem Mordfall in Verbindung gebracht zu werden. Vermutlich können einige Mitglieder der Szene mehr über ihn aussagen, als die Polizeiakte hergibt.« Er sah auf die Uhr. Kurz nach drei. In knapp einer halben Stunde war er mit der Leiterin des Luisenstifts, dem letzten Heim, in dem Valentin Bergmann gelebt hatte, verabredet. Er verabschiedete das Team und bat sie, alle relevanten Daten einzutragen. Morgen um die gleiche Zeit würde es weitergehen. Nicht auszuschließen, dass der Fall dann gelöst war.

»So langsam verdichtet sich der Verdacht gegen Trotzek.« Melanie setzte ihre Brille ab und putzte gedankenverloren die Gläser an ihrem Oberteil ab.

»Ich scheine mich getäuscht zu haben.« Marius stützte sich auf ihren Tisch. »Und du warst gut. Ich bin echt beeindruckt. Von den anderen hat keiner gemerkt, dass du nicht tagtäglich mit Mordermittlungen zu tun hast.« Er tippte mit dem Finger auf ihre Lippen. »Schraub deine Spannungsmomente ein wenig zurück, dann ist der Vortrag perfekt.«

»Keine Chance, Marius. Das ist mein persönlicher Stil. Weitkamp sah aus, als würde er gleich einschlafen. Ein bisschen Spannung … und zack«, sie schnipste mit den Fingern, »hatte ich ihn.« Melanie zwinkerte Marius zu. »So, und nun geht's zum Luisenstift?«

Als sie die Treppe nach draußen öffneten, bedeckte feiner Schnee den Hof des Präsidiums. Während Melanie ausgelassen einen Schneeball formte und ihn abwarf, dachte Marius an die nun endgültig verwischten Spuren auf der Glückauf-Kampfbahn.

Er hoffte, der Besuch im Heim würde sie weiterbringen. Jetzt kam es darauf an, die Inszenierung der Leiche zu entschlüsseln. Mit der Darstellung verfolgte der Mörder ein Ziel. Welches, offenbarte sich ihm noch nicht.

Gerade, als er ins Auto steigen wollte, klingelte sein Handy. Er überlegte kurz, ob er drangehen sollte. Die Nummer war ihm nicht bekannt. Kurz entschlossen drückte er auf den grünen Hörer. Johanna Bartig, Leiterin des Luisenstifts, bat darum, den Termin auf den nächsten Morgen zu verschieben. Das kam ihm gelegen. So konnte er endlich Finn anrufen. Außerdem hatte Johann Bauer angedeutet, dass Valentins Drogenkarriere im letzten Frühsommer wieder richtig Fahrt aufgenommen hatte. Aus Zeitmangel war bei der Teambesprechung dieses Thema zu kurz gekommen. Bauers Notizen in der für alle zugänglichen Datei würden ihm weiterhelfen.

Begegnung – Tell me about what you hold inside

Mittwoch, 4. März, 9.30 Uhr

Marius lenkte den Ford Transit auf den Hof des Polizeipräsidiums, als sein Handy klingelte. Aus dem CD-Player dröhnten die letzten Töne von »Spelled in Waters« von dem 2011er Van-Canto-Album »Break the Silence«. Mit einer Hand fischte er das Smartphone aus der Tasche. Finn. Mist, ihm fiel ein, dass er seinen Freund bereits am Sonntag hatte zurückrufen wollen. Mit einer Hand in die Parklücke fahren klappte nicht, daher blieb er mitten auf dem Platz stehen.

»Finn? Warte, ich stell kurz leiser!«

»But uttered words do not live long. Silence will engulf this song.«

»Bist du doch dran?«

Sein Freund bejahte.

»Ich muss mir dringend neue Boxen kaufen. Die alten Teile sind eine Zumutung.«

»Kenn ich. Sag mal, viel zu tun? Man hört nichts mehr von dir.«

»Sorry, Finn. Lenz hat mir doch die Leitung der Mordkommission übertragen, wie du vielleicht schon mitbekommen hast. Hier ist die Hölle los. Was gibt's?« Marius schaute auf die Uhr. Die Zeit drängte. Die Leiterin des Luisenstifts erwartete ihn. Er stellte das Gespräch auf laut, um sich einen Parkplatz zu suchen.

Ohne Umschweife kam Finn zur Sache. »Ich hatte am Sonntag einen Streit mit Stefan. Er geht mir ganz schön auf die Nerven. Jedenfalls hat er keinen Bock, weiter mit mir zusammenzuarbeiten.«

»Und?« Marius sah Melanie auf ihn zukommen.

»Kannst du mir bei der Ausrichtung der Hochzeit helfen?«

Marius hörte Geschepper im Hintergrund. »Sieht wirklich schlecht aus, Finn. Was steht denn an?« Er wechselte schnell die Autos. Blöde Dienstwagenpflicht! Melanie öffnete die Tür und machte es sich auf dem Beifahrersitz bequem. Angesichts des laut gestellten Gesprächs sah sie Marius fragend an.

»Mit der Vorbereitung komme ich im Großen und Ganzen alleine klar. Wichtig wäre, einen zweiten Mann bei der Trauung dabeizuhaben.«

»Versprechen kann ich dir nichts. Keine Ahnung, wie sich der Fall entwickelt. Aber wenn alles gutgeht, bin ich da.«

»Danke.«

»Ich muss jetzt aufhören. Meine Kollegin und ich fahren zu dem Heim, in dem Valentin Bergmann zuletzt gelebt hat.«

»Hi, Finn!«, machte Melanie sich bemerkbar.

»Das Luisenstift? Nathalie hat da ein paar Jahre als Integrationshelferin gearbeitet. Bestimmt kennt sie Val.«

»Wusste ich gar nicht. Danke. Ich muss los. Bis die Tage.« Marius beendete das Gespräch. Das mit seiner Schulfreundin Nathalie und dem Heim war für ihn völlig neu. Sie gehörte zu dem Freundeskreis, den Sina zu ihrer Hochzeit eingeladen hatte. Vielleicht sollte er doch auf den Polterabend gehen.

»Hallo!« Melanie wedelte mit der Hand vor seiner Nase. »Eine Flasche Bier für deine Gedanken.«

Heute war wieder einer der Tage, an denen er die aufgedrehte Fröhlichkeit seiner Kollegin kaum ertragen konnte. Finns Anruf hatte ihn daran erinnert, dass es nur noch ein Tag bis zu Sinas Hochzeit war. Er drückte Melanies Hände zur Seite und schüttelte den Kopf. Vor ihm bremste der Fahrer eines Smarts, obwohl die Ampel gerade erst auf Gelb umgeschlagen war.

»Blöder Sack! Wenn du dich bei dem Wetter nicht traust, ordentlich Auto zu fahren, bleib zu Hause!«, erboste sich Marius und schlug mit der Faust auf den Lenker.

»Uh, da hat aber jemand schlechte Laune.« Bis sie am Ziel angekommen waren, schwieg Melanie.

Auf dem Parkplatz des Luisenstifts lag eine geschlossene Schneedecke. Kurz entschlossen drehte Marius und parkte auf dem Parkstreifen gegenüber der Einrichtung. Nur ein schlichtes Schild am Eingang wies auf die Kinder-und Jugendeinrichtung hin. Zur Straße hin begrenzte eine mannshohe Hecke als Sichtschutz das Gelände. Marius war schon oft hier vorbeigefahren, ohne wahrzunehmen, was das hier überhaupt war. Das quadratisch gebaute Gebäude lag hinter einem geräumigen Vorgarten. Sie folgten den Spuren, die durch den Schnee zum Eingang führten. Als Marius nach oben schaute, entdeckte er ein braunhaariges Mädchen am Fenster des ersten Stocks. Sie lehnte mit der Stirn gegen die Scheibe. Vor ihrem Mund hatte sich durch ihren Atem ein runder Kreis aus Kondenswasser gebildet.

Kurz nachdem Melanie die Klingel betätigt hatte, öffnete eine Frau mittleren Alters die Tür. Marius nahm zuerst ihre weiße Brille wahr, die das Gesicht dominierte. Sie stellten sich vor.

»Johanna Bartig, herzlich willkommen, Kommissar Pérez.« Sie nickte Melanie zu und wies auf einen Raum am anderen Ende der großen Eingangshalle. »Lassen Sie uns in den Gemeinschaftsraum gehen. Dort stört uns keiner, um diese Uhrzeit sind die Jugendlichen in der Schule.«

Wohl nicht alle. Marius dachte an das Mädchen im ersten Stock.

In der folgenden Viertelstunde erfuhren sie nicht viel Neues über Valentin Bergmann. Johanna Bartig hatte das ehemalige Heimkind nie persönlich kennengelernt. Ihr Wissen hatte sie aus einer Akte, die mit gelben Post-its versehen vor ihr auf dem Schreibtisch lag. Informationen über seine Kindheit, Pflegefamilien und wechselnde Heime hatten sie bereits bei ihrer ersten Befragung erfahren.

Marius stand auf und sah sich eine Fotowand an. »Ich kann Valentin Bergmann auf keinem der Bilder entdecken. Gibt es keine Fotos von ihm?«

»Da kann ich Ihnen leider nicht weiterhelfen. Wie gesagt, ich kannte ihn nicht persönlich.«

»Wie kam es eigentlich zu der Wandlung von Valentin Bergmann?«, fragte Melanie. »Ich meine, nach Ihrer Erzählung schien er sich schon früh zum Bad Boy entwickelt zu haben. Was hat seine Entwicklung so positiv beeinflusst?«

»Wir haben in den letzten Jahren sehr gute Erfahrungen mit unserem Konzept gemacht.« Nervös beobachtete Johanna Bartig Marius, der immer noch die Fotowand studierte. Zwischenzeitlich schaute er zu ihr hinüber. »Unsere Einrichtung ist recht klein, wir nehmen maximal zehn Kinder in einer Altersspanne von zwölf bis siebzehn Jahren gleichzeitig auf. Aufgeteilt werden sie in drei Wohngruppen. Unser Ziel ist das Wohl eines jeden Kindes.«

»Ist das nicht in jedem Heim so?« Marius setzte sich wieder.

»Ja, natürlich. Damit das Zusammenleben in den Wohngruppen funktioniert, erfordert es sehr viel Einfühlungsvermögen. Wir müssen auf jeden Jugendlichen einzeln eingehen, ihre Gefühlswelt berücksichtigen. Erst wenn sie sich wohlfühlen, kann die Förderung beginnen.«

Ihre Rede klang wie ein auswendig aufgesagter Werbetext für das Luisenstift, fand Marius. »Trotzdem verstehe ich immer noch nicht, was hier anders gelaufen ist als in den anderen Einrichtungen, in denen Valentin Bergmann untergebracht war«, sagte Marius.

»Wir legen sehr viel Wert auf eine homogene Zusammensetzung der Gruppen.« Sie blätterte in ihrer Akte. »Valentin Bergmann wurde laut den Aufzeichnungen in eine Zweiergruppe integriert.«

Während Johanna Bartig aus der Akte vorlas, stieß Melanie das Knie ihres Vorgesetzten an. Ihr Kopf wies in den hinteren Bereich des Raumes. Marius wendete seinen Kopf. Für die Leiterin der Einrichtung unsichtbar stand hinter dem Türrahmen das braunhaarige Mädchen, das er vorhin am Fenster bemerkt hatte. Kurz entschlossen fragte er Frau Bartig nach dem Weg zur Toilette und stand auf. Es genügte, wenn Melanie den unergiebigen Ausführungen folgte. Von der Heimleiterin würde er keine Neuigkeiten erfahren.

In dem Moment, als er sich umdrehte, zog sich das Mädchen zurück. Die Eingangshalle, die er betrat, erinnerte ihn an die Lobby einer Jugendherberge. Verschiedene Sitzgelegenheiten, Tische mit Zeitschriften und an der Wand aufgestapelte Spiele. Hier trafen sich die Jugendlichen offenbar nach der Schule und am Wochenende. Das Mädchen stand am anderen Ende des Raumes, hinter der Lehne einer Couch, bereit, schnell durch den Flur zu verschwinden. Durch ihr ungeschminktes Gesicht und die glatten, dunklen Haare, die ihr rundes Gesicht schmaler erscheinen ließen, hatte er Mühe, ihr Alter zu schätzen. Ihre Augen folgten Marius, als er auf sie zuging.

Wie aus dem Nichts fragte sie plötzlich: »Sind Sie wegen Ronja hier?«

Überrascht von ihrer plötzlichen Offenheit, blieb Marius auf der anderen Seite der Couch stehen. »Wer ist Ronja?«

»Ronja Krallenberg. Sie hat mit Lippold und Valentin Bergmann in der Wohnung im Erdgeschoss zusammengelebt.«

Marius spürte, dass sie ihm etwas sagen wollte. »... und ist mit dir befreundet?«

»Ja, ein wenig war sie das. Ronja war bei jedem im Haus beliebt. Aber ich bin drei Jahre jünger als sie. Ich habe sie und die Jungs manchmal auf dem Schulhof getroffen.« Fahrig strich sie sich eine Haarsträhne hinter ihr rechtes Ohr. Sie sah zur Tür des Büros. Mit gedämpfter Stimme fuhr sie fort. »Ronja ist im letzten Jahr gestorben. Sie war sehr krank.«

Bei ihrem Vortrag aus Vals Akte hatte Johanna Bartig nur von der Auflösung der Wohngruppe gesprochen. »Du kanntest sie gut, nicht wahr?«

»Ich habe zwar nicht viel mit ihr unternommen, weil sie ständig mit den Jungs unterwegs war«, antwortete sie. »Aber manchmal kam sie, um mit mir zu reden.« Nach einer Weile fügte sie hinzu: »Sie fehlt mir.«

Im Türrahmen erschien Johanna Bartig. »Fiona. Warum, glaubst du, hat der Arzt dir Bettruhe verschrieben? Los, ab nach oben.«

Ohne sich zu verabschieden, folgte das junge Mädchen den Anweisungen.

»Immer dasselbe mit Fiona. Sie hält sich nicht gerne an Regeln.« Neben ihr erschien Melanie. »Wir müssen leider Schluss machen, ich habe einen Termin beim Jugendamt. Falls Sie noch irgendwelche Fragen haben, können Sie mich gerne anrufen.«

»Eins noch«, sagte Marius in beiläufigem Ton. »Wurde die Gruppe wegen Ronjas Tod aufgelöst?« Marius registrierte Melanies Erstaunen.

»Das ist nicht ganz korrekt. Valentin Bergmann war inzwischen neunzehn Jahre alt geworden. Er befand sich sowieso nur noch aufgrund einer Ausnahmegenehmigung in unserer Einrichtung. Und Adrian hatte sein Abitur bestanden und wollte im Sommer studieren.« Sie begleitete die beiden Beamten zur Tür. »Sie können sich auch gerne an die betreuende Sozialarbeiterin, Nathalie Janfeldt, wenden. Einen kleinen Moment, ich suche ihre Kontaktdaten heraus.«

»Nicht nötig, danke.«

Kaum hatten sie das Gelände verlassen, verzog Melanie den Mund. »Glaubst du wirklich, dass sich die Kids bei einer so überkorrekten Leiterin entfalten können?«

»Sie arbeitet noch nicht lange im Luisenstift. Sag mal, tust du mir den Gefallen, die Teambesprechung gleich ohne mich zu leiten? Dann sehe ich zu, dass ich doch noch zu Sinas Polterabend fahre.«

»Na klar, aber lass uns vorher nur besprechen, was ansteht.«

Zerstörerische Laster

Mittwoch, 4. März, 15.50 Uhr

»Sieh mal zu, dass du schneller fährst. Hast du mein Briefing nicht verstanden?«, pflaumte Eddi den Taxifahrer an. Er fühlte sich unwohl. Das kalte Wasser hatte seine Haut aufgeschwemmt. Wie bei einer fetten Made. Seine Stoffhose klebte an den Oberschenkeln, das Hemd spannte am Bauch. Der Fahrer des Wagens wollte seinem Gast mit der hochgestellten Heizung offenbar Gutes tun. Eddi hasste Hitze. Sie beförderte Unmengen an Schweiß aus seinen Poren hervor, an Stellen, an denen nach seinen Kenntnissen keine Schweißdrüsen saßen. Aber was wusste er schon? Verstohlen roch er an Armbeuge und Achsel, wo zwei dunkle Flecken ineinander verliefen. Seine feine Nase schnüffelte einen unangenehmen Geruch. Er packte die Männerhandtasche, sein ständiges Accessoire, holte ein Eau de Parfum heraus. Er spürte die schwarze Flasche in der Hand und atmete auf. Nach wenigen Sprühstößen entspannte er sich.

Unterwasserhochzeit! Was war das für eine verdammte Schnapsidee. So ein ausgefallener Vorschlag konnte nur von Sina stammen. Glaubte sie, er hätte nichts Besseres zu tun, als sich in einen Taucheranzug zu quetschen? Wie ein Hotdog im Brötchen hatte er sich bei der Generalprobe gefühlt. Absolut keine Chance, die Folgen seines ungesunden Lebens zu verstecken. So ein Gummiteil betonte jede Fettschicht. Klar, für Sina, Larissa und Amelie eine Gelegenheit, ihre Modelmaße zu präsentieren. Ständig hatten sie auf seinen Walbauch geschaut. Er hatte ihre ungeniert prüfenden Blicke bemerkt, vor allem die der Ökotante Nathalie.

»Ja, ich esse täglich Fleisch. Ja, ich vernichte ohne Reue eine Tüte Chips und fette Süßigkeiten am Abend. Und ohne Alkohol ertrage ich diese Welt nicht. Er gehört seit Jahren zu meinem Leben«, hätte er ihr am liebsten ins Gesicht geschrien. Niemand hatte das Recht, ihn zu verurteilen. Selbstverliebtes

Pack. Aber warum regte er sich eigentlich auf? Es zwang ihn ja niemand.

Das Taxi hielt an der Bootsanlegestelle. Eddi rundete den Betrag auf fünfzig Euro auf und öffnete die Tür. Zwei Euro Trinkgeld waren für die lange Fahrt vom Duisburger Tauchgasometer nicht angemessen, dessen war er sich bewusst. Aber wahrscheinlich hatte der Polacke das Taxameter frisiert, dachte Eddi. *Die wissen, wie sie uns bescheißen können.*

Der Chronometer an Eddis Handgelenk zeigte zehn nach vier. In knapp drei Stunden würden die anderen kommen. Na ja, gegen eine ausufernde Fete hatte er noch nie etwas einzuwenden gehabt. Bei dem Betrag, den Sebastian ihm für die Ausrichtung des Polterabends überwiesen hatte, war er bestens zurechtgekommen. Kein Knapsen, nur, um über den Tag zu kommen. Essen und Trinken vom Feinsten würde er servieren. Da blieb bestimmt eine Menge für ihn übrig. Welche Quelle er für die Köstlichkeiten angezapft hatte, ging niemanden etwas an. Dem Hummer und dem Champagner sah man nicht an, dass sie vom Laster gefallen waren – quasi.

Die von der Witterung gegerbten Bohlen des Bootsstegs knarrten unter der Last seines Körpers. Genau wie sein Hausboot »Goldbraut«, das durch das Kielwasser eines passierenden Fährschiffs sanft auf den Wellen des Rhein-Herne-Kanals schaukelte, hatte der Hafen schon bessere Tage gesehen.

Sein Blick glitt zu der Reling. *Ein großer Schritt – das schaffst du.* Jeder Muskel seiner Oberschenkel schmerzte, als hätte er einen Marathonlauf absolviert. Er schmunzelte bei dem Vergleich. Wie sich Muskeln nach sportlicher Betätigung anfühlten, wusste er lediglich vom Hörensagen. Bis zum heutigen Tauchgang. Hätte er doch Geld in eine Außentreppe investiert, dann bräuchte er sich um gefährliche Sprünge keine Gedanken zu machen.

Im Augenblick kam ihm der Weg zum Schiff wie ein unüberwindbares Hindernis vor. *Jammerlappen,* schalt er sich und wuchtete behäbig seine hundertzehn Kilo Lebendgewicht über die Reling. Geschafft. Er fischte den Schlüssel aus der Hosentasche, versuchte ihn ins Schüsselloch zu stecken. Nach acht Stunden ohne einen Tropfen Alkohol zitterten seine Hände.

Seine Linke formte eine vergrößerte Öffnung um das Schlüsselloch, eine Hilfestellung, die ihm in den letzten zwei Jahren oft den Zugang zu versperrten Schlössern gewährt hatte. Der Tauchgang am Vormittag war in seiner Erinnerung so präsent, als befände er sich noch immer im Wasser. Grauenhafte Erlebnisse brannten sich ins Hirn ein.

Ohne auf das Stechen seiner Oberschenkel zu achten, überwand er die Treppe, begab sich ins Untergeschoss und steuerte direkt auf die Einbauküche zu. Vom Haken, der die Kühlschranktür zusammenhielt, rieselten beim Öffnen feine Rostpartikel. Mit einem Griff nahm er den Jack Daniel's, öffnete den Drehverschluss und setzte ihn an seine Lippen. Tiefe Befriedigung erfüllte den rothaarigen Mann, während der Whiskey seine Kehle hinunterrann. Er schloss die Augen, hob die begehrte Flasche noch ein wenig an, um einen weiteren Schluck des goldfarbenen Getränks in seine Kehle fließen zu lassen. In seiner Gier erreichte ein Schwall den Mund, mehr, als er aufnehmen konnte. Die Flüssigkeit bahnte sich einen Weg an seinen Mundwinkeln, rann, feine Spuren hinterlassend, über die Haut zum markanten Kinn. Von dort tropfte sie auf den PVC-Boden.

In diesem Moment hasste sich Eddi. Er setzte die Flasche auf die mit beigefarbenen Fliesen besetzte Küchenzeile. Als wolle er sich vergewissern, dass niemand seinen Lebenswandel aus seinem Gesicht ablesen konnte, suchte sein Blick den Spiegel, der links von ihm hing. Blutrote Äderchen durchzogen das Weiß um seine wasserblaue Iris. Jeder einzelne Quadratzentimeter der gräulichen Gesichtsfarbe sprach von einem Leben voller Völlerei, Alkohol und zu vielen Drogen. Ginge es nach seinem Spiegelbild, schaute Eddi ein fünfundvierzigjähriger Mann an. Dass er seinen dreißigsten Geburtstag erst in einem Jahr feierte, konnte man nicht erahnen. Er kniff seine Augen zusammen, versuchte den Charme aufzusetzen, für den er im Laufe seiner Schulzeit bei den Mädchen beliebt gewesen war. Nein, diese Zeiten waren definitiv vorbei.

Ein pochendes Geräusch riss Eddi aus seinen Träumereien. Er hob sein linkes Bein an, um eine kleine Stufe zu überwinden. Die Spitze seines Lederschuhs verkantete sich an einem Trittblech. Seine Gedanken konnten dem, was um ihn herum passierte, nicht folgen. Während er der Länge nach auf den Boden fiel und direkt vor dem Eingang den Teppich küsste, verfluchte er die Enge des Hausbootes. Im Gegenlicht erkannte er durch die Scheibe der Eingangstür einen Schatten. Eddi geriet in Panik.

Absturz

Mittwoch, 4. März, 17.00 Uhr

»Hey, Eddi, Alter! Was machst du denn da?« Finn stand draußen auf der Reling und hatte den Sturz durch das trübe Plexiglas der angelehnten Tür beobachtet. Nun sah er den fetten Körper vor sich auf dem Boden liegen. Mit einem heftigen Ruck öffnete er die Eingangstür, die knapp an Eddis Kopf vorbeischwenkte. »Mensch, Eddi, bist du okay?«

Die fleischige Masse auf dem Boden brummte zustimmend. Eddi drehte den Kopf zu seinem Gast. »Finn, Mensch, bin ich happy, dass du kommst. Hab dich gar nicht so früh erwartet.« Er blieb einen Moment liegen. Auf einmal überkam ihn eine Welle der Übelkeit. Erstaunlich behände drückte sich der fettleibige Mann hoch und riss Finn zur Seite, um seinen Kopf durch die Türöffnung zu recken. Ein Schwall übelriechender Brühe ergoss sich über die Reling. Erschöpft ließ er seinen Oberkörper erneut auf das PVC sinken.

»Hier, nimm!« Finn griff nach einem Handtuch, das auf der schmalen Küchentheke lag, befeuchtete es und drückte es Eddi auf das Gesicht. »Mist, ist dir bewusst, dass hier gleich die Polterabend-Gäste erscheinen? Entsprechend der Einladung rechnen alle damit, dass du sie auf einer Yacht empfängst und nicht auf einem heruntergekommenen Hausboot. Was ist los? Finanzielle Schwierigkeiten?«

»Ich habe dir bereits heute Morgen gesagt, dass meine Yacht generalüberholt wird. Was meinst du, was ich für einen *trouble* gemacht habe, weil sie mir diesen alten Kutter angedreht haben?«

»Erzähl keinen Scheiß, Eddi! Guck dich an. Anscheinend ist von deiner Kohle nicht viel übrig geblieben. Seit zwei Jahren geht es stetig mit dir bergab. Ich weiß nicht, was mit dir los ist. Ehrlich gesagt interessiert es mich auch nicht, aber mir machst du nichts vor.« Jetzt erst schaute sich Finn in dem Boot um. Wie es aussah, hatte Eddi seinen gesamten Hausstand in den

Räumen untergebracht. Die Abstellflächen quollen über von Kleidung, Handtüchern, Kosmetikartikeln und Lebensmitteln. Was war aus dem einstigen Lebemann geworden? Wegen der Staubschicht, die das gesamte Bootsinnere überzog, tippte Finn auf eine längere Reise. Vielleicht wohnte Eddi ja sogar in den Räumen.

»Jetzt reiß dich zusammen. Geh unter die Dusche und zieh dir ordentliche Klamotten an. Danach helfe ich dir, Licht in dein Chaos zu bringen.«

Er unterdrückte den Drang, sich die Nase zuzuhalten. Seine Schläfen pochten von der stickigen Luft, einem Gemisch aus übel riechendem Männerschweiß, abgestandenem Bier und Kotze. Er öffnete die Kipphebel der Fenster, um eine frische Brise in die Räume zu lassen. »Ist dir klar, wie aufgeregt Sina ist? Sie freut sich wie eine Schneekönigin auf den Abend.«

Ohne auf den jammernden Eddi zu achten, forschten Finns Augen nach einem Lappen, den er zum Staubwischen missbrauchen konnte. Mit ein paar Handgriffen verstaute er sämtliche herumliegenden Gegenstände. Dabei fielen ihm an mehreren Stellen des Bootes Tuschezeichnungen auf, die in billige rahmenlose Fotohalter gepresst an der Wand hingen. Er trat einen Schritt zurück und betrachtete ein Bild über der Sitzgruppe, eine detailreiche Darstellung der Burg Eltz. Finn suchte nach einer Signatur des Künstlers und staunte nicht schlecht, auf der Mauer der Brücke Eduard von Meppen zu lesen. Dieses Talent war ihm bislang verborgen geblieben.

Das kleine Schiff mochte in Urlaubszeiten mit viel Phantasie vier bis fünf Menschen Platz bieten. Finn stopfte jede freie Ecke voll. Sollte Eddi doch nach der Party am Abend seine Sachen suchen. Eine gerechte Strafe. Finn betrat den unteren Raum. Während seine Finger einen Berg benutzte Handtücher umschlossen, fiel sein Blick auf eine Klappe in der Wandverkleidung, die eindeutig nachträglich angebracht worden war. Das Vorhängeschloss, das die beiden Löcher in der Tür verband, war geöffnet. Einen Schlüssel konnte Finn nirgends entdecken.

Privatsphäre? – Was soll's. Vorsichtig pfriemelte er das Schloss aus der Öffnung und öffnete die Klappe. Der mit Teppich ausgekleidete Freiraum war bis auf einen Aktenordner leer. Obwohl Finn zunächst die Handtücher in die Lücke stopfen wollte, siegte seine Neugier. Er klappte den Deckel auf. Zu Tage traten Zeugnisse und Diplome von verschiedenen Personen. Finn konnte sich keinen Reim auf die Unterlagen machen.

Während der nächsten halben Stunde erledigte er die Arbeit des Hausbootbesitzers und Gastgebers für den Abend. Und fragte sich dabei immer wieder, warum er Eddi nicht in seiner Scheiße sitzen ließ. Nein, hier ging es nicht um den Mann, der gerade vergnügt in der Dusche sang. Seine Bemühungen galten Sina. Er malte sich ihre Reaktion aus, wenn sie bemerkte, dass sich die angekündigte Luxusyacht als ein Hausboot herausstellte. Der erste Eindruck würde sie regelrecht schocken.

Der Gesang aus dem Badezimmer machte ihn wütend. Statt depressiv wie eben noch war Eddi nun überdreht.

»Jetzt sieh zu, dass du da rauskommst.« Mit geballter Faust schlug Finn dreimal gegen die Toilettentür.

Eddi verstummte. Von außen hörte Finn, wie das Wasser abgedreht wurde. Beim Öffnen der Tür quoll ihm ein Schwall heißer Luft entgegen. Eddi steckte den Kopf aus der Tür. »*Stay cool, man.* Gibst du mir bitte das Badetuch, das ich vorhin aufs Bett gelegt habe?«

»Da.« Finn konnte seinen Ärger kaum unterdrücken. »Mach hinne, die Gäste kommen in einer Stunde. Um deinen ausgeleerten Mageninhalt darfst du dich gern selbst kümmern.«

Nachdem er sämtliche Fenster geöffnet hatte, setzte sich Finn an den Tisch. Obwohl es beim Probelauf im TauchRevier Gasometer den Anschein gehabt hatte, dass sich alle auf die geplante Feier freuten, hatte er das Gefühl, dass dies ihr letztes Zusammentreffen sein würde. Wie viel Gemeinsamkeiten besaßen die Freunde noch? Die Zeiten, in denen sie wilde Schulpartys gefeiert hatten, waren vorbei. Das Leben hatte jeden in eine andere Richtung geführt. Laut Sinas Erzählungen kamen die vierteljährlichen Treffen, die sie organisierte, mit immer größerem Aufwand zustande.

Nathalie arbeitete seit Anfang des Jahres in Hannover, Eddi tourte mit seinem Boot herum. Larissa, die als Solotänzerin im Gelsenkirchener MIR auftrat, musste die Treffen mit ihren Auftritten abstimmen. Und Marius? Er hatte sich nach der Geschichte mit Sina immer seltener sehen lassen, erst recht, als sie Sebastian angeschleppt hatte. Trotzdem schaffte es Sina immer wieder, die Differenzen der Gruppe für ein paar Stunden unsichtbar werden zu lassen.

Er beschloss, die Feier um spätestens zehn Uhr zu verlassen. Schließlich lag die Verantwortung für die morgige Hochzeit in seiner Hand. Ob Marius ihm tatsächlich helfen würde, stand in den Sternen.

»Warum sollte ich eigentlich früher kommen?«, fragte Finn seinen Jugendfreund, der eine Lichterkette an den Metallhaken der Fenster befestigte. Wie in jedem Zusammenschluss gab es auch bei ihnen die eine oder andere Grüppchenbildung. Aber Finn hatte mit Beginn seiner Polizeiausbildung alle Partyaktivitäten eingestellt. Darauf war auch die Freundschaft mit Eddi, die sich schon früher auf gelegentliche Discobesuche beschränkt hatte, merklich abgekühlt. Nachdem Finn bei seinem ersten Einsatz auf ein Massaker bei einer Party auf einer Hochseeyacht getroffen war und daraufhin seinen Dienst quittiert hatte, war der Kontakt ganz abgebrochen. Grund dafür war Eddis Freundschaft zu dem damaligen Gastgeber der Feier gewesen. Verdächtig durch diverse Drogengeschäfte, die ihm niemand nachweisen konnte, war der kein Unbekannter in Polizeikreisen.

Um nach dem Erlebnis, das ihn noch immer im Schlaf verfolgte, wieder einigermaßen frei atmen zu können, hatte Finn mit der Vergangenheit abgeschlossen und die Zeit bei der Polizei gestrichen, als wären sie nie da gewesen. Der Kauf des TauchReviers Gasometer war seine Chance auf ein neues Leben. Seine privaten Kontakte zum ehemaligen Freundeskreis beschränkten sich auf Marius und Sina, die regelmäßig Tauchgänge durchführten und mit denen er auf Konzerte ging. Bis zu diesem Wochenende.

»Ich muss mit dir reden.« Eddi sprach so leise, dass Finn ihn kaum verstehen konnte. Sein Gesicht schien mit einem Mal zu Eis erstarrt. Er konzentrierte sich auf einen Fleck auf seinem Hemd, das er über der Jeans trug. Mit rotem Kopf streckte er die Zunge heraus, leckte am Zeigefinger, um gleich darauf den unteren Zipfel des Oberteils zu befeuchten. Finn beobachtete das Ablenkungsmanöver. »Hey Eddi, was ist jetzt? Übrigens ist mir beim Aufräumen ein Ordner in die Finger gefallen.«

Vor der Eingangsluke erschien Sebastian. Der Bräutigam hielt sich nicht mit unnötigem Anklopfen auf, sondern öffnete die Tür von außen und blaffte im nächsten Moment Finn an: »Was machst du denn schon hier?« Beim Anblick des Ordners in Finns Hand verengten sich seine Augen. Ein missbilligender Blick streifte den Bootsbesitzer. Ohne zu fragen nahm er den Aktenordner an sich.

»Hallo erst mal«, versuchte Finn die Situation zu entschärfen. »Eddi hat mich gebeten …« In Eddis Augen lag ein nicht zu deutendes Flehen. Finn nahm die beiden Kaffeetassen vom Tisch und stellte sie auf die Ablage zwischen Wohnraum und Küche. »Also er hat mich gefragt, ob ich ihm beim Vorbereiten helfen kann.«

»Hier sah es aus wie Kraut und Rüben«, ergänzte Eddi in auffallend vertraulichem Ton. »Du kennst mich doch, mein nicht ausgeprägter Sinn für Ordnung ist legendär.« Auf seinem talgigen Gesicht breitete sich ein Lächeln aus, das jedoch nicht seine Augen erreichte. Deren Pupillen huschten um Glaubhaftigkeit heischend von einem zum anderen. »Schau dich um, ist mein Boot jetzt nicht ein würdiger Austragungsort für deine Party?«

»Oh, ganz bestimmt!« Sebastians Stimme triefte vor Ironie.

Was ging hier vor? »Wo hast du eigentlich Sina gelassen?«, fragte Finn.

Ein wenig schien sich der Bräutigam zu entspannen, auch wenn Finn nicht sagen konnte, was ihn dazu brachte. »Irgendwie vertrage ich die vielen Tauchgänge der letzten Tage nicht besonders gut. Ständig ist mir kotzübel, wenn wir nach Hause kommen.« Er setzte sich an den Tisch. »Sina war so lieb, mich in Ruhe schlafen zu lassen. Sie hat ihre Sachen mit zu Amelie genommen. Wie in alten Zeiten. Mädels halt.«

Trotz der lockeren Erklärung wurde Finn das Gefühl nicht los, Sebastian gestört zu haben. Eddi dagegen schien froh über seine Anwesenheit.

»Du hättest mir sofort Bescheid sagen müssen, nachdem du zum ersten Mal Probleme hattest. Übelkeit kann auf alles Mögliche hindeuten. Damit ist nicht zu spaßen. Zur Not sollte man lieber den Tauchgang verschieben.« In Finns Magen breitete sich ein unangenehmes Gefühl aus.

»Kinderkram. Bis zur Hochzeit halte ich durch.« Sebastian zwinkerte Finn zu. Eine aufgesetzt freundschaftliche Geste, mit der er Menschen auf seine Seite zu ziehen versuchte, indem er Nähe vorgaukelte. Derlei Gehabe perlte an Finn ab wie ein Tropfen Wasser von einem frisch polierten Auto.

Vorsorglich wies er Sebastian darauf hin, dass er ihn am Morgen vor dem Tauchgang nach seinem Befinden fragen würde, und hörte dann mit der Räumerei endgültig auf. Stattdessen holte er Pinnchen aus dem Regal in der Küche und griff wahllos die oberste Flasche, die sich im mit Spirituosen befüllten Kühlschrank befand. Schottischer Whisky. Die drei prosteten sich zu und leiteten so den Abend ein.

»Hast du Sina von dem *change* der Location erzählt?«, fragte Eddi, dessen Lebensgeister nach dem dritten Whisky allmählich erwachten. Sorgsam darauf bedacht, nichts Falsches zu sagen, lenkte er das Gespräch lieber auf die Feier.

Sebastian grinste. »Ach, lass mal. Manchmal müssen Frauen zu ihrem Glück gezwungen werden. Was sie nicht weiß, macht sie nicht heiß!« Er lachte schallend über seinen eigenen Witz.

»Ja, Weiber.« Kumpelhaft landete Eddis flache Hand auf dem Tisch. Finn fiel der unnatürliche Klang der Stimme auf. Eddi biederte sich an.

Durch das geöffnete Seitenfenster wehte der Wind einen üblen Geruch in die Räume. Finns Magen rebellierte. »Ich würde dir raten, die Kotze aufzuwischen, bevor die Mädels eintreffen.« Er erhob sich, ging zur kleinen Spüle, füllte einen Eimer mit Wasser und stellte ihn Eddi vor die Füße.

»Unser Eddi!« Sebastian schlug seinem Kumpel auf die Schulter. »Nach so vielen Jahren Suff hast du immer noch nicht gelernt, wie viel du verträgst.«

Verbindungen – Face the wind, let fires burn

Mittwoch, 4. März, 19.00 Uhr

Vor seiner Abfahrt zum Polterabend saß Marius mit dem Handy in der Hand auf dem Bock seiner Harley. Den ganzen Tag hatte er keine Zeit gefunden, die Nachrichten zu verfolgen. Er blätterte durch die Seiten. Wie erwartet, setzten die meisten Redaktionen auf eine Zusammenfassung der Ereignisse, ergänzt durch die Informationen von der Pressekonferenz. Dagegen beruhte der Artikel von Gregor Dahlen auf reinen Spekulationen. Allmählich entwickelte Marius einen Hass auf den Reporter, der sich auf die Fahne geschrieben hatte, seine eigene faktenferne Sicht der Wahrheit zu propagieren. Er überflog die Zeilen. Hatte er in seinem ersten Artikel nach Bekanntwerden des Mordes noch auf eine mögliche Eskalation der Gewalt hingewiesen, stellte er die Lage jetzt da, als wäre ein Krieg zwischen den Fans ausgebrochen. Marius nahm sich vor, dringend mit Lenz über das Thema zu sprechen, sonst würde die Fiktion bald Realität werden. Der Mann musste gestoppt werden, Pressefreiheit hin oder her.

Pünktlich zum Start der Party fuhr Marius auf den Parkplatz am Rhein-Herne-Kanal, den Eddi beschrieben hatte. Vor ihm stiegen Sina, Nathalie, Larissa und Amelie aus einem Taxi. Er beobachtete, wie das ungleiche Kleeblatt den Hafen entlanglief und sich dabei gestikulierend unterhielt. Als sie stehen blieben, schloss er zu den diskutierenden Frauen auf.

»Hi, wie geht's.« Marius blieb auf Abstand. »Sucht ihr das Boot?«

»Boot? Du bist lustig«, mischte sich Larissa ein, deren Pfennigabsätze im matschigen Schnee versanken. »Eddi kommt mit seiner Yacht.«

Sina nickte. »Vermutlich hat er noch eine Tour auf dem Kanal unternommen. Dann müssen wir halt warten.«

»Hat eine von euch in letzter Zeit die Yacht gesehen, von der er immer spricht? Ich meine … wenn man sich seine Klamotten anschaut …« Amelie flüchtete sich auf eine Bank. »Kommt hoch, hier habt ihr wenigstens trockene Füße.«

Während Sina und Larissa es ihr nachtaten und sich auf die Lehne der Bank setzten, blieb Nathalie in Winterstiefeln neben Marius stehen.

»Wundern tät's mich nicht, wenn er seine Yacht längst gegen einen alten Kahn getauscht hat«, sagte Amelie. »Ehrlich gesagt, habe ich ihn zuletzt vor … Mensch, das ist bestimmt schon acht Jahre her, seit wir auf der Yacht gefeiert haben.«

»Stimmt. Da war Eddi noch dick im Geschäft.« Sina legte den Kopf schräg und sah Marius an. »Du siehst so aus, als wüsstest du mehr als wir.« Sie lächelte.

Plötzlich dröhnte laute Musik über den Kanal.

»Hey, ihr Hübschen. Hier geht's lang!«, lallte jemand in den Nachthimmel. Die fünf erkannten die Stimme und wandten sich um. Vor einem weißen Hausboot stand Eddi mit einer Magnumflasche Champagner in der einen und langstieligen Gläsern in der anderen Hand. Als wäre seine stattliche Erscheinung nicht Erkennungsmerkmal genug, schwenkte er seine Arme, als hätte er Navigationsfahnen in den Händen. Einige Schritte hinter ihm lehnte Sebastian an der Reling.

Die Frauen schauten sich erstaunt an, ehe sie hinter Marius auf ihren Gastgeber zugingen. Larissa fluchte unaufhörlich über den holprigen Weg, bei dem die dünnen Pfennigabsätze ihrer goldenen High Heels ständig zur Seite knickten. Ihre hochgewachsene Tänzerinnenfigur steckte in einem weißen Kleid aus grober Spitze, über dem sie eine kurze Daunenjacke trug und das mehr enthüllte, als es verbarg. Lediglich ein schmaler Gürtel lenkte den Blick von ihrer gut sichtbaren Unterwäsche ab. Auch ihrem verkniffenen Gesicht sah man an, dass ihr der Anfang des Abends gewaltig gegen den Strich ging.

Nathalie, wie immer gänzlich uneitel, trug dieselbe Kleidung wie vor dem Tauchgang. Auch wenn sie es nicht darauf angelegt hatte, wirkte sie von den Frauen am passendsten angezogen.

Marius begrüßte seine alten Freunde mit Handschlag, Sebastian nickte er nur zu.

»Dass ihr unzertrennlich seid, sieht sogar ein Blinder. Wie Zwillinge«, spielte Eddi auf das ähnliche Outfit von Sina und ihrer besten Freundin Amelie an.

Bisher hatte Marius noch nicht auf die beiden geachtet. Seine Gedanken waren bei Nathalie. Erneut hatte er es versäumt, sie so herzlich zu begrüßen wie zu den Zeiten, in denen sie sich näher gestanden hatten. Bleib fern von mir, strahlte sie aus. Er bedauerte, nach Emelies Unfall nie die passenden Worte gefunden zu haben, um seine Anteilnahme auszudrücken. Wie erreichte man eine Frau, deren Tochter im Alter von fünf Jahren vor dem eigenen Haus überfahren worden war? – Mach dir keine Vorwürfe, auch andere Mütter schließen ihre Haustür nicht ab? Es war nicht deine Schuld, Kinder leben ihren Freiheitsdrang aus, ohne auf Regeln zu achten? Bevor er so was von sich gab, hielt er doch lieber ganz die Klappe. Schließlich hatte sie früher mehr als eine oberflächliche Bekanntschaft verbunden. Sein Unvermögen und seine mangelnde Unterstützung einer seiner ehemals besten Freundinnen gegenüber, in einer Zeit, in der sie beides gebraucht hätte, konnte er nicht rückgängig machen. Er hatte es noch nicht einmal geschafft, zur Beerdigung der Kleinen zu gehen. Ein Versäumnis, das er sich nicht verzieh. Inzwischen waren seit Emelies Tod knapp drei Jahre vergangen. Ein paarmal hatte er sich vorgenommen, mit Nathalie über diesen prägenden Lebensabschnitt zu reden, aber ihre abweisende Ausstrahlung ließ ihn zurückschrecken. Jeden Tag lebte er mit dem Wissen, in einer Situation von großer Tragweite versagt zu haben. Vielleicht war das Gespräch über ihre Arbeit, das er im Laufe des Abends mit ihr führen wollte, ein erster Anfang, wieder normal miteinander umzugehen.

»Du siehst phantastisch aus«, begrüßte Sebastian seine Verlobte.

Marius kannte ihn nicht besonders gut. Er hatte sich ihn immer wie einen schmierigen Abstauber vorgestellt, unfähig, Sina die Liebe zu geben, die sie verdiente. Der Umgang des Paars miteinander sprach eine andere Sprache. Er musste zugeben, dass Sebastian seine Augen nicht von Sina lassen konnte. Larissas Reize schienen ihn dagegen völlig kalt zu lassen.

Marius war froh, als sich die Toilettentür öffnete und Finn auf ihn zukam. Er hatte keine Lust, die ganze Zeit das Paar zu beobachten. Sie schlängelten sich an der tanzenden Larissa vorbei, die Treppe hinauf auf das Oberdeck. Der Lärm der Musik drang durch die Öffnung nach draußen, sodass er die Heckklappe schloss, um die Lautstärke auf ein erträgliches Maß zu senken. »Hier kann man wenigstens sein eigenes Wort verstehen.«

Finn grinste. »Schön, dass du gekommen bist. Ich dachte, du wärst voll in Arbeit. Was macht dein Fall? Sind inzwischen einige der Erkrankten wieder im Dienst?«

»An der Krankenfront tut sich nicht viel. Lediglich unser Pressesprecher hat sich heute Morgen gesund gemeldet. War auch Zeit. Mich um die Reporter zu kümmern, ist so ziemlich das Letzte, worauf ich Bock habe.«

»Besonders positiv kommt die Polizei ja nicht rüber«, schrie Finn gegen die lauter gewordene Musik an. »Man liest überall von Ermittlungsfehlern, Versagen und Verschleppung.«

»Du kennst doch unsere Sekretärin Melanie Klein, oder?«

»Ja, sicher. Immer wenn ich auf dem Präsidium anrufe, um dich zu sprechen, und du bist nicht da, geht sie an den Apparat. Ihre aufgekratzte und manchmal recht durchdringende Stimme höre ich noch Stunden, nachdem ich aufgelegt habe.«

»Reden kann sie in der Tat. Aber wie sich herausgestellt hat, nicht nur Büroklatsch. Sie mausert sich zu einer echten Hilfe. Heute hat sie die Teamsitzung geleitet und einen der Mitarbeiter beim Verhör unterstützt.«

Die Tür öffnete sich, und Sinas Kopf erschien im Türrahmen. »Na, ihr zwei Partymuffel. Wollt ihr nicht zu uns kommen?«

»Ja, gleich, Sina«, antwortete Marius. Wenig später schaute er durch das Fenster. Sina hatte die Schuhe in die Ecke gefeuert und tanzte eng umschlungen mit Sebastian. Sie ignorierten den schnellen Takt der Musik, der die anderen Gäste zu wilden Bewegungen animierte. Sollte er sich den Abend wirklich antun? Hier wurde er nicht gebraucht. Am liebsten würde er sich Finn packen, um mit ihm in eine Kneipe zu flüchten. Er würde sich sehr anstrengen müssen, um mit der Gesellschaft warm zu werden. Wieder spürte er, wie wenig er mit seinen Freunden gemein hatte.

»Ich beobachte dich schon die ganze Zeit«, meinte Finn. »Scheinst einen Hang zu haben, dich zu quälen.«

Marius antwortete nicht. Sein Freund kannte ihn genau, wusste seine Reaktionen zu deuten.

Das ausdauernde Vibrieren seines Smartphones in seiner Hosentasche erinnerte Marius daran, dass er hauptsächlich aus dienstlichen Gründen hier war.

»Bleibst du noch lange dort?«, fragte Melanie, nachdem er sich gemeldet hatte. »Es gibt Neuigkeiten, über die wir reden müssen. Eher länger, denke ich. Kannst du bei mir vorbeikommen?« Ihr übliches Lächeln in der Stimme fehlte hörbar.

»Okay. Ich rede noch kurz mit Nathalie.«

»Komm bitte möglichst bald, ich bin ziemlich k.o.«

»Geht in Ordnung, bis gleich!«

»Erledige du deine Arbeit, ich werfe mich noch ein wenig ins Getümmel«, sagte Finn und schlängelte sich vorbei an den tanzenden Leibern in die Küche. Er tippte Nathalie, die gelangweilt aus dem Fenster sah, auf die Schulter. Marius sah, wie sie nickte, ihre Jacke schnappte und zu ihm kam.

»Hältst du es auch nicht drinnen aus?« Zum ersten Mal seit Langem sah Natalie ihn direkt an. Sie wirkte wesentlich älter als achtundzwanzig. Er fragte sich, warum er diesen Eindruck hatte? Es war nicht wie bei Eddi, dessen ausschweifender Lebensstil seinen Tribut gefordert hatte. Im Gegensatz zu ihm wirkte Nathalie weniger auffällig, aber sehr gepflegt. Ihren Kleidungsstil konnte man als alternativ bezeichnen. Ihr ungeschminktes Gesicht offenbarte alle Anstrengungen ihres Lebens. Marius war dankbar für den lässigen Ton, den sie anschlug. Das machte es ihm leichter, ohne Gewissensbisse mit ihr zu reden.

»Definitiv nicht meine Musik.« Marius grinste. »Ehe ich Helene Fischer höre, lasse ich mich drei Tage in eine Zelle sperren.«

Nathalie lachte laut. Das Eis schien gebrochen. »Du wolltest mich sprechen?«, fragte sie und lehnte sich neben ihn an die Reling.

»Lass uns am Kanal entlanglaufen.« Auf ihr Nicken hin setzten sie sich in Bewegung. »Wie du dir vielleicht denken kannst, geht es um den Tod von Valentin Bergmann. Heute habe ich mit meiner Kollegin das Luisenstift in Resse besucht, damit wir uns ein Bild von seiner Vergangenheit machen können.«

»Ja, ich habe in der Presse von seinem Tod erfahren.« Angesichts der Minusgrade versenkte sie ihre Hände in den Jackentaschen. »Ich schätze, du weißt, dass Valentin einer meiner Schützlinge war.«

»Wie war er so?«

»Die Stelle im Luisenstift war meine erste nach Emelies Tod.« Ihr Blick schweifte über die Wellen. »Die Gruppe wurde gerade neu gebildet. Ob wir mit unserer Arbeit erfolgreich sind, hängt viel mit der Zusammenstellung der Jugendlichen zusammen.«

»War Valentin Bergmann mit seiner bewegten Vergangenheit nicht ein Risiko?«

»Natürlich. Aber ich war mir sicher, dass er zunächst einfach Menschen brauchte, die ihn verstehen.« Nathalie blieb stehen und sah Marius an. »Ronja – über sie weißt du ja sicher auch Bescheid – hatte ihre Eltern früh verloren. Aber im Gegensatz zu Valentin, der zunächst niemandem getraut hat, war sie durch ihre Offenheit beliebt. Sie konnte sich nicht an das Gefühl, in einer Kleinfamilie zu leben, erinnern und hatte das Glück, von Beginn an in ein Heim zu kommen, in dem sie sich wohlfühlte.«

»Und der andere Bewohner?

»Wie aus Adrian Lippold ein so charakterstarker junger Mann geworden ist, habe ich angesichts seiner Vorgeschichte nie verstanden. Er stammt aus einer recht wohlhabenden, aber lieblosen Familie, Mutter Chefsekretärin, Vater mit eigener Firma. Wenn der Vater Frust hatte, ließ er seine Wut an seiner Frau, später auch an seinem Sohn aus. Glücklicherweise beendete die Mutter die Beziehung, fühlte sich aber nach einiger Zeit überfordert und zog zu ihrem neuen Freund. Adrian kam ins Heim.«

»War das nicht ein Risiko, drei Kinder mit einer schwierigen Vergangenheit zusammen in eine Gruppe zu packen?«

»Ganz im Gegenteil. Unter Ronjas Führung blühten die Jungs auf.«

»Warum wurde die Gruppe geschlossen?«

Nathalies Gesicht nahm einen traurigen Zug an. »Ronja hatte einen angeborenen Herzfehler, der nie entdeckt worden war. Eines Tages ist sie gestorben.«

»Das muss fürchterlich für die Jungs gewesen sein.«

»Allerdings. Valentin machte das, was er von früher kannte. Er verschwand von der Bildfläche. Adrian habe ich noch eine Weile begleitet. Nach Ronjas Tod hat er sich auf die Schule konzentriert und schließlich ein Einser-Abi abgelegt.«

»Nathalie, hältst du es für möglich, dass er Valentin ermordet hat?«

Sie schüttelte den Kopf. »Nein, so eine Tat passt nicht zu ihm. Er hat seinen Schmerz anders kanalisiert. Inzwischen studiert er.«

»Danke für den Einblick. Darf ich dich anrufen, wenn ich noch Fragen habe?«

»Jederzeit, Marius.« Sie machte eine Pause. »Und komm mal einfach so vorbei, wenn es nicht um die Arbeit geht. Ich vermisse unsere Freundschaft.«

Er nahm sie in die Arme und drückte sie kurz, anschließend begleitete er sie zum Steg. »Bitte grüß die anderen von mir. Ich habe vorhin einen Anruf von meiner Kollegin bekommen. Wir sind brutal unterbesetzt. Und die Arbeit ruft.«

Nathalie nahm seine Hand. »Das geht nicht. Du musst dich wenigstens von Sina verabschieden. Auch wenn es dir schwerfällt.« Sie beobachtete seine Reaktion. »Marius, Sebastian tut ihr gut. Lass sie gehen, wenn du sie wirklich liebst.«

Marius blieb in der Tür stehen und winkte Sina, die mit einer Champagnerflasche in der Hand am Tresen stand, herbei. Die Lippen zu der Musik bewegend, tänzelte sie auf ihn zu und blieb auf der obersten Treppenstufe stehen.

»Ich muss los. Der Mordfall.« Als er sich zu seiner Freundin hinunterbeugte, nahm er ein Gemisch von Wodka, Schampus und dem typisch frischen Duft, den er liebte, wahr. Auch wenn ihm Sina in ihrer Sektlaune die Lippen hinhielt, drehte er ihr Kinn sanft zur Seite, strich ihre leicht gewellten Haare aus dem Gesicht und drückte seinen Mund auf ihre Wange. Wie oft hatte er sich vorgestellt, sie erneut zu küssen. Er genoss jeden Augenblick dieser zarten Berührung.

Draußen hatte es sich in den letzten Stunden merklich abgekühlt. Das Thermometer war weit unter null gefallen, und das nasskalte Wetter kroch in alle Poren. Trotz seiner hartnäckigen Weigerung, im Winter auf T-Shirts zu verzichten, fand er die nächtliche Kälte nicht unangenehm. Während er seine Maschine anwarf, konzentrierten sich seine Gedanken auf Melanies Anruf.

Kurz von neun erreichte er das Mehrfamilienhaus, in dem seine Kollegin seit letztem Jahr mit ihrem Freund lebte. Vermutlich war er wieder nicht zu Hause, sonst hätte Melanie einen anderen Treffpunkt gewählt.

»Hi, Marius, komm rein.«

»Was ist so wichtig, dass wir uns treffen müssen?«

Melanie antwortete nicht, bevor sie im Wohnzimmer waren und beide Platz genommen hatten. Dann sagte sie: »Wie du vorgeschlagen hast, haben Dirk Weitkamp und ich heute Nachmittag Julian Trotzek vernommen. Dirk hat den Freund der Schalker Wirtstochter zunächst ein wenig von seiner Liebe zum Verein erzählen lassen. Wie du vermutet hast, gehört Trotzek zu den Hardcore-Fans. Er geht zu jedem Spiel, und –«

»Komm zur Sache!«

»Am Freitagabend war Trotzek tatsächlich in Gelsenkirchen, was uns ja bereits durch die Hundeausführerin und den älteren Herrn bestätigt wurde. Willi Kruschinski hat den schwarzen Wagen der drei gegen zwanzig vor drei die Kurt-Schumacher-Straße entlangfahren gesehen.«

»Ich erinnere mich. Ihr solltet herausbekommen, was Trotzek gemacht hat, nachdem er mit seinem Polo in die Hubertusstraße abgebogen ist.«

Melanie nickte. »Haben wir. Er ist direkt noch einmal abgebogen, und zwar in den Hubertushof. Und jetzt rate mal, wer dort wohnt?«

»Valentin Bergmann ist es nicht«, sagte Marius. »Ich tippe auf Christina Rausch, die Tochter der Wirtin.«

»... und seine Freundin. Er meinte, sie hätten einen fürchterlichen Krach gehabt. Anscheinend lief zwischen Valentin und Christina mehr als nur Anhimmeln.«

»Der Willi hat's erkannt.«

»Jedenfalls hatte Julian so was geahnt und hat sie an dem Mordabend zur Rede gestellt. Am Ende des Gesprächs hat sie mit ihm Schluss gemacht. Trotzek hat ausgesagt, er wär direkt vom Parkplatz, wo ihn unser zweiter Zeuge gesehen hat, zu Christina gefahren und dort bis halb drei geblieben.«

»Ganz schön lange Zeitspanne. Muss eine lange Diskussion gewesen sein.«

»Haben wir uns auch gedacht. Wir haben einen weiteren Zeugen aufgetrieben, der in dieser Nacht unter den Feiernden gewesen ist. Und jetzt hör genau zu!«

Angesichts Melanies Hang zur Dramatik stand Marius auf. Er war immer noch von seiner Begegnung mit Sina neben der Spur und wünschte sich, Melanie würde einfach nur erzählen, was passiert war.

»Dieser Zeuge kam gleichzeitig mit Trotzeks Polo um zwanzig vor eins an. Obwohl er nach eigenen Angaben ziemlich besoffen gewesen ist, kann er sich genau an die Uhrzeit erinnern, denn seine Frau und er hatten am Folgetag eine ziemlich hitzige Diskussion über seinen Kneipengang. Sie hat auch den Streit mitbekommen, allerdings war das wesentlich später.«

»Damit hatte er sowohl ein Motiv als auch die Zeit, Valentin Bergmann zu töten. Ich werde ihm noch einmal auf den Zahn fühlen, wo er sich zwischen dem Verlassen der Kneipe gegen zehn nach zwölf und zwanzig vor zwei aufgehalten hat. Um diese Uhrzeit hat Willi den Polo gesehen.«

»Wir haben ihn auch gefragt, was er auf der Glückauf-Kampfbahn zu suchen hatte.«

Marius wurde ungeduldig. »Erzähl!«

»Das sollte eine Fanaktion sein. Sie hatten vor, an der Tribüne ein Banner aufzuhängen. In die Arena kommen sie nicht rein. Daher fiel ihre Wahl auf das Glückauf-Stadion. Schließlich liegt es direkt an der Schalker Meile.«

Marius nickte. »Leuchtet ein.«

»Dirk Weitkamp meinte, das würde immer wieder vorkommen«, erzählte Melanie. »Fiel mir dann auch ein. Denk nur mal an die BVB-Fahne, die ein Arbeiter bei der Reparatur des Dachs der Veltins-Arena angebracht hat.«

»Oder das angeblich von Schalkern geklaute BVB–Banner, das später in Einzelstücken in der Schalker Nordkurve hochgehalten wurde.« Marius schüttelte den Kopf über ein so idiotisches Benehmen. »Das war eine heiße Zeit. Damals war ich in der Ausbildung bei der Hundertschaft. Das war so ziemlich die Hochzeit der Fanfeindschaft. Inzwischen gab es viele Programme und Gespräche mit den Verantwortlichen. Die Stimmung ist längst nicht mehr so aufgeheizt. Ich fürchte nur, dass sich die Situation durch die Berichterstattung ändern könnte.«

Melanie sah ihren Kollegen ernst an. »Meiner Meinung nach ist dieser Julian nicht der Einzige, der als Mörder in Frage kommt. Ich möchte mir gern Adrian Lippold vornehmen. Schließlich hat er mit Valentin zusammengewohnt.«

Marius stand auf. »Das besprechen wir morgen. Für heute reicht es, Melanie. Du hast gesagt, du bist k.o. Dasselbe gilt für mich. Morgen nach der Hochzeit komme ich ins Büro. Sehen wir uns dann?«

»Mein Freund ist ständig auf Achse. Der wird mich nicht vermissen. Außerdem macht mir die Arbeit langsam Spaß.« Sie zögerte einen Moment, nahm Marius dann in den Arm. »Ciao, schlaf schön.« Ihre Stimme wurde ganz sanft.

Stimmungstod – I feel the skies are closing in

Donnerstag, 5. März, 6.45 Uhr

Das einzig Positive an der Hochzeit war der Verzicht auf Anzug und Co., zumindest bei der Zeremonie am Vormittag. Sina und Sebastian hatten es den Gästen freigestellt, in Galakleidung aufzutauchen oder den üblichen Tauchanzug zu wählen. Seine Teilnahme am nachmittäglichen Empfang, bei dem auch Eltern und Schwiegereltern anwesend sein würden, hatte er nach einem Gespräch mit Sina abgesagt. Noch eine Unterbrechung konnte er sich nicht leisten. Jeder Mitarbeiter des Polizeipräsidiums hatte seine Aktivitäten dem Mordfall unterzuordnen. Lenz' klare Ansage galt auch für ihn. Oder erst recht für ihn, schließlich leitete er den Fall.

Die Wanduhr zeigte Viertel vor sieben, genügend Zeit, um eine Runde durch das Bülser Büschchen zu drehen. Er streifte seine Jogginghose und ein verwaschenes Bandshirt über. Eine gute Gelegenheit, die neuen Schuhe einzulaufen, in zwei Monaten stand der Vivawest-Marathon an. Längere Strecken für die Vorbereitung hatte er aufgrund der prekären Lage im Polizeipräsidium nicht in Angriff genommen. Auch heute blieb wenig Zeit. Wenn er den Lauf mit einem für ihn befriedigenden Ergebnis beenden wollte, würde er einen Trainingsplan ausarbeiten müssen.

Marius verstaute das Handy im Trainingsgürtel und lief los. Um diese Uhrzeit wachte der Stadtteil langsam auf. Viele der Rollläden waren noch geschlossen, auf der nahen Buer-Gladbecker-Straße zeugte ein gleichmäßiges Rauschen vom morgendlichen Berufsverkehr.

Als er unter der Unterführung herlief, brummte sein Handy lang anhaltend. Nicht jetzt. Noch bevor er weitere Gedanken an den Anrufer verschwendete, stoppte das Vibrieren.

Wie ein eisiger Hauch hatte die kalte Luft Raureif über die Natur im Park gelegt. Mit jedem Schritt fokussierte sich

Marius mehr auf den Mordfall. Das neu zusammengestellte Team hatte in kürzester Zeit Valentin Bergmanns Hintergründe durchleuchtet. Bauer und Steffens hatten gestern Nachmittag die Leiterin des Vinzenzheims in Herne, in dem Valentin zuerst untergebracht worden war, besucht. Sie hatte sich noch genau an Val erinnert. Kinder von Eltern mit einer ausgeprägten Drogenkarriere schlitterten teilweise sehr früh ins Milieu. Der Sänger habe mit zehn Jahren den ersten Kontakt mit Schnüffelstoffen gehabt.

Marius passierte die Brücke, die den Eingang des Parks markierte, und lief weiter in Richtung Westfälische Hochschule.

Valentin Bergmann hatte seinen Freundeskreis mit Poppers versorgt. Die Schnüffelstoffe entfalteten ihre Wirkung innerhalb kürzester Zeit. In das Haus, das mit strenger Hand geführt worden war, hatte der Querulant nicht reingepasst. In den folgenden Jahren hatte er mehrere Heime durchlaufen. Überall das gleiche Schema. Mit den Jahren hatte sich sein eigener Drogenkonsum gesteigert. Nach jeder Familie, die mit seinem Verhalten nicht klargekommen war und das Experiment Pflegekind vorzeitig beendet hatte, war er weiter abgestürzt. Erst als er ins Luisenstift überstellt worden war, hatte sich seine Lage gebessert.

Marius dachte an Vals Beziehung zu Nathalie. Sie hatte sich für ihn eingesetzt, hatte bewirkt, dass er an einem Entzug teilnehmen durfte – mit Erfolg. Erstmals hatte der junge Mann Zuwendung erfahren. Als Folge wurde er offener für wahre Freundschaften, die nicht auf Drogenkonsum aufgebaut waren. War seine Dankbarkeit zu der Person, die ihn gerettet hatte, so groß gewesen, dass er sich das Tattoo »Forever bound« für sie hatte stechen lassen? Wie hatte seine Psyche darauf reagiert, als die Wohngruppe als sein Anker wegbrach?

Marius blieb an einer Fußgängerampel stehen. Der Rückweg seiner Laufrunde führte über Asphalt, entlang leerer Felder.

Ihr Sportplatzfund hatte bislang nicht die Ergebnisse geliefert, die er erwartet hatte. Die Rechtsmedizin hatte sich über den guten Zustand der abgezogenen Haut und des Herzens gefreut. Durch die Kälte war noch kein Verwesungsprozess eingetreten, da die Teile gefroren gewesen waren. Der Täter hatte mit

Handschuhen gearbeitet, daher konnten dort keine Spuren gesichert werden. Anders bei dem zerrissenen Stoff von Vals Bandshirt, das der Mörder zum Umwickeln der Haut benutzt hatte. Auch auf der Tragetasche eines Discounters wimmelte es von Fasern, Haaren und Fingerabdrücken. Keiner von ihnen trug zur Identifizierung bei.

Erneut machte sich Marius' Telefon bemerkbar. *Fuck*, warum hatte er nicht seiner ersten Eingebung nachgegeben, das Gerät zu Hause zu lassen? Einen Moment überlegte er, ob er drangehen sollte. *Jetzt lasst mich einfach nur in Ruhe.* Er ignorierte die wiederkehrenden Anrufe.

Kurz bevor er nach einer Runde um den See im Bülser Büschchen zurückkehrte, warf Marius einen Blick auf seine Uhr. Mit dieser Zeit brauchte er bei dem Marathon erst gar nicht antreten. Immerhin hatte er in den Schuhen keine Blase bekommen. Verärgert lief er vor dem Carport auf und ab, um seinen Pulsschlag zu beruhigen.

Dragón drängte sich durch die Katzenklappe. Miauend forderte er seine Streicheleinheiten. »Hey, Schmusekater! Du weißt doch, dass ich mich beeilen muss, wenn ich rechtzeitig ankommen will. Sina heiratet gleich.« Er packte Jeans, Hemd und ein Jackett in die Sporttasche, befreite die Lederschuhe, die seit der Beerdigung seines Großvaters auf dem Kellereingang standen, mit der Hand vom Staub und stellte sie auf die gepackte Tasche. Fertig.

Die weißen Schleifen, die Sina jedem Gast zum Schmücken der Autos gegeben hatte, lagen verwaist auf der Rücksitzbank des Ford Transit. So weit würde er nicht gehen. Außerdem würden die Stoffstreifen durch den einsetzenden Nieselregen eher ein trauriges Bild abgeben.

Marius' Handy vibrierte erneut. Er schaute auf das Display. Melanie. Was war los? Sie hatten sich doch erst gestern Abend gesehen.

»Ja?«

»Marius! Gehst du gar nicht mehr ans Telefon? Ich bin gerade im Büro. Ist eine Menge liegen geblieben in den letzten Tagen.«

»Gibt's irgendwelche Probleme?« Marius schmunzelte. Er

sah Melanie vor sich, wie sie mit einer Faust in der Hüfte am Telefon stand.

»Unter den eingegangenen Faxen befindet sich der Bericht der Spurensicherung. Du hast mich doch gebeten, einen ihrer Mitarbeiter zum Hintereingang der Glückauf-Kampfbahn zu schicken.«

»Mir ging es hauptsächlich um den Bereich der Mülltonnen und des Zauns, über den Val und der Mörder eventuell geklettert sind.«

»Zumindest Valentin hat diesen Weg gewählt.« Melanies Stimme überschlug sich fast.

»Und das ist alles?«

»Natürlich nicht«, empörte sich Melanie. »Dann hätte ich dich nicht angerufen. Neben etlichen anderen Fingerabdrücken hat die Spusi Fingerabdrücke von Julian Trotzek gefunden. Und sie sahen nicht alt aus. Fast komplett unverwischt.«

Marius dachte nach. »Ich komme sofort vorbei. Wir müssen ihn unbedingt sofort dazu befragen.«

»Nu mach mal nicht so eine Welle! Das wollte ich mit meinem Anruf nicht erreichen. Das fehlt noch, dass du mich als Ausrede nimmst, um bei der Zeremonie zu kneifen. Geh auf die Hochzeit, Deine Ex erwartet dich. Es ist nur ein Zufall, dass ich schon so früh im Büro bin.«

»Okay«, erwiderte Marius zerknirscht. Er wusste, dass sie sein Fluchtverhalten richtig eingeschätzt hatte. »Ich bringe den Tauchgang hinter mich und komme danach ins Präsidium. Halte dich bereit.« Marius zögerte kurz. »Und … gut gemacht!«

Nachdem er das Gespräch beendet hatte, überprüfte er seine Mitteilungen. Es lag nichts an außer einer Nachricht von Eddi: »Komme nicht zur Hochzeit. Ist alles *too much*. Hatte in der letzten Zeit eine Menge *trouble*. Sag Sina Bescheid, kann sie nicht erreichen.« Glatte Lüge. Sina verpasste nicht einen Anruf. Auf Nachrichten antwortete sie so schnell, dass er sich manchmal fragte, ob sie alle zwei Minuten auf ihr Handy sah.

»Schwing deinen Arsch in Bewegung. Ich erwarte dich pünktlich an der Tauchbasis«, tippte er.

Der Regen unter anhaltend grauem Himmel offenbarte die hässliche Seite des Reviers. Ohne das Grün der Bäume und Sträucher, das erst in einem Monat zu sprießen anfangen würde, erdrückte Marius die Tristesse der Umgebung. Je mehr er sich seinem Zielort näherte, desto präsenter wurden die Industriebauten. Längst standen sie nicht mehr gleichbedeutend für den Wandel des Ruhrgebiets, sondern galten als Mahnmale der Stagnation und Arbeitslosigkeit. Und doch liebte er seine Heimat. An guten Tagen sog er das Gefühl von Bodenständigkeit auf, das die Arbeiterkultur mit sich brachte. Heute dagegen konnte er den Backsteingebäuden und deren zum Teil schwarz gefärbten Fassaden nichts abgewinnen.

Als er auf den Parkplatz des Landschaftsparks Duisburg-Nord einbog, herrschte bis auf ein paar verlorene Autos gähnende Leere. Soweit ihn Sina informiert hatte, residierten die Gäste von außerhalb in einem Hotel im Stadtteil Alt-Hamborn, in der Nähe des Botanischen Gartens. Sinas Bruder Maik, Nathalie und Larissa waren jeder mit eigenem Wagen angereist. Sebastians Chef Gernot Sünner, der in derselben Unterkunft ein Zimmer bewohnte, kannte er vom Hörensagen. Welchen Fahrzeugtyp der Firmeninhaber fuhr, hatte Marius nie interessiert. Sinas Coupé suchte er vergeblich.

In der Tauchschule brannte Licht. Marius beeilte sich.

Sobald er die Tür geöffnet hatte, blaffte ihn Finn an: »Wolltest du nicht früher kommen, um mir bei der Vorbereitung zu helfen?« Die Anspannung stand ihm ins Gesicht geschrieben.

»Sorry. Ging nicht eher. Was ist mit Stefan?«

»Nichts. Immer noch wie vom Erdboden verschwunden. Ehrlich gesagt verstehe ich sein Verhalten nicht.«

»Mist.«

»Lohnt nicht. Die Geschichte habe ich abgehakt.« Finn schaute durch die schmutzige Scheibe. »Keine Ahnung, was die Aktion gerade jetzt soll. Du kannst dir nicht vorstellen, wie ich seitdem rotiere.« Er öffnete das Fenster und lehnte sich hinaus, um einen besseren Überblick über den Parkplatz zu erhalten.

»Tut mir leid, dass ich heute Morgen nicht gekommen bin.«

Marius nahm eine der bereitgestellten Tassen und goss sich einen Kaffee ein. »Wo sind die anderen?«

»Nathalie, Larissa und Maik sind im Hinterzimmer. Der Rest ist noch nicht eingetroffen.« Schadenfroh ergänzte er: »War heute Nacht wohl ein wenig zu viel Alkohol. Larissa sieht aus wie ein Geist.«

»Kann ich gut nachfühlen, mir ging's Samstag nicht anders.« Marius wechselte das Thema. »Heute früh drehen alle plötzlich durch. Nach dem Aufstehen habe ich meine übliche Laufrunde gedreht. Als ich zurückgekommen bin, hat mich Melanie angerufen. Es gibt wichtige Neuigkeiten in unserem Fall. Danach hat mir Eddi per SMS vorgeheult, dass er sich von der Hochzeit abmelden will.« Er trank einen Schluck der heißen Brühe. Finn nahm immer die doppelte Menge Kaffeepulver, dementsprechend bitter schmeckte das Gebräu. »Bin gespannt, ob er kommt.«

»Du scheinst gute Überredungskünste zu haben.« Finn grinste und wies auf das Taxi, das gerade auf den Parkplatz fuhr.

»So soll's sein.« Vorsichtig trank Marius einen weiteren Schluck und ging zum Fenster. »Dein Kaffee ist widerwärtig!« Er schüttete die schwarze Brühe in den Ausguss und fragte: »Hast du jetzt alle fehlenden Teile für den Tauchgang beisammen?«

In dem Moment kündigte eine Hupe das Eintreffen von Sina und Amelie an. Marius beobachtete die beiden durch das Fenster. Die Müdigkeit durch die vorabendliche Party war ihnen nicht anzusehen. Aufgeregt quasselnd liefen sie, geschützt durch einen Partnerschirm, auf dem ein blauer Himmel mit strahlender Sonne ein besseres Wetter beschwor, auf das Gebäude zu. Sie hakten Eddi unter, der das trockene Taxi nur widerwillig verlassen zu haben schien.

»Schlechte Laune wird heute Morgen nicht geduldet«, flötete Sina. Ihr strahlender Blick fiel auf ihre vor dem Fenster stehenden Freunde. Sie winkte ihnen zu. »Hi, Jungs!«

Sina sah glücklich aus, musste sich Marius eingestehen.

Sie kam auf ihn zu und umarmte ihn. Locker legte er seine Arme um ihre Taille, eine weitergehende Berührung vermeidend.

»Geht's jetzt los? Ich kann es kaum noch erwarten.« Amelie schien ebenso aufgeregt zu sein wie die Braut. »Ist Sebastian schon da?«

»Hat er nicht zu Hause geschlafen?«, erwiderte Finn.

Wie abgesprochen schüttelten Sina und Amelie den Kopf.

Marius mischte sich ein. »Ich habe auch keine Ahnung, bin erst vor ein paar Minuten angekommen. Ich dachte, er fährt mit euch.«

In dem Moment, in dem die Freundinnen ganz nah beieinander standen, bemerkte Marius erstmals ihre Ähnlichkeit. War die Frau neben Sina wirklich dieselbe, die bis zum letzten Jahr in sackartigen Kleidern herumgelaufen war, nur um ihre Körperfülle zu verstecken? Sie hatte ihr komplettes Aussehen verändert. Schlank, rote Haare, deren Locken sich über den Rücken kringelten – gruselig, sie mutierte allmählich zu einem Sina-Klon. Einzig die vollen Brüste erinnerten an ihre einstige Figur.

Quälende Erkenntnis

Donnerstag, 5. März, 9.30 Uhr

Gernot Sünner stützte seinen Kopf auf die Hände. Er starrte einen Augenblick auf sein Tablet, das vor ihm auf dem Schreibtisch lag. Er blinzelte, als könnte er so die Nachricht, bestehend aus drei knappen, aber unbarmherzigen Sätzen, wegwischen. Er drehte das iPad um, war kurz davor, es gegen die Wand zu werfen. Ändern würde es an der Situation nichts. Gar nichts.

Der Raum im Stil viktorianischer Herrenzimmer, den er noch vor dem Frühstück mit seiner verspielten Leichtigkeit als Quell seiner guten Stimmung ausgemacht hatte, nervte ihn. Er lenkte seinen Blick auf die Tapete, deren Rosettenreigen seinen Augen Halt boten. Gernot Sünner suchte die Wand ab, als könnte sie ihm Antworten geben.

Neben dem Fenster des Hotelzimmers hing ein Foto von der Größe einer Pralinenschachtel. Rund, in einem vergoldeten Rahmen, erkannte er die Aufnahme eines Mannes. Die Schwarz-Weiß-Fotografie stammte aus den Anfängen des letzten Jahrhunderts.

Ein ähnliches Bild stand zu Hause auf seinem Schreibtisch. Es zeigte seinen Vater, stolz und voller Pioniergeist, vor seinem ersten Omnibus. Zu der Zeit, als das Foto aufgenommen worden war, hatte er nicht geahnt, dass Sünner-Tours eines Tages das erfolgreichste Busunternehmen Deutschlands werden würde. Angesichts der neuesten Entwicklungen in der Firma würde sich sein Vater im Grabe umdrehen.

Die rankenden Zweige auf der Tapete verwandelten sich in gierige Schlingpflanzen, die seinen Hals suchten, sich um ihn legten und nur darauf warteten, im rechten Moment zuzuziehen.

Das Zimmertelefon, ein Modell, wie er es bei seinem letzten Krankenhausaufenthalt neben dem Bett stehen gehabt hatte, läutete. Was für ein Stilbruch. Er nahm den Hörer in die Hand, ohne ein Wort zu sagen. Außer der Rezeption besaß nur eine Person diese Nummer: Sebastian Gehlen.

»Ja, ich habe die Mail gelesen.« Seine Finger verkrampften. »Natürlich, ich werde kommen. Wenn du meinst.« Er legte den Hörer auf. Langsam erhob er sich, packte ein paar Sachen in seine Aktentasche und zog den Mantel über seinen Anzug.

Ein Blick in den Spiegel zeigte einen gebeugten Mann. Was war aus ihm geworden? Durch seine Schwäche war ihm die Firma aus der Hand geglitten. Beim Gang über den Flur versuchte er, das Geschehene zu verdrängen. »Kommt Zeit, kommt Rat!«, hätte sein Vater gesagt.

Hier draußen war nichts von der Pracht seines Zimmers zu sehen. Purer Schein. Zerschlissene Teppiche, dreckige Wände, ein fehlender Feuerlöscher, analysierte der Mittfünfziger den Zustand des Hotels.

Wehmut – I do understand that I am alone

Donnerstag, 5. März, 9.45 Uhr

Die Hochzeitsgesellschaft teilte sich auf die Autos von Finn und Marius auf, deren Wagen genug Sitzgelegenheiten boten, um das restliche Equipment zu transportieren. Das Kopfsteinpflaster auf dem für Fußgänger vorgesehenen Platz, der zum Gasometer führte, schüttelte sie trotz Schritttempo durch. Marius hatte Gernot Sünner neben sich sitzen, Eddi und Maik saßen auf der Rückbank. Weil niemand redete und er keine Lust hatte, ein Gespräch zwischen den ungleichen Menschen zu initiieren, schaltete er das Radio ein.

Nachrichten. Dazu hatte er auch keine Lust, aber bei den anderen voreingestellten Sendern lief nur schaurige Musik, sodass er nach der kleinen Switch-Einlage lieber wieder auf die Nachrichten schaltete.

»… berichtet in ihrer heutigen Ausgabe, dass der Polizei ein weiterer Hinweis für Julian T.s Schuld vorliegt. Es ist wahrscheinlich, dass die Staatsanwaltschaft in Kürze Anklage erheben wird.«

»Was?!« Ohne Vorwarnung landete Marius' Faust auf dem Lenkrad.

Gernot Sünner zuckte zusammen.

»Was ist denn mit dir los?« Der laute Aufschrei hatte Eddi wachgerüttelt.

Marius zischte verärgert: »Den angeblichen Hinweis hab ich selbst erst heute Morgen von Melanie erfahren.«

»Wow, wie es aussieht, müsst ihr nach einem Maulwurf suchen«, meinte Eddi sensationslüstern.

Marius sparte sich eine Erwiderung. Bloß nicht mit Eddi über irgendwelche undichten Stellen reden.

Sina spurtete die Wendeltreppe hinauf und blieb vor dem Eingang des Gasometers stehen. Sie kannte das Prozedere. Nachdem die am Seilzug befestigte Palette vollständig mit den

Taucheranzügen beladen war, signalisierte sie den Männern, dass sie bereit war, die Ladung in Empfang zu nehmen.

»Ich gehe hoch und helfe Sina.« Marius machte eine Kopfbewegung zur Treppe. Als er oben angekommen war, war Sina bereits fertig. Sie wirkte regelrecht aufgedreht.

»Du scheinst die Trauung ja gar nicht mehr erwarten zu können.«

»Stimmt. Für mich ist es ein ganz besonderes Gefühl, endlich angekommen zu sein. Dann ist die Ehe der logische Schluss.« Sie hielt einen Augenblick inne und legte den Kopf schief.

Wie sehr er diese Geste früher geliebt hatte, mit der sie Vertrautheit ausdrückte. Ob sie ahnte, wie sehr ihre Worte ihn verletzten? Immerhin hatte sie schon einmal kurz vor einer Trauung gestanden. Und es *logisch* gefunden, doch lieber die Flucht zu ergreifen. Wohl weil sie sich bei ihm eben nicht angekommen gefühlt hatte.

»Marius, ich bin so glücklich, dass du heute da bist.« Sie hauchte ihm einen Kuss auf die Wange.

»Wo bleibt eigentlich Sebastian?«, lenkte er von seinen wahren Gefühlen lieber ab. Sie gehörten nicht hierher.

Sie zuckte mit den Schultern. »Ich habe heute Nacht bei Amelie geschlafen. Ich glaube, die Hektik der letzten Tage hat ihm ganz schön zugesetzt. Er hat vorhin angerufen, um mir zu versichern, dass er rechtzeitig kommt.«

»Na, dann los, mach dich fertig. Ich schaff das hier schon allein.«

Kaum war die Hochzeitsgesellschaft oben angekommen, erschien Sina erneut in der Tür. »Kommt ihr jetzt?« Sie trug ihr Brautkleid.

Marius fiel es schwer, den Anblick zu ertragen, gleichzeitig konnte er den Blick nicht von ihr lassen. Das unschuldige Weiß passte nicht zu ihrem Temperament. Trotzdem sah sie, umhüllt von dem fließenden Stoff, hinreißend aus, wie sie in der Tür stand und sie anlächelte. Als Sina die Tropfen des feinen Sprühregens auf der Nase spürte, ging sie in den Innenraum. Die anderen folgten ihr.

Finn hatte den Raum dezent geschmückt. An der Decke

schwebten cremefarbene Luftballons. Eine Galerie aus Zitronenbäumchen, verziert mit weißen Bändern, umsäumte den Weg zwischen einem niedrigen Podest und der Eingangstür des Innenraums. Auf dem sonst kahlen Boden lag ein roter Teppich. Mehr Schnickschnack hatte sich Sina nicht gewünscht.

Bis auf das Brautpaar und Gernot Sünner, der wie Sebastian einen Anzug trug, steckten alle in ihrer Alltagskleidung. Finn und Marius beeilten sich, zur Umkleide zu kommen. Nach ein paar Minuten standen sie wie der Rest der Gruppe in Neoprenanzug und Taucherflossen vor dem Podest. Um unnötige Wartezeiten durch die individuelle Anpassung der Schulterriemen zu vermeiden, hatte sich jeder bei der gestrigen Generalprobe einen festen Platz für die Westen inklusive Lufttanks und das restliche Equipment ausgesucht. Da Sebastian im allerletzten Moment eingetroffen war, hatte sich diese Vorbereitung ausgezahlt.

Wartend schaute sich Sina um. »Wo ist Eddi, der war doch gerade noch da?«

Sebastian schien innerlich zu kochen. »Maik, gib mir bitte mein Handy aus der Tasche neben dir.«

In diesem Moment erschien Eddi in der Tür. »Entschuldigung, mir war total schlecht. Ich habe draußen gekotzt.«

»Verschone uns mit deinen Geschichten«, sagte Nathalie verärgert. »Kann es sein, dass du dich vor dem Tauchen drücken willst?«

»Ich warte hier«, antwortete Eddi ungewohnt forsch. Nachdem er sich über den unvorteilhaften Neoprenanzug eine Jacke gezogen hatte, wirkte er zufriedener. »Seht ihr, jetzt kann auch ich die Hochzeit genießen.«

Sinas Bruder Maik fing mit den Erklärungen an. »Sina, Sebastian, hier habt ihr Tafel und Stift, damit ihr unter Wasser das Jawort schreiben könnt.« Maik grinste breit. »Wie abgesprochen erst nach meinem Zeichen. Eure Ringe für den Ringtausch stecken hoffentlich auch in eurer Tasche.« Er überreichte dem Brautpaar jeweils eine Tafel. Für ihn war diese Unterwasserhochzeit das Skurrilste in seiner bisherigen Karriere als Pfarrer.

»So, jetzt reicht euch bitte die Hände«, forderte er das Brautpaar auf und begann mit seiner Traurede.

Als musikalische Untermalung für die Zeremonie hatte sich Sina die Metal-Ballade »The Other Ones« in einer Van-Canto-Version gewünscht. Marius fand dies eine seltsame Wahl, schließlich waren die Zeilen, die von Einzigartigkeit und Verbundenheit handelten und den gemeinsamen Erfolg beschworen, stets Sinnbild ihrer Freundschaft gewesen. Aber konnte die Verbundenheit der Gruppe wirklich je wieder so stark sein, wie Sina es sich wünschte? Er schaffte es jedenfalls auch während dieses Liedes nicht, das Gefühl, das sie in der Schulzeit unzertrennbar verbunden hatte, wiederzufinden. Vor allem fragte er sich, wieso Sina kein Lied ausgewählt hatte, das für sie und Sebastian wichtig war. Gab es etwa keins?

Marius konzentrierte sich auf die Mimik der Gäste, die Worte von Sinas Bruder drangen gar nicht zu seinen Ohren vor.

Nathalie fummelte an Finns Unterwasserkamera, um zügig die ersten Bilder zu liefern. Larissa fixierte das Brautpaar regelrecht, in ihrem Blick schien eine große Portion Wehmut zu liegen. Trotz zahlreicher Beziehungen und Affären stand sie heute alleine neben ihrer Freundin. Ihre Finger zogen das Gummi ihres Taucheranzugs an den Oberschenkeln hoch, sodass bei jedem Zurückschnellen des Materials ein leises »Plopp« zu hören war. Eddi verfolgte mit den Augen Nathalies Kameraführung und war offenbar peinlich darauf bedacht, eine Position auf dem Video einzunehmen, die seinen Bauch verdeckte. Als Maik mit dem Trauspruch begann, verschränkte er theatralisch die Hände. Nathalie wirkte genervt.

Amelie schien die Trauungszeremonie in sich aufzusaugen. Verstohlen wischte sie sich Tränen aus den Augenwinkeln. Sina bemerkte es und hakte ihre beste Freundin unter.

Etwas außerhalb stand Gernot Sünner. Marius fragte sich, warum Sebastian seinen Chef eingeladen hatte. Besonders wohl schien sich der Geschäftsmann, der mit seinem Maßanzug und teuren Lackschuhen völlig aus dem Rahmen fiel, nicht zu fühlen.

Marius beschloss, sich beim bevorstehenden Tauchen Finn anzuschließen. Dummerweise besaß er keine Informationen über den Verlauf der Zeremonie. Mit Finn und Sina die Schönheit der Unterwasserwelt zu erkunden, wäre eine Alternative, die Marius der Gesellschaft vorgezogen hätte.

»… die Besiegelung eurer Liebe zelebrieren wir nun auf dem Grund des Gasometers«, schloss Maik seine Ansprache. Endlich!

Nacheinander betraten sie das Innere des Stahlkessels. Marius schritt zuletzt durch die Tür. Er atmete tief ein. Dieser Ort barg eine eigene Magie. Immer wenn er den Raum betrat, nahm ihn die bizarre Schönheit gefangen. Ein Eindruck, den die meisten Anwesenden sicher nicht nachvollziehen konnten. Von der abgerundeten Kugel, die das Dach bildete, beleuchteten einzelne Strahler das grünliche Wasser. Das kalte Szenario mit seinem eigenwilligen Charme sah Marius als die Essenz von allem, was das Ruhrgebiet ausmachte. Stählerne Plattformen boten den Einstieg in das eiskalte Nass, das nichts mit einem Tauchgang in der Südsee gemein hatte. Er war ein Kind dieser Region. Die herbe Umgebung sprach ihn mehr an als weiße Strände und eine tiefblaue See.

Finn stand im Hintergrund und beobachtete das Geschehen. Die Gäste warteten zur Orientierung des Ablaufs auf seine Zeichen. Eine leise Erregung lag in der Luft.

Amelie zupfte an Sinas Kleid und richtete ihren Haarkranz. »Du siehst toll aus, Süße!« Bevor sie ihre Maske aufsetzte, gab sie ihrer Freundin einen Kuss auf die Wange.

Larissa führte Sinas und Sebastians Hände zusammen. »Zeigt euch noch mal der Kamera.« Sie winkte Nathalie, die gerade die gewaltige Kuppel des Gasometers aufnahm. Sebastian zog Sina eng an sich heran und küsste sie.

»Erste Trennung, ihr zwei! Jetzt starten wir«, gab Maik das Kommando.

Nathalie zoomte auf die einzelnen Personen, fing Amelies Strahlen und Gernot Sünners undefinierbare Blicke ein. Eddi stand in angemessenem Abstand zum Wasser in der Ecke. Er reckte seinen Kopf, um ja nichts zu verpassen.

Routiniert setzte sich Marius die Brille über seine Augen und positionierte das Mundstück. Die Atemluft aus einer Flasche geliefert zu bekommen, machte ihm kein Kopfzerbrechen. Larissa und Amelie dagegen zögerten. Anscheinend hatte Sina ihre Unsicherheit bemerkt. Sie löste sich von ihrem Verlobten und reichte ihren Freundinnen die Hände. Zusammen ließen sie sich in das smaragdgrüne Wasser fallen.

Seine Atemluftflasche in der Hand, diskutierte Sebastian mit Finn über ihre Platzierung auf dem Grund. Als ob sie das nicht bereits mehrfach durchgesprochen hätten.

Einer nach dem anderen sprang ins Becken. Sebastian stand mit Marius als Letzter an der Treppe.

»Willst du kneifen?« Gernot Sünner blieb auf der Plattform stehen, seine Hand um das Geländer gelegt. Er beobachtete jede Bewegung seines Angestellten.

»Jetzt mach schon«, drängte Marius. »Das habt ihr doch gestern geübt.«

Langsam drang die Kälte durch das schützende Neopren. Wie ein Weckruf erfrischte sie Marius' Geist, mahnte ihn zur Aufmerksamkeit. In dreizehn Meter Tiefe kam die Gruppe zum Stehen. Von der Position auf dem Boden täuschte der Stahl der hohen Seitenwände die Enge eines Verlieses vor. Sie bewegten sich im nahezu undurchsichtigen Wasser. Zwanzigtausend Tonnen – ein enormes Gewicht lastete auf ihnen.

Das Szenario stand im krassen Gegensatz zu der Weite des Meeres. Um sie herum zeugten demolierte Straßenschilder, Autowracks und eine Schiffsschraube von Verfall. Von seinen zahlreichen Tauchgängen wusste Marius, dass der zusammengetragene Schrott für Sina Erneuerung symbolisierte. Verqueres Denken passte zu ihr. Obgleich er ihre Wahl nachvollziehen konnte, war sich Marius sicher, dass keiner der anderen Gäste diesen Ort für die eigene Hochzeit ausgewählt hätte.

Die dezent zwischen den Wrackteilen positionierten Lampen schufen eine Atmosphäre, die ihn irgendwie an London nach einem Sommerregen erinnerte. Zusätzlich schwamm Finn mit einem Scheinwerfer um sie herum.

Marius stellte sich abseits der anderen auf den Boden des Gasometers, als er Sinas Handzeichen bemerkte. Obwohl er sich vorsichtig vorwärts bewegte, wirbelte er winzige Partikel auf, die die Sicht trübten. Sina legte den Kopf schief und streckte ihm die Hand hin. Er ergriff sie. Genauso gut hätte er die

Schiffsschraube anfassen können. Das, was Sina ausmachte, ihre Weichheit, ihre warme, gut durchblutete Haut, fühlte sich in dieser Umgebung ungewohnt an. Das eisige Wasser ließ ihre Epidermis binnen Minuten altern.

Maik formte mit Daumen und Zeigefinger einen Ring. Das vereinbarte Zeichen. Die Zeremonie begann.

Marius blickte seine Freundin an. *Sina, ist es das, was du willst? Warum hast du mich nie darauf vorbereitet, wie stark deine Liebe zu Sebastian ist?*

Wären sie noch oben in der Halle gewesen, hätte sich Maik nun geräuspert. Sina und Sebastian sahen sich an, nahmen die Tafeln, um den Stift anzusetzen. Inzwischen hielt Maik eine Tafel über seinen Kopf. Darauf stand der Text, den er in normaler Umgebung mit feierlicher Stimme vorgetragen hätte: »Willst du, Sina Schlegel, den hier anwesenden Sebastian Gehlen zu deinem Mann nehmen? Willst du ihn lieben, ehren und achten, bis dass der Tod euch scheidet?«

Sina wandte den Kopf zu Marius, nur einen Augenblick. Als sie den Stift ansetzte, spürte er Entschlossenheit, vielleicht auch den Wunsch, dass endlich alles gut werden möge. Sie entschied sich für Sebastian und damit für ein weitaus langweiligeres Leben, als sie es mit ihm zu erwarten gehabt hätte.

»Ja, ich will«, stand in großen Buchstaben auf der Tafel. Maik schien erleichtert über die Lesbarkeit der Worte. Er drehte seine Tafel um. Auf der Rückseite stand Sebastians Spruch.

Nathalie umkreiste auf der Suche nach perfekten Bildern Brautpaar und Gäste, die Kamera stets in Position. Sie wirkte konzentriert und sachlich. Im Gegensatz zu Amelie, deren große Gefühle auch unter Wasser sichtbar wurden. Überschwänglich formte sie mit den Händen ein Herz, sandte ihrer Freundin Handküsse.

»Willst du, Sebastian Gehlen, die hier anwesende Sina Schlegel zu deiner Frau nehmen? Willst du sie lieben, ehren und achten, bis dass der Tod euch scheidet?«

Alle Augen waren nun auf den Bräutigam gerichtet. Auch Nathalies Kamera. Schließlich würde hier gleich die Trauung besiegelt sein. Doch Sebastian reagierte nicht. Auch nicht, als

Maik auf dessen Tafel zeigte und dann eine Schreibbewegung andeutete.

Alle standen da wie erstarrt, lauerten auf seine Antwort. Was sollte das? Larissa, die neben dem Bräutigam stand, stupste ihn kurz an. Er reagierte nicht. Kurz darauf fuhr seine rechte Hand erst zu seiner Stirn, dann zu seinem Hals. Er schien den Worten des Pfarrers nicht zu folgen. Seine Finger glitten zu dem Atemgerät und versuchten, es abzuziehen, aber es gelang ihm nicht. Plötzlich erschlaffte sein Körper, und er sackte in sich zusammen.

Nachtschatten – Hope fades into the world of night

Donnerstag, 5. März, 10.30 Uhr

Ohne Gegenwehr der Muskeln drückte der Bleigurt Sebastians Becken zu Boden. Mit geöffneten Augen, die zur Decke starrten, lag er neben Sina auf dem Rücken. Beine und Arme schwebten in Richtung Wasseroberfläche, was ihm das Aussehen eines Kraken verlieh. Seine blonden Haare tanzten von der leichten Wasserbewegung um seinen Kopf.

Niemand bewegte sich. Als wäre die gesamte Hochzeitsgesellschaft in Lava erstarrt. Dann ging ein Ruck durch Finn, der etwas abseits der Gesellschaft den Ablauf beobachtete. Zügig begann er, auf Sebastian zuzuschwimmen. Die Reaktion auf das Ereignis, die nur wenige Sekunden gedauert hatte, kam Marius wie eine Ewigkeit vor.

Maik formte mit seinen Fingern einen Telefonhörer und zeigte zum Aufgang. Zügig schwamm er nach oben, um einen Notarzt anzurufen. Jetzt ging es um Sekunden.

Um den zusammengesunkenen Sebastian erwachten die Gäste nach und nach aus der Schockstarre. Inzwischen hatte jeder begriffen, dass die Feier völlig aus dem Ruder lief. Statt sich auf die Rettung zu konzentrieren, entstand ein großes Durcheinander. Vom Boden des TauchRevier Gasometers stiegen Sandpartikel auf, das Wasser trübte sich. Marius und Finn hatten Mühe, durch das Gewusel die letzten Meter zu dem Bewusstlosen zu finden.

Mit kräftigem Beinschlag bewegte Marius sich in die Richtung, in der er Sebastian vermutete. Inzwischen nahm ihm das Wasser vollends die Sicht. Er konnte nur ahnen, an welcher Stelle sich die anderen aufhielten. Seine Hoffnungen stützten sich auf seine Freundin. Die erfahrene Taucherin kannte die Vorgehensweise in Notfällen. Das milchig-grüne Licht, das er vorhin als stimmungsvoll empfunden hatte, verband sich mit der Kälte der Tiefe zu einer Grabesbeleuchtung. Zug für Zug näherte er sich der Gruppe. Als Finn ihn erreichte, steuerten sie zusammen auf den Ort zu, an dem Sebastian das Bewusstsein verloren hatte.

Hier ging es um das pure Überleben. An die Schäden, die das Gehirn bei mangelnder Sauerstoffversorgung nehmen konnte, wagte er nicht zu denken. Schatten in dem aufgewirbelten Untergrund wiesen auf seine Freunde hin. Er hatte erwartet, sie über Sebastian gebeugt zu sehen, aber die Umrisse der Personen bildeten keinen Klumpen. Eine Person löste sich von den anderen. Da Amelie und Sina neben dem Taucher knieten, hatte Larissa die Gelegenheit genutzt und sich verdrückt. Wer sonst?

Marius kam näher, sah, wie Sina ihrem Bräutigam in die Wange kniff, soweit das unter Wasser möglich war. Keine Reaktion. Wie von Sinnen riss sie ihre Tauchermaske vom Gesicht, entfernte Sebastians Atemgerät und presste ihres auf seinen Mund. Da er nicht selbsttätig atmete, brachte ein neues Gerät keine Besserung.

Marius und Finn stießen die beiden Frauen zur Seite, packten den erschlafften Körper. Per Handzeichen vereinbarten sie, dass Finn die Rettung übernehmen würde. Es waren erst wenige Minuten seit Sebastians Zusammenbruch vergangen, doch bisher lief die Bergung alles andere als gut. Mit professioneller Hilfe hätte der Bräutigam längst im Trockenen sein können. Ein kurzer Augenkontakt und ein Nicken genügten. Beide wussten, was zu tun war.

Mit dem linken Arm glitt Finn durch den Träger des Tauchjackets. Er streckte den Arm, sodass seine Finger bis zur Mundpartie reichten. Mit geschlossener Hand schützte er Sinas Atemregler auf Sebastians Mund vor dem Herausfallen. Sein rechter Arm stützte den Kopf, um ein Abknicken auf den Brustkorb zu verhindern, das die Atemwege blockieren konnte. Mit geübtem Griff betätigte Marius den Inflator am Jacket des Bewusstlosen, damit sich der Auftrieb einstellte. Jetzt konnte der Aufstieg beginnen.

In gleichmäßigen Stößen folgten sie den aufstrebenden Luftblasen, die ihnen den Weg durch die trübe Brühe wiesen. Je weiter sie sich der Oberfläche näherten, klarte das Wasser auf.

Sie passierten die zwei Plattformen in acht und vier Metern Tiefe.

Die Bergung kostete Kraft. Sie erreichten die Wasseroberfläche. Maik stand angezogen mit dem Smartphone in der Hand an der Rampe, bereit, notfalls direkt mit dem Wagen in die Ambulanz zu fahren.

Um Sebastians Körper zu unterstützen, blieb Marius im Becken. Derweil zog sich sein Freund die Leiter hinauf. Jetzt stand ihnen der schwierigste Teil bevor. Vorsichtig hoben die Männer den Körper über den Rand der Plattform. Mit einem Handgriff riss Marius die Maske vom Kopf und schleuderte sie weg. Er traf das Knie von Eddi, der mit Larissa im Arm der Aktion zusah.

»Los, rüber mit ihm. Maik, du nimmst die Füße!«, ergriff Marius die Leitung. »Und Eddi – steh verdammt noch mal nicht rum, sondern hol Decken.«

»Aber –«

»Kein Aber, Eddi. Guck im Vorratsschrank in der Garderobe. Der ist offen«, schrie Finn.

Kleinlaut machte sich Eddi gefolgt von Larissa auf den Weg.

Die drei Männer hoben Sebastian auf Kniehöhe an, um ihn aus dem schlecht beleuchteten Innenraum zu tragen, der noch immer eine Gefahrenzone bildete. Schnellen Schrittes transportierten sie ihn in den Trockenraum des Gasometers. Das gleißende Licht brannte in den Augen. Sie benötigten einen Moment, um ihre volle Sicht zu erhalten. Wortlos knieten sie sich neben Sebastian. Ein Blick in dessen Augen, die teilnahmslos an die Decke starrten, ließ nichts Gutes ahnen.

»Sebastian!« Finn schrie den Bewusstlosen an. »Kannst du mich hören?« Er rüttelte an seinen Schultern. Keine Reaktion. Finn legte seine Finger an den Hals, um den Puls zu prüfen. Wie von Sinnen schüttelte er den Kopf. Seine Finger suchten, drückten. Suchten eine neue Stelle, immer wieder.

»Finn!«, schrie Marius seinen Freund an. Keine Antwort.

Dass sich kein Lebenszeichen ertasten ließ, wollte sein Freund nicht wahrhaben.

Ohne Vorwarnung holte Marius aus und gab seinem Gegenüber eine Backpfeife. »Das Letzte, was wir jetzt gebrauchen können, ist, dass du ausfällst.« Im gleichen Zug schob er Finn zur Seite. Mit den Händen überstreckte er den Kopf des Bräutigams, um die Atemwege freizumachen.

»Los, jetzt!« Finn legte die Hände übereinander auf den Druckpunkt unterhalb des Schwertfortsatzes im Brustraum, dort, wo sich die Rippen treffen.

»Eins!«, zählte Finn laut.

Nathalie kam von Seiten der Füße. Sie bedeckte Sebastian bis zur Hüfte mit einer Decke. »Eddi und Larissa haben sich in die Umkleide verzogen.«

»Zwei!« Immer noch keine Reaktion. Der Zustand blieb unverändert.

»Drei!« Marius nahm seine Umgebung nur bruchstückhaft wahr. Sina und Amelie saßen eng umschlungen auf dem Podest, auf dem Maik vor einer knappen halben Stunde die Hochzeitsansprache gehalten hatte. Amelie nahm den Kopf ihrer Freundin in die Hand, streichelte ihr beruhigend über die Haare und sprach leise auf sie ein.

Gernot Sünner lief den Gang zur Umkleide auf und ab. Hastig drückte er seinen Zeigefinder auf das Telefon. Obwohl niemand auf ihn achtete, dämpfte er seine Stimme.

»Vier!« Mit einem Knacken ging eine der Rippen zu Bruch.

»*Fuck*, konzentrier dich, Finn!«

Als Finn zur dreißigsten Herzdruckmassage ansetzte, hielt sich Marius bereit. Zügig begann er mit der Beatmung durch die Nase. Pusten … eins … pusten … zwei. Er achtete auf einen gleichmäßigen Ausstoß seiner Atemluft. Seine Augen fixierten Sebastians, warteten auf eine Reaktion. Nichts. Finn bearbeitete weiter den Brustkorb.

Ein lautes Bollern an der Tür kündigte den Notarzt an. Breitbeinig stellte sich die Rettungsassistentin vor den Bewusstlosen. Marius kannte die junge Frau von einigen Einsätzen in Duisburg.

»Marius, wie sieht es aus?«

Der Notarzt signalisierte den beiden, dass er übernehmen würde. Zusammen mit der Rettungsassistentin kniete er sich neben den Bewusstlosen.

Die Feuchtigkeit von Marius' Tauchanzug tropfte auf den steinernen Boden. Seine schwarzen Haare klebten an Gesicht und Hals. »Unsere Rettungsversuche waren nicht erfolgreich. Er ist tot.« Seine Stimme kippte weg. »Es war grässlich. Das Wissen, Sebastian nicht retten zu können, die Untätigkeit der Gruppe.« Er haderte mit sich selbst. »Was hätten wir tun sollen? Außer Finn, Sina und mir standen alle wie Steinskulpturen im Wasser.«

Der Notarzt, der den schlaffen Körper untersuchte, mischte sich ein: »Leider muss Ihnen recht geben. Ich kann nichts mehr für ihn tun. Sehen Sie die hellroten Flecken, die sich auf dem Körper gebildet haben?« Er wies auf einige Stellen, an denen sich Sebastians weiße Haut verfärbt hatte. »Dieser Mann ist keines natürlichen Todes gestorben. Was Sie vor sich sehen, sind die Symptome einer Kohlenmonoxid-Vergiftung.«

Forsch ergänzte er: »Rufen Sie bitte die örtliche Polizei und einen Gerichtsmediziner an.«

Wandel – At the end of this day we are what we are

Donnerstag, 5. März, 17.00 Uhr

Marius saß vor der aufgeschlagenen Akte »Glückauf-Kampfbahn« in seinem Büro. Es fiel ihm schwer, die Gedanken auf den laufenden Fall zu konzentrieren, zu präsent drängten sich die Ereignisse der letzten Stunden auf. Um den Prozess zu verkürzen, hatte sich Marius direkt mit einem Beamten des zuständigen Fachdezernats und der Kriminaltechnik verbinden lassen, um die Ermittlungen in Gang zu setzen. Anderthalb Stunden später hatte er den TauchRevier Gasometer mit dem Gefühl verlassen, Sina und Finn in ihrer Ohnmacht allein zu lassen. Er hatte noch kurz versucht, mit Sina zu telefonieren, aber sie war nicht drangegangen. Amelie, Nathalie, Sinas Bruder Maik und er waren mit ihr zum Familienanwesen der Gehlens gefahren und hatten versucht, ihr beizustehen. Wie erwartet, hatten Eddi und Larissa sich abgesetzt.

Er starrte auf die Bilder vom Tatort Glückauf-Kampfbahn, ohne sie wahrzunehmen. Plötzlich fiel die Tür krachend ins Schloss, und Melanie stand mit einer Tüte vor ihm.

»Mein Gott, siehst du fertig aus.« Sie nahm ein belegtes Brötchen heraus und legte es vor ihn auf den Schreibtisch. »Dachte, du wärst schon öfter Tauchen gewesen. Wenn das so anstrengend ist, solltest du es lieber sein lassen. Da kannst du die Stärkung gut gebrauchen.«

Langsam hob Marius den Kopf und sah sie an.

»Hey, jetzt wirkst du langsam gruselig. Geht es dir gut?«

»Se–« Er räusperte sich. »Der Bräutigam, Sebastian, ist tot. Kurz vor dem Jawort zusammengebrochen. Laut dem Arzt … ist er ermordet worden.« Es fiel ihm schwer, diese Worte auszusprechen.

»Nein!« Melanie setzte sich auf einen freien Bürostuhl.

In knappen Sätzen fasste Marius die Ereignisse zusammen, dann fragte seine Kollegin nach Sina.

»Nach einem hysterischen Anfall war kein Wort mehr aus ihr herauszubekommen. Kein Wunder.« Er räusperte sich erneut. Entschiedener diesmal. »Genug jetzt, wir wollten uns treffen, um über Trotzek zu sprechen.«

»Das hat Zeit. Wenn du lieber reden willst …«

Marius schüttelte den Kopf. Da er im Fall Sebastian ohnehin nichts tun konnte, musste er das Thema beiseiteschieben.

Melanie verstand die Botschaft. »Gut, wie du willst.« Sie nahm ihre weinrote Brille aus den Haaren und setzte sie auf die Nase. Die strenge Form und der breite Hornrahmen nahmen ihrem Gesicht das Liebliche.

Vor ihnen lag das Foto des geöffneten Brustkorbs.

»Warum hat der Täter Valentin Bergmann das Herz entfernt?«, fragte Marius.

»Nehmen wir das Herz als Symbol für Liebe – zum Beispiel Julian Trotzeks Liebe zu Christina, von der er dachte, sie bringt sein Leben in die Spur.« Melanie biss freudlos in ihr Brötchen. Ihr schien der Appetit vergangen und sie bemühte sich krampfhaft, das Ablenkungsmanöver mitzumachen.

»Siehst du das so?«, fragte er, nicht überzeugt.

»Ja klar. Was hätte er ohne sie gemacht? Mit seinen Kumpels saufen gehen? Die Gruppe, der er angehört, hat nicht gerade einen guten Einfluss auf ihn.« Marius konnte sie kaum verstehen.

»Iss bitte erst auf!« Er legte die Tatortfotos nebeneinander auf den Tisch. »Auf der anderen Seite steht die Beziehung zwischen Val und Trotzeks Freundin, die anscheinend keine Lust mehr auf eine Fernbeziehung hatte. In der Nacht von Freitag auf Samstag kommt es zum lautstarken Streit …« Mit einem Handgriff wischte er Melanie einen Tupfer Remoulade vom Kinn.

»Und die fast vollständigen Fingerabdrücke am Zaun sind ein ziemlich klarer Hinweis, dass Trotzek in der Mordnacht auf das Gelände der Glückauf-Kampfbahn geklettert ist. Dass dort jemand wartete, hat er uns quasi in seiner ersten Geschichte rund um den Dosenwurf bestätigt.«

»Stimmt alles so weit.«

»Hmm«, überlegte Melanie. »So ganz überzeugt wirkst du nicht.«

Jäh stand Marius auf und öffnete das Fenster. Luft. Er brauchte frische Luft zum Überlegen, damit seine Gedanken nicht immer wieder zu Sebastians Tod wanderten.

»Sehen wir das Ganze mal aus Vals Sicht«, sagte er betont sachlich und atmete tief ein. »Laut seiner Bandkollegen litt Val unter Angstzuständen. Er war in der Nacht auf den 28. Februar in die Kneipe gegangen, weil er auf den Telefonanruf gewartet hat. In dieser Nacht traf er freiwillig seinen Mörder. Wie eine Motte, die sich einer Eule als Fressen anbietet.«

»Und? Klingt zwar ungewöhnlich, aber Val war auch ein recht seltsamer Typ.« Angesichts der schneidenden Kälte, die durchs Fenster hereinströmte, bibberte Melanie.

»Obwohl Trotzek zweifellos ein Motiv hat und auch sonst eine Menge gegen ihn spricht, gibt es einige Ungereimtheiten«, sagte Marius.

»Zum Beispiel?«

»Hier, zieh erst mal meine Jacke drüber, du schlotterst ja am ganzen Körper.« Rasch zog Marius seine Lederjacke von der Lehne des Bürostuhls und legte sie Melanie über die Schultern. »Besser?«

Sie nickte dankbar.

»Also, in der Nachbarschaft hat niemand vom Platz kommende Schreie gehört, obwohl mindestens eine Nachbarin noch wach war. Außerdem weisen die Druckstellen an Vals Armen darauf hin, dass er sich nicht gewehrt hat. Bei gefesselten Opfern, die versuchen, sich zu befreien, findet man ausgeprägtere Wunden, als er sie hatte.«

Melanie schlüpfte in die Jacke hinein, verschränkte die Arme vor der Brust und schnüffelte gedankenverloren am Leder.

»Folglich hat Val gewusst, was an diesem Abend passieren würde. Er hatte in Angst vor diesem Tag gelebt. Nun frag ich mich: Warum hat er sich geopfert? Oder für wen? Für Christina?«

»Wohl kaum. Was sollte sie davon haben? Sie schien es doch gut zu finden, dass er oft in ihrer Nähe hockte.«

»Und was es mit dem Tattoo auf sich hat, wissen wir auch noch nicht.« Wie ein Häufchen Elend saß Melanie vor ihm.

Tapfer, bereit, die Kälte auszuhalten, wenn es ihm dadurch besser ging. Er schloss das Fenster wieder.

»Wann prüfen wir Trotzek auf Herz und Nieren?« Sie bemerkte, was sie gesagt hatte, und fing an zu kichern. »Entschuldigung.«

»Morgen Früh.« Er nahm die Jacke, die Melanie ihm hinhielt, und zog sie an. »Und jetzt sieh zu, dass du Feierabend machst, du wirst schon makaber.«

Ohne Umweg fuhr Marius nach Hause und tauschte den Ford Transit gehen seine Harley. Den alten Transporter, den er von seinem Vater geerbt hatte, nutzte er nur noch selten. Jetzt hieß es, den Kopf freizubekommen, und das funktionierte am besten bei einer Motorradtour.

Nach seiner Rückkehr am späten Abend ging er mit einem Bier auf die Veranda. Dort dachte er an den Tag, an dem Sina mit ihm und Hunderten von Fans auf einem Van-Canto-Konzert die Lieder der Band mitgesungen hatte. Sie hatte den Schlachtruf »Rakka Takka Motherfucker« geschrien und Marius – aufgeputscht von der Musik – in der Nacht geliebt. Am Morgen hatte sie ihr cremefarbenes Seidenkleid angezogen, Make-up aufgelegt und sich mit einem teuren Duft einparfümiert. Die alljährliche Cocktailparty ihrer Eltern stand an. Sie kam ihm an diesem Morgen fremd vor. Für ihn bedeuteten die Zeilen von »If I die in Battle« eine Lebenseinstellung. Er hatte gehofft, sie teile seine Leidenschaft.

»In meiner Brust wohnen zwei Herzen. Das musst du akzeptieren«, sagte sie lachend zu ihm und schmiegte sich zum Abschied an ihn.

Sie kam am späten Abend wieder, vollgestopft mit neuen Eindrücken. Ihn neckend erzählte sie von dem smarten Geschäftsmann Sebastian Gehlen, mit dem sie sich gut unterhalten hatte. Marius misstraute dem Unbekannten. Von Beginn an hatte er mehr in der angeblich flüchtigen Begegnung gesehen als einen zufälligen Flirt.

Sein Gefühl hatte ihn nicht getäuscht. Sina schien es zu genießen, fortan in zwei Welten zu leben. Sie stritten immer häufiger über ihre mangelnde Fähigkeit, sich ganz auf ihn und seine Welt einzulassen. Marius konnte nicht verstehen, wie jemand tief in der Metal-Szene verwurzelt sein und gleichzeitig den Verlockungen der Glamourwelt erliegen konnte. Aber Sina lachte nur über seine Wutausbrüche.

Er hatte den Bruch erahnt, lange bevor er offensichtlich geworden war. Eine schleichende Veränderung, bis Sina ihm eines Tages ihren neuen Freund vorgestellt hatte.

Marius saß in seinem Schaukelstuhl und starrte in die Nacht. Er fühlte den Schmerz, der ihn seit jenem Tag begleitete. Nun war Sebastian tot, und jeder von seinen Freunden stand unter Verdacht, ihn ermordet zu haben – auch Sina.

***

Allmählich verwandeln sich meine Nächte in einen Horrortrip.

Anfangs habe ich sie für echte Freundinnen gehalten, fühlte mich unbeobachtet und sicher.

Um etwas Schlaf zu finden, lege ich mich auf das Bett in der Ecke. Von allen Seiten spüre ich die Kälte der weiß gekalkten Mauern. Die Tagesdecke stinkt muffig nach Staub und abgestandener Luft, aber das ist mir egal. Ich wollte für ein paar Stunden vergessen. – Von wegen! Sobald die Dunkelheit meine Umgebung in ein pechschwarzes Grab verwandelt, greift deine Seele nach mir. Aus dem Nichts tauchen grauenvolle Bilder von deiner Leiche auf.

Ich sehe das Messer in meiner Hand, spüre die aufgestaute Wut, die sich in drei gezielten Stichen entlädt. Wechsel der Werkzeuge. Die Punkte, die getroffen werden sollen, visiere ich exakt an. Ohne Widerstand gleitet die Klinge des Skalpells durch das Fleisch.

Ich kann meine Träume nicht mehr ertragen, öffne die Augen. Der Lidschlag erinnert mich an dein Brustbein, das ich hochgeklappt habe, um an dein Herz zu gelangen. Dein Herz, nichts ist mir wichtiger, als es an mich zu nehmen, denn es gehört zum Teil mir. Du hast dein Recht auf ein schlagendes Herz verwirkt. Nach den Messerstichen schlägt es nicht mehr. Und trotzdem fühle ich, wie dein warmes Herz in meiner Hand pocht.

Je mehr ich versuche, meinen Frieden zu finden, desto gewaltiger holen mich die Schatten der Vergangenheit ein. Ich fürchte mich vor meinen Gedanken, die mich an meinem Verstand zweifeln lassen, verabscheue mich für das, was ich getan habe.

Ich wage es kaum, mich hinzulegen und die Augen zu schließen. Daher schlafe ich kaum noch. In dieser Gegend kennt mich niemand. Ich renne durch die Nacht, lasse mich auf dem Kanal treiben, flüchte vor meinen Trugbildern.

Ich wollte doch nur, dass unsere Geschichte mit deinem Tod beendet wird, doch die Qual fängt erst an.

Wenn ich nicht vor langer Zeit gestorben wäre, hätte mir der heutige Tag den Todesstoß versetzt.

Wahrheit? – The truth remains burried within

Freitag, 6. März, 8.00 Uhr

»Morgen, Chef! Hat dich jemand aus dem Bett geschmissen?« Melanie saß mit einer Tasse Kaffee vor ihrem Computer und richtete sich die Haare. Demonstrativ sah sie auf die Wanduhr. »Pünktlichkeit gehört sonst nicht zu deinen Vorzügen.«

»Da ruiniere ich ja jetzt selbst mein mühsam aufgebautes Image.« Kopfschüttelnd ging er auf ihren Schreibtisch zu.

»Geht's dir besser?«, fragte sie vorsichtig. »Ansonsten solltest du nicht die Zeitung aufschlagen.«

»Hat Dahlen mit seiner Berichterstattung die nächste Stufe erreicht?«

»Ich fürchte, ja.« Zögerlich drehte Melanie den Bildschirm zu ihm.«

Was für ein kranker Mistkerl, dachte Marius, als er die Schlagzeile las: »Toter bei Unterwasserhochzeit – Braut unter den Verdächtigen«. Das konnte nicht sein. Entweder Dahlen pokerte hoch, nur um der Erste zu sein, der eine Sensation brachte, oder …

»Ich vermute, in der Rechtsmedizin bessert sich jemand seine Haushaltskasse auf. Wie könnten sonst immer wieder Details an die Öffentlichkeit geraten.« Schnell überflog er die Zeilen. Kohlenmonoxid-Vergiftung, rote Flecken auf der Leiche, der Schreiber wusste mehr, als bekannt gegeben worden war.

»Wie kommst du gerade auf die Rechtsmedizin?«, fragte Melanie. »Ist die denn für beide Fälle zuständig?«

»So ist es. Das Institut in Duisburg ist schon vor über zehn Jahren geschlossen worden. Ist Lenz schon im Haus?«

»Der ist auf einer Sitzung.« Melanie drehte ihren Stuhl und stand auf.

Dann würde er später mit Lenz sprechen. Dahlen und die undichte Stelle, zwei Angelegenheiten, die dringend erledigt werden mussten, am besten von oberster Stelle. Wobei er fürchtete, dass die Pressefreiheit das Vorgehen des Reporters rechtfertigte. Vielleicht konnte man an seine Vernunft appellieren.

»Ich brauche einen Abgleich aller Fingerabdrücke, die auf dem Zaun zu finden waren. Gib das bitte noch in Auftrag, bevor wir fahren.« Er verließ das Vorzimmer. »Ich gehe schon mal vor – Schnee schippen! Die Dienstwagen sind völlig zugeschneit.«

Dem schnörkellosen Gebäudetrakt der JVA Essen sah man an, dass er in den siebziger Jahren erbaut worden war.

In dieser Umgebung wirkte Melanie ungewohnt ernst. Ob sie auch daran dachte, wie der Betonklotz auf Julian Trotzek gewirkt haben mochte? Laut seiner Unterlagen war gegen ihn zuvor noch nicht polizeidienstlich ermittelt worden.

Als Julian Trotzek für das Verhör zu ihnen gebracht wurde, zeigte sich ihnen der unsichere junge Mann, dessen Schultern in unregelmäßigen Abständen zuckten. Seine tiefen Augenringe zeugten von zu wenig Schlaf.

Melanie setzte sich ihm gegenüber. Dagegen zog Marius es vor, stehen zu bleiben.

»Du sitzt seit Montagabend in Untersuchungshaft«, begann Marius. »Ist dir klar, was das bedeutet?«

Trotzek starrte auf den Tisch und schwieg.

»Der Haftrichter genehmigt eine Festsetzung, die länger als vierundzwanzig Stunden dauert, nur bei dringendem Tatverdacht.«

»Das bedeutet«, ergänzte Melanie, »dir wird vorgeworfen, Valentin Bergmann ermordet zu haben.«

Keine Reaktion.

»Gefällt es dir hier?«, fragte Marius. »Immerhin hast du zehn Quadratmeter Platz nur für dich, keine Arbeit, das Essen kommt zu geregelten Zeiten, ab und zu darfst du an die frische Luft.«

»Hören Sie auf!« Wie ein Kind hielt Julian Trotzek sich die Ohren zu.

»Du musst nicht mit uns reden.« Melanies Stimme klang sanft, wie die einer Mutter. »Aber wenn du unschuldig bist, solltest du mit uns zusammenarbeiten.«

»Ich habe doch alles erzählt, was an diesem Abend geschehen ist. Was wollen Sie denn noch?« Verzweifelt kratzte er an einer Narbe auf seinem Handrücken.

»Die Wahrheit!«

Stille.

»Fangen wir noch einmal an dem Zeitpunkt an, an dem deine Kumpel nach Hause gefahren sind.«

»Ich war mit Christina verabredet. In ihrer Wohnung.« Mehr sagte Trotzek nicht. Aber die linke Schulter des Jungen zuckte.

Melanie suchte Blickkontakt. »Julian, wir wissen, dass du in dieser Nacht auf den Müllbehälter geklettert bist, um über den Zaun auf das Gelände zu gelangen.«

Trotzek presste die Hände aufeinander, doch das Zucken hörte nicht auf. Plötzlich sprang er auf.

»Hinsetzen! Jetzt ist Schluss«, polterte Marius.

Der junge Mann setzte sich wieder auf den Rand des Stuhls, beide Ermittler konnten sehen, dass er nur noch ein nervöses Wrack war.

Marius stellte sich direkt vor ihn und stützte sich mit den Händen auf dem Tisch ab, den Kopf ganz nah an Trotzek. »Ich sage dir, was an dem Abend passiert ist: Du hast schon länger befürchtet, dass deine Freundin mit dir Schluss machen wollte. Dir war etwas über eine Beziehung mit Val Bergmann zu Ohren gekommen. Du hast ihn angerufen, um dich mit ihm zu verabreden. Nachdem Christina am Freitag nach ihrer Schicht mit dir Schluss gemacht hat, brannten bei dir die Sicherungen durch. Sein Herz für das Herz von Christina, das er dir gestohlen hat. Große Aktionen sind dein Ding. Du hast dich mit ihm getroffen und ihn kaltblütig ermordet.«

Melanie sah ihren Kollegen mit gerunzelter Stirn an.

»Nein, so war das nicht«, presste Trotzek heraus. »Als ich auf das Gelände gekommen bin, lag Valentin Bergmann mitten in einer Blutlache. Tot.« Julian lehnte sich zurück, und mit müdem Blick, aber ausführlich beschrieb er den Beamten das gesamte Szenario.

Marius beobachtete den jungen Mann genau. Er konnte nicht den geringsten Hinweis entdecken, dass er log. Entweder war er ein begnadeter Schauspieler, oder er hatte tatsächlich nichts mit dem Mord zu tun.

»Und … warum hast du uns nicht schon früher erzählt, was wirklich passiert ist?« Melanie sah ihn prüfend an.

»Borusse. Schlägerfreunde. Meine Freundin, die Tochter der Fankneipenwirtin, macht mit mir Schluss.« Er machte eine Pause. »Wer hätte mir geglaubt?«

»Das war alles andere als das erwartete Geständnis.« Melanie öffnete die Beifahrertür und ließ sich auf den Sitz fallen.

»Hast du denn ernsthaft eins erwartet? Ich jedenfalls nicht.« Marius reihte sich in den Verkehr ein. »Er misstraut der Polizei, meint vielleicht sogar, sie austricksen zu können. So einer gesteht nicht einfach eine Tat.«

»Und wie geht es weiter? Stehen wir wieder vor dem Nichts?« Sie sah deprimiert aus.

Marius sah sie belustigt an. »Herzlich willkommen im Polizeialltag. Einfache Lösungen gibt es selten. Kein Grund, den Kopf hängen zu lassen.«

»Ich habe schon die Schlagzeilen in der Zeitung gesehen: ›Sekretärin klärt grausamen Mord an einem Metal-Sänger auf.‹ Daraus wird wohl nichts.«

Marius lachte. »Ich sprech mit Gregor Dahlen. Die Meldung hast du dir verdient.« Melanies Anwesenheit tat ihm gut. Trotzdem mussten sie langsam zu Potte kommen. »Durchleuchtet Valentin bitte erneut. In seiner Biografie muss es einen Punkt gegeben haben, der zu dem Mord geführt hat. Ich bin mir sicher, wir finden den Täter in Vals unmittelbarem Umfeld.«

»Die Familie können wir ausschließen.«

»Nur, wenn keine Verwandten leben. Seine Eltern sind früh gestorben, worauf er im Heim gelandet ist. Die demente Großmutter halte ich nicht für fähig, einen Mord zu begehen. Aber was ist mit Onkel, Tanten, Neffen, Nichten oder einem Halbbruder? Prüft alles nach.«

»Ich habe Hunger auf Pommes Currywurst«, wechselte Melanie das Thema und wirkte auf einmal wieder munter. »Lass uns noch kurz bei Jansen vorbeifahren.«

»Endlich eine Frau mit einem gesunden Appetit!«

»Äh …«, machte Melanie und runzelte die Stirn. »Heißt das, du findest mich dick?«

Aus den Augenwinkeln sah er, wie sie ihren Bauch einzog. »Oh, Melanie!«

Nach dem Essen verzog sich Marius in sein Dienstzimmer. Seit Sebastians Tod waren vierundzwanzig Stunden vergangen. Da er offiziell als Verdächtiger des Mordfalls galt – einfach weil bisher niemand der Anwesenden als Täter ausgeschlossen wurde –, gewährten ihm die Beamten der Duisburger Mordkommission keinen Einblick in ihre Ermittlungen. Wenn er die Sache aufklären wollte, musste er selbst aktiv werden.

Hinter der vertrockneten Palme stand eine zusammengeklappte Magnettafel. Er stellte sie in die Mitte des Raums und holte die Fotos seiner Freunde hervor, die er rausgesucht hatte. Sie als Verdächtige auf die weiße Oberfläche zu pinnen, fiel ihm schwer. Es kam ihm wie ein Verrat vor.

Er hatte Sebastian in der Gruppe nie als Leader wahrgenommen. Jetzt, nach seinem Ableben, zeigte sich durch die Sprachlosigkeit, die zurzeit herrschte, seine Rolle im Gefüge: Er hatte neben Sina das Geschehen beeinflusst. Nicht mit der Leichtigkeit seiner Braut, die trotz zahlreicher Streitereien in der Vergangenheit an jeden Einzelnen glaubte. Sebastian war nie ein Gruppenmensch gewesen. Sein Talent hatte im persönlichen Kontakt gelegen.

Marius merkte, wie wenig er diejenigen kannte, die sich seine Freunde nannten. Was wusste er schon von ihren Leben? Wie sollte er da herausfinden, wer von ihnen Sebastian getötet hatte? Verärgert darüber, dass er in der letzten Zeit keinen Anteil an den gemeinsamen Aktivitäten genommen hatte, nahm er einen Edding zur Hand und schrieb die Namen unter die Fotos.

Es würde nicht einfach werden, das Schweigen zu brechen. Seit die Rettungsassistentin den Tod bestätigt hatte, herrschte Stille. Eine Stille, die ihre angebliche Gemeinsamkeit als Farce entlarvte. Lauernd schlichen sie umeinander herum. Niemand sprach das Wort »Mord« aus, obwohl es sich wie ein wachsender Tumor in ihren Köpfen ausbreitete. *Mord.*

Aus welchem Grund hatte einer von ihnen Sebastian gehasst? Und ihn nicht nur ermordet, sondern auch in Kauf genommen, dass die anderen in der Truppe fälschlich verdächtigt wurden? Marius ging gedanklich die letzten Tage durch. Kleine Zickereien, Spannungen, Ironie, das ja, aber war das nicht normal bei Menschen, die sich ein halbes Leben lang kannten? Außer ihm und Eddi schienen sich trotzdem alle auf die Hochzeit gefreut zu haben.

Was war aus den einstigen Freunden geworden? Ihre Schulzeit auf dem Gauß-Gymnasium in Gelsenkirchen hatte sich als ein einziger Rausch in seiner Erinnerung festgesetzt. Später hatten sie weitergefeiert, ohne zu bemerken, wie sich durch das Leben unmerklich Risse in der glatten Fassade ihrer Gemeinschaft gebildet hatten.

Er schrieb gerade Sina Schlegel über ein Foto, das in einem Urlaub bei seiner Mutter im spanischen Tossa de Mar entstanden war, als sich die Tür öffnete. Bestückt mit zwei Kaffee kam Melanie in den Raum und setzte sich gegenüber der Tafel auf den Tisch. »Schönes Bild von Sina.« Sie zögerte, bevor sie weitersprach. »Hältst du sie für fähig, Sebastian ermordet zu haben?«

Uff. Nein, rief alles in ihm. »Ich … möchte es mir nicht vorstellen.«

»Darum geht es aber wohl nicht.«

Natürlich hatte Melanie recht. Trotzdem konnte er sich kein Motiv vorstellen. Zwar hatte Sina manchmal unter Sebastians Ironie und dessen Hang zu abwertenden Bemerkungen gelitten, vor allem in größeren Gruppen. Aber sie hätte ihn ja bloß nicht zu heiraten brauchen, hätte mit ihm Schluss machen können wie damals mit Marius.

Finn sah auf dem Foto direkt in die Kamera. Eines der wenigen Selfies, die es von dem fotoscheuen Besitzer des Tauchgasometers gab.

»Oh, ein Hübscher! Das ist dein Freund Finn, der hier manchmal anruft? Wenn ich das gewusst hätte …«

Seine markanten Gesichtszüge und der ausgestreckte Mittelfinger täuschten über die verletzliche Seele hinweg, deren

Windungen Marius in- und auswendig kannte. Finn sprach selten von den Erlebnissen, die sein Leben verändert hatten.

»Er hat viel durchmachen müssen. Verkorkster Polizeieinsatz, ziemlich am Anfang seiner Karriere.«

»Müsste ich mich an ihn erinnern?«

»Nee, das war vor deiner Zeit. Finn sehe ich auch nicht in der Rolle des Rächers.« Er dachte an Finns verzweifelten Rettungsversuch des bewusstlosen Bräutigams. Die Bergung und anschließende Erste Hilfe waren von vornherein zum Scheitern verurteilt gewesen. In seiner Zeit bei der Kriminalpolizei hatte Marius genügend Tote gesehen, um die Zeichen zu erkennen. Er fragte sich, welche Auswirkungen der Tod eines Tauchers in dem TauchRevier Gasometer auf Finns Geschäft haben würde.

Melanie hob den Finger. »Weg von deinem Freundschaftsdenken. Wenn du neben der Duisburger Polizei auf eigene Faust Ermittlungen anstellen willst, solltest du unbedingt professionellen Abstand wahren«, mahnte sie. »Ansonsten sind deine Überlegungen nur verschwendete Zeit.« Sie stieß sich vom Tisch ab und stellte sich direkt vor die Tafel. »Darf ich einen Vorschlag machen?«

»Hmm?« Marius konnte sich nicht entscheiden, ob Melanie ihn nervte oder ob er auf sie hören sollte.

»Pinn erst mal alle Bilder an das Whiteboard und sprich mit deinen Freunden. Solange du jeden für unschuldig hältst, kommst du nicht weiter.«

»Womöglich nicht die schlechteste Idee. Also, bei den Männern bleiben noch Eddi und Gernot Sünner, das ist Sebastians Chef. Hab ich gestern zum ersten Mal getroffen.«

Anstatt eines Fotos malte er mit ein paar Strichen ein Porträt des Mittfünfzigers, das die Charakteristika hervorhob: tiefe Falten an Stirn, Nase und Mund, Knopfaugen, großer Mund mit schmalen Lippen, dichtes Haar. Im Hintergrund zeichnete er einen Bus mit der Aufschrift »Sünner-Tours«.

»An dir ist ja ein Künstler verloren gegangen.«

»Auf jeden Fall«, ging er auf ihre ironische Bemerkung ein. »Eduard von Meppen alias Eddi.« Beim Suchen der Fotos hatte sich Marius gewundert, dass der rundliche Elvis-Verschnitt auf nahezu allen Fotos der Gruppe zu finden war. »Zu Schulzeiten galt er mit seinen dunkelroten Koteletten, einem Hang zur Arroganz und hautengen Hemden im Western-Style als Lady-Killer.«

»Der?« Neugierig nahm Melanie ihm eine Reihe von Bildern aus der Hand. »Ist das wirklich ein und derselbe Mann?« Sie legte die Bilder nebeneinander auf den Stuhl, schob sie hin und her, bis sie in chronologischer Reihenfolge aufgereiht waren. »Was ist denn mit dem passiert?«

»Warte.« Marius drehte die Fotos, um die Jahreszahlen abzulesen. »Die sind in einem Zeitraum von zehn Jahren entstanden.« Die Aufnahmen zeigten seinen langsamen Verfall. »Zu viel Alkohol, Party, Drogen, Frauen.«

»Und den lässt Sebastian die Hochzeit ausrichten? Ich würde dem keine zehn Euro anvertrauen.«

Marius hatte das Gefühl, Eddi verteidigen zu müssen. »Er hatte im Leben eine Menge Pech. Als Unterhalter einer Gruppe ist er unschlagbar.«

»Hey, wer ist das denn? Sinas Zwillingsschwester?«

»Sieht die für dich so aus?« Er schrieb »Amelie Fedorra« über das Foto.

»Na ja, du siehst Sina wahrscheinlich anders als ich, aber guck dir die Frau doch genau an: Haare, Frisur, sogar Make-up ähneln dem deiner Ex.« Sie beugte sich vor und setzte die Brille auf, um Details zu erkennen. »Sie trägt die rechte Seite ihrer roten Mähne hinter dem Ohr. Dadurch kann man ihre Piercings sehen. Eins, zwei …« Sie zeigte mit dem Zeigefinger auf jedes Schmuckstück. »Drei Diamanten im oberen Teil der Muschel plus fünf schwarze Ringe außen, davon einer mit einer Kugel – nein, einem stilisierten ›S‹.«

»Das kann nicht sein!« Marius beugte sich vor. »Sina trägt exakt dieselbe Anordnung.«

»Und was soll der Buchstabe?«

»Eine Sonderanfertigung. Den habe ich ihr zum letzten Geburtstag geschenkt.«

»Krank. Du, die Frau hat ein Problem, wenn du mich fragst«, sagte Melanie.

»So habe ich das noch nie gesehen.« Marius vermied zu sagen, dass er trotz der äußerlichen Annäherungen keine Ähnlichkeit zwischen den Freundinnen sah. Amelie würde niemals wie Sina aussehen, nicht für ihn.

»Wer ist das? Die kenne ich nicht.« Melanie kannte die Gruppe nur aus Gesprächen mit ihrem Kollegen.

»Nathalie Janfeldt. Sebastian gehörte zu der Art Mann, bei der Nathalie auf die Palme geht«, begann Marius.

»Sieht ziemlich schlau aus«, kommentierte Melanie.

»Ist sie auch. Und Nathalie hat definitiv ihren eigenen Kopf. Sozialarbeiterin …«

»Ah, Typ Weltverbesserer.«

Marius grinste. »Hat da jemand Vorurteile?«

»Sorry, deine Freundin kenn ich ja gar nicht. Bin wahrscheinlich nur zu vielen Menschen begegnet, die einfach dazu einladen, sie in eine Schublade zu stecken.« Melanie verzog zerknirscht den Mund.

In Ermangelung einer aktuellen Aufnahme heftete Marius ein altes Foto an die Tafel. Es stammte aus dem Monat nach der Geburt ihrer Tochter. Die zusätzlichen Pfunde aus der Schwangerschaft verliehen dem nun verhärmten Gesicht Weichheit. »Der Freundeskreis war ihr immer sehr wichtig, vor allem nachdem ihre Tochter Emelie bei einem Unfall ums Leben gekommen ist.«

Melanie schwieg betreten.

»Zwei habe ich noch.« Marius hielt die letzten Fotografien in die Luft. Das Reden über die Freunde machte ihm das Atmen leichter. Er war Melanie dankbar für ihre Fragen. Und dafür, dass sie ihm half, anstatt ihn zu ermahnen, sich allein auf den Fall zu konzentrieren, für den sie zuständig waren.

»Zeig!«

»Maik Schlegel.« Das Foto zeigte Maik bei einer Messe für Motorradfahrer. Schmal, quirlig und mit einer entwaffnenden Offenheit gesegnet.

»Ist das nicht der Pfarrer?«

Marius nickte. »Sinas Bruder.«

Beim nächsten Foto pfiff Melanie. »Wow, was für eine Sexbombe.«

Marius schrieb »Larissa Holtgrewe« an die Tafel. »Sie arbeitet als Solotänzerin am Musiktheater Gelsenkirchen.«

»Ihren phantastischen Körper möchte ich haben.« Bewundernd blickte die Sekretärin auf eine Momentaufnahme der Primaballerina.

Mit Larissa hatte er sich nie viel beschäftigt. Er konnte mit Frauen, die sich über ihr Äußeres definierten, wenig anfangen. Was nicht hieß, dass ihn ihre Schönheit kalt ließ. Welcher Kerl fragte sich bei einem perfekt gebauten Frauenkörper nicht, wie sie ohne ihre Kleidung aussah? »Wir beide haben so gut wie keinen Kontakt«, erzählte Marius. Er dachte an den letzten Tag. »Abgesehen davon, dass sie auf der Party am Abend vor der Hochzeit mal wieder versucht hat, alle Männer heißzumachen, wirkte sie auf der Hochzeit sehr wehmütig.«

»Warum das? Ihre Freundin heiratet. Das ist kein Grund, traurig zu sein.«

»Keine Ahnung.«

»Hm, eine kleine Zicke, scheint mir. Und launisch dazu.«

»Das ist einer der Gründe, warum ich mit ihr nichts anfangen kann. Einfach zu anstrengend.«

»Klar, du weißt nie, woran du bist.« Melanie überflog noch ein letztes Mal die Fotos. »So, meine Pause ist vorbei. Jetzt geht's zurück an den Schreibtisch.«

Kaum war sie zur Tür hinaus, stürmte sie wieder herein. »Hier, das Fax, auf das ich gewartet habe, ist angekommen.« Sie wedelte mit dem Papier.

Hastig nahm Marius die Schreiben an sich und überflog den Text. »Unter anderem gibt es Übereinstimmungen bei den Fingerabdrücken vom Zaun und der Sportkleidung aus der Kabine.«

»Christian Peters, der Junge, den wir auf dem Sportplatz getroffen haben?«

Zweifel – Doubts are closing in

Freitag, 6. März, 17.00 Uhr

Marius nahm sich vor, nach der Arbeit seine Harley zu putzen. Das Beschäftigen mit seiner Maschine klärte die Gedanken. Außerdem war nach dem Sauwetter der letzten Tage vom Glanz des Chroms nicht mehr viel zu sehen. Zwar warteten einige Regale im Keller darauf, zusammengebaut zu werden, doch das hatte Zeit.

Auf dem Nachhauseweg rekapitulierte er die Geschehnisse wie bereits unzählige Male zuvor. Anscheinend war Valentin Bergmann am Abend des 27. Februar nicht in die Fankneipe gegangen, um Christina nahe zu sein – zumindest nicht nur. Vielleicht gab ihm ihre Nähe Sicherheit. Nachvollziehen könnte er das Verhalten.

Aber der Punkt war, dass alle Zeugen seine Nervosität bemerkt hatten. Dass er also Angst gehabt hatte. Angst vor der Person, deren Anruf er erwartet hatte. Den Ort des Treffens schien er bereits im Vorhinein gewusst zu haben. Warum war er erst so spät zum Treffpunkt gegangen? Das weitläufige Gelände bot kaum Versteckmöglichkeiten. Val hatte an dem Abend nicht gewusst, was auf ihn zukam. Daher zog er die bekannte Atmosphäre der Kneipe dem düsteren Platz vor. Oder ging er dorthin, weil er ahnte, was geschehen würde? Welche Bedeutung hatte die Glückauf-Kampfbahn für ihn? Da Melanie bislang keine Ergebnisse vorliegen hatte, beschloss Marius, auf eigene Faust Nachforschungen in der Jugend des Fußballvereins anzustellen.

Er bog in die Auffahrt zu seinem Haus ein und ließ die Harley auslaufen. Innerhalb der letzten Stunden war der Schnee getaut. Grashalme drängten durch die Kieselschicht vor dem Stellplatz seiner Fahrzeuge.

Auch am Tatabend hatten die kahlen Bäume kaum Schutz geboten, geschweige denn eine Möglichkeit, sich zu verstecken.

Also wartete Val in der Kneipe auf den Anruf. Erwartete er letzte Anweisungen des Mörders? Kickte er deshalb Christinas Freund Julian Trotzek unwirsch aus der Leitung? Der Musiker hatte harte Drogen konsumiert und definitiv zu viel Alkohol getrunken. Aber jeder beschrieb ihn als höflich und zurückhaltend.

Er zog den Helm vom Kopf und öffnete seine Motorradjacke. Sein Blick fiel auf die Lampe, die bei seinem letzten Wutausbruch das Zeitliche gesegnet hatte. Noch eine Baustelle. Wenn er sich die abblätternde Farbe seines Hauses ansah, war ihm zum Kotzen zumute.

»Hey, Dragón. *Me has echado de menos?*«

Der schwarze Kater zwängte sich durch den Spalt der geöffneten Haustür und strich maunzend um Marius' Beine. Dann setzte er sich vor ihn und reckte sein Kinn nach vorn.

»Ich habe dich auch vermisst.« Marius berührte den Kopf des Tieres. Sofort drückte Dragón sein Köpfchen in die Männerhand. »Na, komm her.« Mit dem Kater auf dem Arm lief er zur Musikanlage und startete das aktuelle Van-Canto-Album. »Puh, bist du schwer geworden.«

Routinemäßig checkte er die eingegangenen Anrufe. Vier Nachrichten seit heute Morgen. Marius setzte sich auf den Sessel und drückte auf Wiedergabe. Seine freie Hand vergrub sich in Dragóns Fell.

»Marius? Ich bin's, Finn. Ich hab mich mit der Hochzeit schön in die Scheiße geritten. Den Gasometer darf vorerst niemand betreten. Polizeiliche Anordnung. Das kann mich ruinieren. Aber deswegen rufe ich nicht an. In der Aufregung haben wir vergessen, der Polizei die Kamera zu geben. Ich habe den Film für dich kopiert und bringe den Apparat gleich aufs Präsidium, okay? Melde dich, sobald zu Zeit hast!«

»Hi, Marius, hier ist Stefan. Ich habe in der Zeitung gelesen, was passiert ist. Ich hatte ja befürchtet, dass die Aktion böse endet. Vermutlich hat dir Finn von unserem Streit deswegen erzählt. Aber auf einen Toten war ich auch nicht gefasst. Das ist brutal. Und ich fürchte, Finn steckt in der Klemme. Können wir uns nachher noch treffen? Tschüss!«

Verdammt, was war da passiert? Bisher hatte er noch keine Zeit gehabt, die Geschehnisse aufzuarbeiten. Sein Informationsstand glich dem der Öffentlichkeit.

Marius ging in den Keller, dessen Zustand seit dem Auszug seines Vaters nicht verändert worden war, um sich ein Bier zu holen. Beim Hochgehen öffnete er den Deckel am Metallgeländer, setzte die Flasche an und trank einen Schluck.

Dragón hatte ihn nach unten begleitet und drängte sich jetzt zwischen die Füße seines Herrchens, wodurch Marius ins Stolpern kam.

»Pass doch auf!«, herrschte er den Kater an, was ihm sofort leidtat. Er kniete sich hin, um das pechschwarze Fell zu streicheln. »Ich krieg einfach die zwei Todesfälle nicht aus dem Kopf. Ein Drogensüchtiger und Sebastian …« Er schnaubte.

Noch im Stehen hörte er die nächste Ansage ab.

»Nathalie hier. Ich habe einen Bekannten bei der Duisburger Polizei. Der hat mir verraten, dass die Autopsie der Leiche den Tod durch Kohlenmonoxid-Vergiftung bestätigt hat. Das Gift befand sich in seiner Atemluftflasche. Ich komm nicht damit klar, dass einer von uns …« Schweigen, dann Tuten, sie hatte ihre Ansage mitten im Satz abgebrochen.

Marius leerte den Rest seiner Flasche. Nathalie, sosehr sie sich von den anderen unterschied, war neben Sina diejenige gewesen, die am meisten an der Gruppe hing. Als die Duisburger Polizei sie alle nach dem Mord entlassen hatte, hatte sie ihn eindringlich gebeten, eigene Ermittlungen anzustellen. »Ich will das nicht irgendwelche Polizisten klären lassen, die ich nicht kenne. Die Sache ist einfach zu persönlich.«

Er rief die Informationen ab, die er in seinem Langzeitgedächtnis über Kohlenmonoxid-Vergiftungen gespeichert hatte. Zunächst kam es auf den prozentualen Anteil des im Blut mit Kohlenstoffmonoxid belegten Hämoglobins an. Das Gas verursachte Schwindelgefühle, ein gestörtes Zeitempfinden und Übelkeit, was das seltsame Verhalten Sebastians unter Wasser erklären würde. In einer tödlichen Dosis verabreicht verstarb man innerhalb von einer bis drei Minuten. Das passte. Marius tippte eher auf die größere Zeitspanne, wenn man das Absinken, das Finden der Position und die ersten Gesten des Pfarrers bedachte.

Marius öffnete die Tür, als ihm der letzte Anruf einfiel. Das Display des Anrufbeantworters zeigte eine leuchtend rote Eins. Sein Finger drückte auf die Taste.

»Marius, ich glaube, ich habe Sebastian umgebracht.«

Stille – They never learned how to stand as one

Freitag, 6. März, 19.00 Uhr

Sinas Augenpartie schimmerte dunkelrot, ihre strähnigen Haare umspielten die Schultern. Der zerknitterte Stoff ihres Oberteils hing lose um Bauch und Hüften. Marius registrierte, dass sie Sebastians graue Jogginghose und eines seiner Hemden trug. Wie ein Häufchen Elend stand sie in der Tür ihrer Stadtvilla. Von der toughen Frau, die viele Männer an Furchtlosigkeit übertraf, war nichts zu sehen. Wortlos nahm er sie in den Arm. Sina weinte lautlos, doch ihr Körper schüttelte sich von der Spannung, die in ihr herrschte. Auf der Suche nach Halt krallten sich ihre Fingernägel in seine Lederjacke.

»Schh!« Etwas steif stand er vor ihr, abwartend, welche Signale sie ihm gab. Warum war er so unsicher?

Sie schniefte, löste sich aus seiner Umarmung und wischte mit dem vom Make-up verfärbten Oberteil über Augen und Nase.

»Wenn ich ihn nicht gedrängt hätte, würde Sebastian heute noch leben.«

»Erzähl keinen Unsinn, Sina.«

»Schon als wir uns im Schwimmbad kennengelernt haben, meinte Sebastian, eigentlich wäre Wasser nichts für ihn. Vor jedem Freibadbesuch haben wir diskutiert, ob wir gehen oder nicht. Du kennst ja mein Faible fürs Schwimmen.«

»... und deine Überredungskünste. Sina, versuch bitte, auf den Punkt zu kommen. Und hör auf, dich zu zerfleischen. Wie kommst du zu der Annahme, du wärst für seinen Tod verantwortlich?«

»Das will ich dir doch gerade erklären!«

»Dann hol bitte nicht so weit aus.« Er wusste, dass ihn nicht nur die langatmige Einleitung nervte. Er wollte auch nach Sebastians Tod keine Details aus ihrer Beziehung hören.

Erneut schluchzte sie. »Es war ein Fehler, dich anzurufen.«

Sina drehte sich um und pickte einige Kleidungsstücke von den weißen Fliesen. Das Wohnzimmer sah wie alle Räume des Hauses aus, als wäre es einem Einrichtungskatalog entsprungen. Heute machte es einen ungepflegten Eindruck. Sina hatte sich in der Gewissheit, ihren Mann umgebracht zu haben, in ihrem Heim verkrochen. Um irgendetwas zu tun, bückte sich Marius und sammelte Handtücher und Unterhosen auf. Die bunte Decke, die sie auf einer Portugal-Rundreise erstanden hatten, faltete er sorgfältig zusammen und legte sie über die Couch. Es war das einzige Überbleibsel ihrer gemeinsamen Jahre, das Sina regelmäßig benutzte.

Sie hielt inne, blieb vor der hellgrauen Lackkommode stehen, auf der eine Sammlung von Bildern der beiden angeordnet war.

»Hey, Süße, komm!« Marius fasste ihre Schultern und leitete sie quer durch den Raum in Richtung des einzigen farbenfrohen Möbelstücks im Haus, einem grasgrünen Ledersofa. Sanft bewegte er sie dazu, sich zu setzen, fort von den Erinnerungen.

»Jetzt erzähl in Ruhe, was los ist. Ich verspreche zuzuhören.« Er legte seinen Arm um sie, zog ihren Kopf auf seine Schulter. Sie ließ es sich gefallen.

»Sebastian musste ständig kotzen, wenn wir schwimmen waren. Du kennst … kanntest ihn ja, was Krankheiten anging, ein typischer Mann.« Sie befeuchtete das Tellertuch, das sie in den Händen hielt, mit ihrer Spucke und reinigte ihr Gesicht. »Ich … ich habe ihm nicht geglaubt, dachte, er hätte einfach keinen Bock gehabt.«

»Meinst du, so weit wäre er gegangen? Auf die Dauer ist das ziemlich anstrengend. Warum hat er nicht einfach gesagt, dass er zu Hause bleiben will?« Marius hatte Schwierigkeiten, das Verhalten nachzuvollziehen.

Sina wandte ihm ihr Gesicht zu. »Irgendwann wollte ich ihm den Wind aus den Segeln nehmen. Habe ihn zum Arzt geschickt.«

»Und?« Es war offensichtlich, worauf sie hinauswollte.

Sina schluckte. »Nichts und. Er ist natürlich nicht hingegangen.«

»Und wo liegt jetzt das Problem? Gehst du davon aus, dass er ernsthaft krank war?«

»Weißt du, dass die Unterwasserhochzeit auf seinem Mist gewachsen ist? Er wollte mir eine Freude bereiten. Ich hielt das für keine gute Idee.« Sie zuckte mit den Schultern. »Aber wenn er sich etwas in den Kopf gesetzt hatte …«

»Da seid ihr euch ziemlich ähnlich.«

Sina stand auf und ging unruhig durch das Wohnzimmer. Es klingelte an der Haustür.

»Erwartest du jemanden?«

Sie schüttelte den Kopf. Jegliche Farbe wich aus ihrem Gesicht, wodurch die verweinten Augen noch mehr auffielen. Wie eine Marionette bewegte sie sich vorwärts, um die Tür zu öffnen.

»Kriminalpolizei Duisburg. Spreche ich mit Sina Schlegel?«

»Ja.«

»Sie stehen unter dringendem Verdacht, Ihren Verlobten Sebastian Gehlen getötet zu haben. Sie sind vorläufig festgenommen.«

Marius erkannte die Stimme und sprang auf. »Kanzek! Verdammt, siehst du nicht, dass Frau Schlegel völlig fertig ist?«, rief er aus dem Hintergrund.

»KOK Pérez, ach sieh an! So schnell sieht man sich wieder.«

Lockenkopf mit grauen Schläfen, die ihn älter aussehen ließen, weißes Hemd, bis oben geknöpft, Thermojacke über einem dunkelgrauen Jackett, übereifrig – Hauptkommissar Kanzek gehörte nicht gerade zu den Personen, mit denen Marius gerne Umgang hatte. Im Hintergrund stand Manfred Bohler, ein älterer Kollege kurz vor der Rente, die Hände hinter dem Rücken gekreuzt.

Marius kochte innerlich. Wenn das mal kein Schnellschuss war! »Worum geht es? Keine Ahnung, wie du auf die Idee kommst, Sina hätte ihren Verlobten umgebracht.« Er legte wieder seinen Arm um ihre Schulter. Sina reagierte nicht, stand mit ausdruckslosen Augen neben ihm.

Unwirsch griff Kanzek nach Sinas Arm. »Einige der Aussagen der Beteiligten belasten Frau Schlegel stark.«

Marius verlor seine Beherrschung und schlug nach der Hand des Polizisten.

»Vorsicht! Bring dich nicht in Schwierigkeiten, Pérez! Diese Information hätte ich dir gar nicht geben müssen«, redete Kanzek beruhigend auf ihn ein.

Marius war sich bewusst, dass der Kriminalbeamte das letzte Wort hatte. »Wer …?«

»Keine weiteren Informationen. Lass uns unsere Arbeit machen.«

»Marius, das stimmt nicht. Hilf mir, dass alles aufgeklärt wird.« Sinas Stimme bekam einen flehenden Unterton.

Schnell holte Marius Sinas Mantel und Handtasche, warf seine Motorradjacke über und zog die Haustür hinter sich zu.

Dann konnte er nur noch zusehen, wie Sina abgeführt wurde.

Als die Haustür abgeschlossen wurde, brach er in Richtung seines Motorrads auf. Dass Sina in einen Mordfall verwickelt sein sollte, konnte er sich beim besten Willen nicht vorstellen. Allerdings musste er zugeben, den engen Kontakt zu ihr verloren zu haben. Was wusste er noch über ihre Gedanken, Träume oder Sorgen? Hatte sie sich durch Sebastian verändert? Ja, definitiv. Hatte Sebastian vielleicht etwas getan, das sie veranlasst haben könnte, ihn zu töten? Wenn er ehrlich zu sich selbst war, konnte er die Frage nicht beantworten.

Nachdenklich beobachtete er Kanzek, der Sina auf den Rücksitz des Polizeiautos geleitete und die Tür zustieß. Der Polizeiwagen entfernte sich aus der Sackgasse, an deren Ende Sinas Haus stand. Marius bemerkte, wie ihn der Kommissar im Rückspiegel beobachtete, bis der nachtblaue Schlitten um die Kurve bog. Kaum war er außer Sicht, stieg Marius ab. Bevor Sinas Wohnung von der Spurensuche auf den Kopf gestellt werden würde, wollte er sich Klarheit verschaffen, ob an den Anschuldigungen etwas dran war.

Den Helm deponierte er auf den weißen Kieseln hinter der kniehohen Buchsbaumhecke, die eine Grenze zwischen Vorgarten und Garagenauffahrt zog. Er ging ein paar Meter zurück, um zu prüfen, ob diese Stelle von der Straße aus einsehbar war. Die Aktion hätte er sich schenken können. In diesen Teil der Stadt verirrten sich kaum Fremde. Die Eigenheime schufen eine Vorstadtidylle. Um diese Uhrzeit, in der die Dunkelheit hereinbrach und man von der Straße in die Wohnzimmer schauen konnte, hatten die Anwohner ihre Rollläden heruntergezogen. Trotzdem schaute sich Marius um, bevor er Anlauf nahm.

Er rannte auf die Garage zu, sprang ab. Mit dem rechten Fuß stieß er sich von der Mülltonne ab. Unsanft landete er mit dem Oberkörper auf dem Dach. Seine Arme konnten den Sprung nicht abfangen, weshalb sein Kinn den Beton touchierte. Glücklicherweise schützte ihn der Bart vor schlimmeren Abschürfungen. Langsam rutschte er an der vorderen Kante der Doppelgarage herunter, das glatte Leder seiner Motorradjacke bot keinen Halt. Einer seiner Knöpfe, der bereits vor der Aktion schlaff heruntergehangen hatte, hielt der Belastung nicht stand und löste sich. Marius' Finger suchten Halt, krallten sich an dem Ende des Vorbaus fest. Er zog seinen Körper auf die Plattform, setzte seine Beine nach.

Da er nicht gesehen werden wollte, robbte Marius seitlich über die Garage, bis er an die Kante stieß, die zum Garten des Hauses führte. Die Stadtvilla war ein Geschenk ihrer Eltern zum fünfundzwanzigsten Geburtstag gewesen. Für die Besitzer einer Schuhkette, deren deutschlandweite Filialen Anfang des Jahres um eine eigene Kollektion erweitert wurden, eine Selbstverständlichkeit.

Marius hockte sich hin und sprang auf die mit Bodendeckern bepflanzte Erde. Zügig lief er um den Teich herum, der ihm zu dieser Jahreszeit wie ein dunkles Loch entgegenstarrte. Sein Ziel: eine verrostete Milchkanne. Mit Enzian und Glockenblumen bemalt, die Farbe nur schwach erkennbar, stand sie wie zum Wegwerfen bereit in der Ecke der Veranda. Marius öffnete den Deckel. Eine Schicht getrockneter Blätter bedeckte das Kästchen, das er gesucht hatte. Im Inneren verbarg sich ein Schlüssel, von dessen Existenz früher nur er und Sina gewusst hatten. Bis Sebastian an seine Stelle getreten war. Den Schlüssel nach Monaten wieder in die Hand zu nehmen, löste Bitterkeit in ihm aus.

Er konnte nicht umhin, an den Tag zu denken, an dem sie ihm den Schlüssel und damit den Zugang zu ihrem Schlafzimmer gegeben hatte. Ihre Treffen waren mehr als der heiße Intimverkehr zweier Liebeshungriger, zumindest für ihn.

Er hatte keinen konkreten Plan, als er die Hintertür öffnete. Auch wusste er nicht, was genau er suchte. Insgeheim hoffte er, keine Beweise für Sinas Schuld am Tod ihres Verlobten zu finden.

Die Diele, die an den Garten angrenzte, wies einen ähnlichen Zustand wie das Wohnzimmer auf. Durch die Dämmerung nahm er die Umgebung nur schemenhaft wahr. Das Licht anzumachen kam für ihn nicht in Frage. Zwar grenzte das Grundstück an seiner hinteren Seite an eine Hauptschule, an der um diese Uhrzeit kein Unterricht stattfand, doch eines der Fenster im ersten Stock war erleuchtet. Wie es der Teufel wollte, beobachtete jemand gerade das Haus. Bloß nicht auffliegen!

Er schloss die Tür. Marius suchte in der angrenzenden Küche nach einer Taschenlampe. In der Schublade, in der sie früher Küchenwerkzeug aufbewahrt hatte, stapelten sich Tellertücher. Er durchwühlte den Inhalt ohne Erfolg. Dann musste sein Handy herhalten. Zwar zeigte der Akku nur noch zweiunddreißig Prozent an, aber für eine Weile würde der Saft reichen. Der Lichtschein der Taschenlampen-App leuchtete hell. Um nicht aufzufallen, dämpfte er den Schein mit seinen Händen.

Diele und Küche waren zweckmäßig eingerichtet. Hier würde nichts zu finden sein, das ihn weiterbrachte. Geduckt schlich er ins Wohnzimmer, das aus zwei nachträglich miteinander verbundenen Räumen bestand. Zu seiner Rechten stand eine Vitrine. Marius stellte sich mit dem Rücken zu der riesigen Fensterfront, öffnete die Flügeltüren und schirmte mit dem Körper den Schein der Lampe ab. Auf beiden Schrankseiten stand im oberen Bereich eine Ansammlung von Gläsern, angeordnet in Zweierreihen. Eine Sektschale diente zum Sammeln von Kleinigkeiten. Marius schüttete den Inhalt auf die Hand. Uninteressant. Auch zwischen den Glastellern und Schüsseln in verschiedenen Boxen im unteren Regal entdeckte er nichts Bedeutsames. Zum ersten Mal sah er die Vorteile der klaren Linien des Hauses. Ein Fremder in seinem chaotischen Haus hätte beim Suchen wichtiger Details ungleich mehr Arbeit.

Sina lebte Minimalismus in jeder Beziehung, was im kompletten Gegensatz zu ihrem verschwenderischen Temperament stand. Er hob die Kleidung hoch, die sie vorhin auf die Couch geworfen hatten. Hastig arbeitete er sich zu einer Kombination aus zwei Highboards, zwischen denen ein niedriges Regal platziert war, vor. Der schwarze Lack der Möbel schluckte das letzte Licht des Tages. Das untere Regalfach war mit einer Sammlung von Sebastians DVDs befüllt.

Klassiker, Ballerfilme und Serien reihten sich aneinander. Zwei »Saw«-Filme störten unmerklich die Reihe, indem sie einen halben Zentimeter vorstanden. Marius hockte sich hin und griff mit einer Hand nach den DVD-Hüllen, mit der anderen leuchtete er in die Lücke. Fehlanzeige.

Er brachte das Regal in Ordnung und fuhr mit der Suche fort. Nichts. Im Obergeschoss lagen noch Arbeits- und Schlafzimmer. Er beschloss, mit Ersterem anzufangen. Jeweils drei Stufen auf einmal nehmend erklomm er die steile Treppe. Das Licht seines Handys begann zu flackern. Für zwei Räume würde es nicht halten. Marius überlegte kurz. Jede Ecke des Schlafzimmers kannte er wie seine Westentasche. Die Tür des Arbeitszimmers war verschlossen, der Schlüssel steckte im Schloss. Hierhin sollte sich niemand zufällig verirren.

Der Raum unterschied sich von dem Rest des Hauses. Schwere Eichenmöbel, die aussahen, als seien sie auf einer Auktion oder von einem Antiquitätengeschäft erworben, dominierten das großzügig geschnittene Zimmer. Durchaus Stücke, die sich Marius auch in seinem Arbeitszimmer vorstellen konnte. Allerdings fehlte ihm das nötige Kleingeld für deren Anschaffung. Zügig untersuchte er die Regalwand, prüfte Bücher, achtete auf Hohlräume oder versteckte Teile. Nein, hier lagerte nichts Ungewöhnliches.

Als er die verschlossenen Schränke öffnete, staunte er. Bis auf einen Stapel Druckerpapier herrschte in den Fächern Leere. Inzwischen flackerte das Licht stark. Etwas zu erkennen, fiel ihm schwer. Er wandte sich dem Schreibtisch zu, an dessen rechtem Unterschrank ein Holzrollo den Zugriff verwehrte. Diesmal steckte kein Schlüssel. Marius merkte aber, dass er es mit einem einfach zu knackenden Mechanismus zu tun hatte. Er zog sein Portemonnaie aus der hinteren Hosentasche und fischte eine

Karte eines Versandhauses heraus. Der Schließmechanismus ließ sich leicht zur Seite drücken.

Einzelne Holzfächer untergliederten das Innere des Schreibtischschranks. Marius zog jedes Fach heraus. Sebastian musste das Zimmer neu eingerichtet haben, dafür sprachen auch die kahlen Wände und die leeren Schränke. Der Akku gab den Geist auf, jetzt musste er blind weiterarbeiten. Sorgfältig strich er bei den restlichen Schubladen mit der Hand über das Holz der Ablage. Bei der letzten spürte er einen Widerstand. Seine Finger ertasteten ein Heft in DIN-A6-Größe. Obwohl er sich so anstrengte, dass seine Augen tränten, konnte er nicht erkennen, ob die Blätter beschrieben waren. Vorsorglich steckte er es in seine Lederjacke.

Wie lange hielt er sich schon hier auf? Er hatte jegliches Zeitgefühl verloren. Zügig versetzte er das Zimmer in den Urzustand, verließ den Raum und drehte den Schlüssel im Schloss um.

Das Schlafzimmer wirkte im Vergleich zu den restlichen Räumen klein. Sina stöhnte stets über den mangelnden Platz und jammerte immer wieder mal, dass sie unbedingt ein Ankleidezimmer benötigte. Ausnahmsweise stimmte er mit ihr überein, denn nahezu jede freie Stelle des Raumes war mit Schränken oder Regalen ausgefüllt. Das Wasserbett war regelrecht eingeklemmt. Systematisch arbeitete er sich durch den Inhalt der Möbel. Hier lagerte tatsächlich nichts anderes als Kleidung, Wäsche, Handtücher und Schuhe. Er wollte gerade den Raum verlassen, als er sich an ein Telefonat mit Sina erinnerte. Sie hatte erzählt, wie sie im Bett lag und die Hochzeitsakte vervollständigte. Marius drehte sich um, tastete sich an dem Bett entlang, bis er zum Kopfteil kam. Links daneben auf dem Boden fand er nichts. Erst als er sich auf den Bettvorleger legte und den Raum unter dem Bett abtastete, wurde er fündig.

Einigermaßen zufrieden verließ er das Haus durch die Vordertür, nachdem er sich vergewissert hatte, dass die Umgebung in tiefen Schlaf gefallen war.

Spurensuche – We'll get the core tonight

Freitag, 6. März, 23.00 Uhr

Als Marius an der Tauchbasis eintraf, war das Gebäude in Dunkelheit gehüllt. Trotz der späten Stunde stand Finn an der Eingangstür und durchwühlte seinen Rucksack nach dem Schlüssel. Sein Transporter parkte vor dem Gebäude.

»Hey, Marius, komm rein!« Die Luft im Inneren roch abgestanden.

»Wir müssen reden!« Das Letzte, auf das Marius jetzt Lust hatte, war, Nettigkeiten auszutauschen. »Sina ist heute Abend verhaftet worden. Die Kripo Duisburg geht davon aus, dass sie Sebastian getötet hat.«

»Was?« Finn riss schockiert die Augen auf. »Warum hast du mich nicht sofort angerufen?«

Was sollte er erwidern? Dass ihn Sinas Festnahme selbst geschockt hatte? Dass er das Gefühl hatte, sie nicht mehr zu kennen, und an ihrer Unschuld zweifelte? Oder dass er sehen wollte, wie Finn auf die Nachricht reagierte?

»Ich kann dir nicht sagen, warum.« Marius stellte das Radio aus. Die sogenannte Gute-Laune-Musik des Lokalsenders störte nur. »Angeblich liegen den zuständigen Ermittlern Aussagen vor, die Sina belasten.«

»Du … verdächtigst mich?« Entsetzt sah Finn ihn an.

Marius zog seine Motorradjacke aus und lehnte sich mit verschränkten Armen an den Schreibtisch. Er fasste den Abend zusammen und verschwieg auch nicht, dass er ins Haus eingestiegen war. »Ehrlich gesagt, weiß ich nicht mehr, was ich glauben soll«, schloss er. »Sag du's mir!« Angespannt zog Marius einen Zettel aus seiner Jeans und reichte ihn Finn. Dabei ließ er seinen Freund nicht aus den Augen. »Ich erkenne Fälschungen, vor allem, wenn sie schlecht gemacht sind.«

Als Finn sah, was er in den Händen hielt, entglitten seine Gesichtszüge. »Wo hast du das her?«

»Was Papiere angeht, kann man von Sinas Ordnungssinn lernen. Die Kopie des Gesundheitszeugnisses war in ihrem Hochzeitsordner.«

Finn pustete einzelne Strähnen seiner dunkelblonden Haare zur Seite, aber sie kamen immer wieder zurück.

Eindringlich sah Marius seinen Freund an. »Finn, das gehört eigentlich in die Hände der Polizei.« Er nahm die Kopie wieder an sich. »Ich bin hierhergekommen, um von dir zu hören, was dahintersteckt.«

»Was soll ich sagen? Die Hochzeitsplanungen liefen von Anfang an schief.« Finn lachte bitter. »Ich hätte auf Stefan hören sollen. Er hatte vor unserer Partnerschaft einschlägige Erfahrungen mit Unterwasserhochzeiten gemacht und hat mich oft genug gewarnt.«

»Wovor?« Marius nahm sich eine Flasche Schwarzbier aus dem Kasten neben dem Kühlschrank und reichte Finn ein Pils. Er wollte ein Gespräch, kein Verhör.

Dankbar öffnete Finn die Flaschen. »Die gesamte Vorbereitung blieb an mir hängen, obwohl mir Sebastian seine Hilfe zugesagt hatte. Zu dieser Zeit hat sich Stefan bereits aus dem Geschäft … inzwischen reist er auf einem Frachter Richtung Südamerika.«

Mist! Stefan hatte Freitagmorgen auf den Anrufbeantworter gesprochen und um Rückruf gebeten. Zu spät. Egal, das ließ sich jetzt nicht mehr ändern.

»Dann wurde der Termin dreimal verschoben«, berichtete Finn weiter.

»Gab es Schwierigkeiten?«

»Und ob!« Finn nahm einen Schluck. »Es ging um das Gesundheitszeugnis von Sebastian. Von allen anderen, außer Sünner, der nicht tauchen wollte, erhielt ich mehr oder weniger schnell die Unterlagen.«

»Wo lag das Problem? Ein Arzttermin, dann ist alles gegessen. Außer …« Marius hoffte, dass seine Befürchtungen nicht bestätigt wurden.

»Genau, außer es steckt etwas Ernstes dahinter. Das war meine größte Sorge.« Er zögerte, bevor er weitersprach. »Von Sina kam nichts außer Vertröstungen. Viel Arbeit. Keine Zeit, zum Arzt zu gehen, und so weiter.«

»Wie's aussieht, hast du ihre Erklärung geschluckt.« Übervoller Papierkorb. Auf dem Schreibtisch ungeordnete Papiere, dazwischen benutzte Teller und Tassen. Der verwahrloste Zustand der Tauchbasis war Marius zuvor nicht aufgefallen. Das sah nach einer Menge Stress aus.

Marius hielt das Gesundheitszeugnis hoch. »Wie bist du denn auf so eine bescheuerte Idee gekommen?«

»Wenn was passiert … wie in diesem Fall, bin ich ohne Papiere dran.« Finn knetete seine Stirn. »Beim Besuch auf Eddis Hausboot ist mir ein Ordner in die Hände gefallen. Diplome, Zeugnisse – überall stand ein anderer Name drauf.«

»Eddi fälscht Dokumente?« Er hatte sich immer gefragt, wie der Lebemann seine Partys finanzierte. »Lukrativer Job.«

»Anscheinend nicht, sonst würde es Eddi besser gehen.«

»Sag bloß, du hast die Fälschung bei ihm in Auftrag gegeben?«, fragte Marius.

Finn schüttelte den Kopf, dazu trommelte er nervös auf die Tischplatte. »Sina hat mir das Zeugnis am Hochzeitsmorgen gegeben. Später hat mich Eddi gefragt, wie mir sein Werk gefallen hat. Hätte ich da noch zurück gekonnt?«

»Trotzdem, Finn. Ein Auge zudrücken bei so einem Risiko? Aber bei der Summe, um die es ging, fiel dir die Entscheidung wohl nicht schwer.« Wut keimte in Marius auf. Er kannte seinen Freund als grundehrlichen Menschen. Bissig kommentierte er: »Keine Angst. Nichts passiert. Die Rechtsmedizin hat eine Vorerkrankung ausgeschlossen.« Er stellte die leere Flasche in den Kasten. »Du solltest dir überlegen, wie weit du für eine Freundschaft gehst.«

Als die Wut nachließ, blieb Enttäuschung übrig. Finn hätte er ein anderes Verhalten zugetraut. Andererseits wusste er nicht, wie er selber in dieser Situation gehandelt hätte. Auch er bewegte sich oft am Rande der Legalität.

»Warst du es? Hast du Sina in deiner Aussage bei der Polizei belastet?«

»Spinnst du? Natürlich nicht. Ausgerechnet ich?«

»Der Beamte hat seltsame Andeutungen gemacht. Einer aus unserer Truppe muss gequatscht haben.« Marius sah auf die Uhr »Gibt es noch was, das ich wissen sollte? Ich muss morgen früh wieder ins Büro. Teamsitzung.«

»Bitte versteh mich. Seit Anfang des Jahres läuft das Geschäft extrem schlecht. Ich musste meine Rücklagen angreifen, um die Rechnungen zu bezahlen«, rechtfertigte sich Finn. »Weißt du eigentlich, was mich das Unternehmen monatlich kostet? Als Stefan seinen Kurs abgesagt hat, blieb mir keine andere Wahl, als die Hochzeit um jeden Preis stattfinden zu lassen. Es geht um einen riesigen Betrag. Die Hälfte der Gesamtkosten hat Sebastian im Voraus beglichen.«

»Gute Finanzspritze.« Marius biss sich auf die Zunge.

»Sei nicht unfair.«

Marius nickte betrübt. Vielleicht war er tatsächlich unfair.

»Eins noch«, sagte Finn. »In dem Aktenordner waren auch einige Zeugnisse von Sebastian abgeheftet, unter anderem sein Master-Diplom. Dass ich an dem Abend das Werk eines Fälschers gesehen hatte, ist mir nach Eddis Bemerkung klar geworden.«

»Ich lass ihn durchchecken. Melde mich.« Zum Abschied drückte Marius seinen Exkollegen. »Die beiden Mordfälle gehen mir mehr an die Nieren, als ich mir selbst eingestehen will. Bis dann!«

»Äh, warte.« Finn reichte Marius eine SD-Karte aus dem Ablagekörbchen. »Die Kopie vom Hochzeitsfilm.«

»Könntest du dir den Film ansehen? Ich schaff das nicht. Der Borusse, den wir als Täter in Vals Mordfall ausgemacht haben, scheint doch unschuldig zu sein. Zumindest bestehen berechtigte Zweifel.« Marius lehnte am Türrahmen.

»Ihr müsst alles wieder von vorne aufrollen?«

Marius nickte. »Sieht so aus.«

Finn steckte den Speicherchip in seine Hosentasche. »Okay, mach ich.«

Erst Sina, dann Finn. Beide hatten aus unterschiedlichen Gründen das Denken ausgeschaltet und waren ein großes Risiko eingegangen. Das war mehr als dämlich, aber noch kein Mord.

Irgendwie brauchte er eine Spur. Sobald es seine Zeit erlaubte, würde er sich den Busunternehmer Gernot Sünner vorknöpfen. Dessen Mitarbeiter hatte die Stelle unter Vortäuschung falscher Tatsachen angetreten.

Erinnerungen – An icy gloria

Samstag, 7. März, 8.00 Uhr

»Eddi? Morgen, ich bin's.«

Lautes Gähnen. »Moin, Marius. Bist du verrückt, am Samstagmorgen um die Zeit anzurufen?«

»Kann ich mal kurz vorbeikommen? Keine Angst, nicht lange. Um neun ist Teamsitzung im Präsidium.«

»Muss das sein?«

»Ja. Sina wurde inhaftiert.«

»Was? Sina? Na gut, bis gleich.«

Marius stieg in seinen Ford Transit. Der Winter schien sich langsam verabschieden zu wollen. Inzwischen hatte es sich eingeregnet. Kein Wetter, um Motorrad zu fahren.

Schon der zweite Tag, an dem er keinen Sport trieb. Sein Körper lechzte nach einem Workout. Bei dem Gedanken, auf das versiffte Hausboot von Eddi zu fahren, sträubten sich seine Nackenhaare. *Musik.* Er wählte das letzte Album von Valentin Bergmanns Band.

Der Parkplatz am Rhein-Herne-Kanal verdiente den Namen nicht. Eher erinnerte die Schlammgrube an eine Schweinekoppel. Vorsichtshalber stellte er den Wagen am Straßenrand ab. Froh, die Chucks gegen seine schwarzen Stiefel gewechselt zu haben, watete er über den nassen Boden.

Eddi stand am Fenster und beobachtete ihn, wie er über den glitschigen Holzsteg lief und auf die Reling sprang.

»Hi!« Er blieb in der Tür stehen. »Sag mal, merkst du nicht, wie es hier stinkt?«

Finn hatte ihn zwar vorgewarnt, wie es vor dem Polterabend ausgesehen hatte, aber so schlimm hatte er sich den Zustand nicht vorgestellt.

»Bist du gekommen, um mich zu beleidigen?«

»Sorry, bin nicht gut drauf. Viel Stress und so.« Kein guter Gesprächsanfang. Er riss sich zusammen. »Irgendwie habe ich das Gefühl, dass nichts mehr ist wie früher.« Natürlich nicht, Sebastian war tot, was redete er da?

Aber anscheinend hatte er doch die richtigen Worte gefunden. »Ja, ich weiß, was du meinst. Unsere legendären Partys.«

»Du als Elvis-Imitator.«

Eddi lächelte. »Das waren Zeiten. Da haben unsere Girls auf den Tischen getanzt. Aber Sinas letzte Aktionen waren auch nicht von schlechten Eltern … vielleicht manchmal zu viel Action.«

Marius fuhr sich mit den Händen durch die nassen Haare. Zu viel *Action*? Die Sportlichen der Gruppe sahen im Segway-Fahren auf der Halde oder im Beachvolleyball in Haltern eine gelungene Abwechslung. Nicht Eddi, er wartete meist in irgendeiner Lokalität, in der sie nach der Aktivität zusammengesessen hatten.

»Ich frage mich immer noch, warum sich alles verändert hat.« Fragend sah Eddi ihn an.

»Unterschiedliche Lebenswege. Arbeit. Termine. Neue Partnerschaften. Da bleibt wenig Raum für Gemeinsamkeiten.« Marius versuchte, die Kurve zu kriegen. »Sina hat uns zusammengehalten.«

»Glaubst du, dass jetzt alles vorbei ist?«, fragte Eddi wehmütig.

Das klang tatsächlich danach, als würde ihm die Gruppe fehlen. Marius wunderte sich, dass ihn Eddi noch nicht nach dem Grund für Sinas Inhaftierung gefragt hatte. »Sie war im Begriff, zu heiraten. Wenn du am Hochzeitstag deine große Liebe verlierst, was macht das mir dir?«

Laut Sinas Erzählungen kannten sich Eddi und Sebastian aus Düsseldorfer Zeiten.

»Keine Ahnung, wie groß die Liebe war. Bei den beiden ging's oft ganz schön zur Sache.«

Auf dem Kanal fuhr ein Motorboot vorbei. Es zog ein Kanu hinter sich her, das durch das Kielwasser heftig schaukelte.

Marius stutze. »Wie meinst du das?«

Grinsend zog Eddi eine halbvolle Flasche Whiskey unter dem Tisch hervor. Er drehte sich um, nahm ein benutztes Glas und füllte es zur Hälfte. »Willst du auch einen?« Als Marius verneinte, fuhr er fort: »Gute Mädchen stehen auf böse Buben, die Weisheit kennst du doch.« Genüsslich trank er einen Schluck. »… und manchmal, wenn sie etwas rausfinden, das sie dann doch zu böse finden, kracht es ordentlich.« Er schien sich zu amüsieren.

Der leicht hämische Unterton machte Marius nachdenklich. Viertel vor neun, die Zeit drängte. Egal. Er musste herausbekommen, was Eddi meinte. »Was willst du damit sagen?«

»Ich sag mal so: Ich würd nicht ausschließen, dass Sina was mit Sebastians Tod zu tun hat.« Nach einer Weile sagte er: »Mit Gernot Sünner hatte Sebastian einen ganz dicken Fisch an der Angel. Auf der Party, das war, als Finn und du schon weg wart, hat Sünner Sebastian als seinen neuen Partner vorgestellt.« Eddi kicherte. »Ein Meisterstück von Sebastian. Alles natürlich gaaanz legal.« Mit seiner übertriebenen Gestik wirkte er wie ein Schmierenschauspieler.

»Was war da los? Davon höre ich zum ersten Mal.« Das war der Hammer! Marius wurde bewusst, wie wenig er sich für Sebastians Background interessiert hatte.

»Sorry, mehr weiß ich auch nicht. Sprich mal mit dem Alten, der kann dir einiges dazu erzählen.« Er zuckte mit den Achseln.

»Und der Kripo Duisburg hast du die Geschichte auch erzählt?« Langsam schwante ihm Übles. Aber das konnte nicht alles sein. Eddis Aussage belastete beide, Sina und Sünner.

Ohne eine Regung zu zeigen, antwortete Eddi: »Was verlangst du von mir. Soll ich lügen?«

Heuchler! »Du solltest deine Klappe nicht so weit aufreißen.« Sein Ton wurde schärfer. »Ganz rein ist deine Weste auch nicht. Ich sag nur ›Gesundheitszeugnis‹.«

Eddi lachte schallend. »Leichte Funktionsstörungen im Innenohr. Ist dir nicht aufgefallen, dass Sebastian einige Aktionen nicht mitgemacht hat? War keine große Beeinträchtigung, er konnte nicht Rad fahren oder klettern, und ihm wurde halt oft schlecht nach dem Tauchen. Kein Grund, die Hochzeit abzublasen.«

»Und weil der Arzt ihm nicht helfen mochte, hast du das übernommen.«

»Natürlich. Dafür sind wir befreundet.«

Ohne ein weiteres Wort drehte sich Marius um und ging. Freundschaft? Für Eddi wohl nur noch eine Worthülse.

Als Marius um zwanzig nach neun den Besprechungsraum im Polizeipräsidium betrat, war ihm die Aufmerksamkeit seiner Kollegen sicher.

»Wir dachten, du kommst nicht mehr«, entschuldigte sich Melanie, die sich auf seinen Platz am Kopfende des Tisches gesetzt hatte. Schnell sammelte sie ihre Unterlagen zusammen und war im Begriff, aufzustehen.

»Lass.« Marius nahm neben Johann Bauer Platz. »Gibt's was Neues?«

»Hast du heute schon in die Spurendokumentation geguckt?«, begann Melanie.

»Nein.«

»Es gibt eine weitere Übereinstimmung der Spuren, an die wir zunächst nicht gedacht haben. Christian Peters ist ebenfalls über den Zaun geklettert … und seine Fingerabdrücke finden sich auch auf der Dose. Damit sind alle Personen, die den Fund angefasst haben, identifiziert, und wir können davon ausgehen, dass sich Peters zusammen mit Val auf dem Platz befand.«

»Schön und gut. Was ist mit dem Motiv? Wir wissen noch zu wenig von ihm.« Noch konnte sich Marius schlecht gedanklich auf die Teamsitzung einlassen. Melanie wuchs allmählich mit den Aufgaben, die er ihr übertrug. Am liebsten würde er weiter nachforschen, wie es zu dem Mord an Sebastian gekommen war, und ihr die Teamsitzungen komplett überlassen.

»Ich hänge mich noch mal an den Trainer des Jungen. Wie lange bleibt Peters eigentlich auf Ibiza?« Eifrig machte Dirk Weitkamp sich Notizen.

»Wir haben ihn letzten Sonntag getroffen. Er sprach von einer Woche Urlaub. Demnach müsste er eigentlich im Laufe des Tages eintrudeln.«

Marius fragte sich, ob sie endlich der Lösung des Falls nahe waren. »Trotz der Ergebnisse möchte ich, dass einer von euch alles über Adrian Lippold herausfindet.« Ihm fiel ein, dass die anderen vielleicht noch nicht über ihren Besuch im Luisenstift informiert waren. »Er hat zuletzt mit Valentin Bergmann in einer Wohngruppe gewohnt. Ronja Krallenberg lebte bis zu ihrem Tod mit den beiden. Ich will alles über ihren Tod wissen. Gab es eine Obduktion? Wenn ja, brauchen wir den Befund. Nathalie hat erzählt, Adrian Lippold würde inzwischen studieren. Ich möchte ihn in einer Stunde aufsuchen, Melanie. Kannst du das vorbereiten?«

»Sicher. Als Erstes finde ich heraus, wo er wohnt.«

»Ich überprüfe Lippolds Hintergrund«, meldete sich Johann Bauer. Mit seinem korrekt gezogenen Scheitel und der Business-Kleidung kam er dem Idealbild eines Polizeibeamten ziemlich nah.

»Für dich habe ich gleich etwas anderes«, sagte Marius. Bauer aus dem Drogendezernat war der Richtige, um Sebastians und Eddis Hintergrund zu durchleuchten. Er übergab ihm das DIN-A6-Heft, das er in Sebastians Schreibtisch gefunden hatte. Es enthielt eine Kombination aus Daten und Zahlenkolonnen. »Was bedeuten diese Zahlen? Versuch das bitte herauszufinden.«

Johann Bauer zog schweigend die Augenbrauen hoch.

»In dem Zusammenhang bitte die Personen Sebastian Gehlen und Eduard von Meppen überprüfen. Wir treffen uns heute Abend um neunzehn Uhr wieder. Passt das jedem?«

Keiner beschwerte sich, also stand Marius auf und ging in sein Büro. Dort blieb er vor dem Whiteboard mit den Fotos seiner Freunde stehen.

Wenige Minuten später stürmte Melanie durch die Tür. »Marius, was machst du? Du kannst doch nicht einfach einen Beamten unserer Mordkommission für private Ermittlungen abziehen?«

»Für Sina sieht es nicht gut aus. Ich muss versuchen, Klarheit in die Angelegenheit zu bringen.« Seine Stimme ließ keinen Widerspruch zu. Wie sollte er Melanie klarmachen, dass er nicht die Person verlieren wollte, die er am meisten liebte? Melanie würde ihm antworten, er hätte Sina schon lange verloren. Das wollte er nicht hören. Also schwieg er.

»Ich werde dem Chef nichts sagen. Sei nur vorsichtig und übertreib es nicht.« Sie strich ihm kurz über den Arm und verschwand wieder.

Tod auf Raten

Samstag, 7. März, 11.00 Uhr

Gernot Sünners Schuhe klapperten auf dem Laminat, das im Flur seines Hotels verlegt war. In der Mitte des Gangs bedeckte ein flauschiger Teppich die Bodenfliesen. Sorgsam mied er den weichen Boden. Vielleicht würde sich jemand beschweren, auf ihn aufmerksam werden. Oder man würde ihn fragen, warum er keine Rücksicht auf die anderen Gäste nahm. Die Antwort darauf hatte er bereits parat: »Warum? Wer nimmt auf mich Rücksicht? Gibt es irgendjemanden, den es interessiert, dass mein Lebenswerk gerade den Bach runtergeht?« Er trat bewusst laut auf. Die Ledersohlen seiner Schuhe klackerten auf dem harten Untergrund. Dabei huschte sein Blick zu den Türen.

Niemand fragte nach dem Befinden seines Zimmernachbarn. Die Menschen, die in dieses Hotel gekommen waren, suchten Ruhe und Abgeschiedenheit. Sei es, weil sie im Urlaub ein paar Tage entspannen wollten, an einer Tagung teilnahmen oder sich mit ihrer Geliebten trafen. Dieser anonyme Ort war nicht dazu geschaffen, die Probleme eines Einzelnen zu lösen.

Sein Zimmer befand sich in der obersten Etage. Genau genommen im allerhintersten Winkel des Hotels. *Gute Wahl, Gehlen.* Gernot Sünner war sich der Bedeutung der Lage innerhalb des Hauses bewusst: Du bist das Allerletzte, hatte Gehlen ihm damit sagen wollen. Ich kann mit dir verfahren, wie ich will. Ich habe dich in der Hand. – Seine Gedanken überschlugen sich.

Er bog um die Ecke, zweimal, und registrierte erstmals, dass der Flur immer enger wurde. Um weiterhin auf den Fliesen zu laufen, müsste er sich seitwärts an den Türen vorbeischlängeln. Er verwarf seinen Plan, möglichst viel Lärm zu veranstalten. Zu seiner Linken wies ein grünes Schild auf das Treppenhaus hin. Bisher hatte er zum zügigen Wechsel zwischen den Etagen den engen Aufzug auf der gegenüberliegenden Seite benutzt. Heute wählte er die Treppe.

Seine Wut, die er seit Monaten der Zusammenarbeit mit Gehlen verspürte, und die in der heutigen Demütigung durch seine Hausbank ihren Höhepunkt gefunden hatte, beherrschte seinen Körper.

Seine Gedanken wanderten zu der Mail, die ihn am Vorabend erreicht hatte. Sein persönlicher Kundenberater hatte ihm mitgeteilt, dass ihm keine weiteren Kredite gewährt werden würden. Dreißig Jahre Geschäftskunde, engster Freund des Vaters des Bankdirektors. Sein Geld war gern angenommen worden, als das Unternehmen gut lief. Jetzt, wo die ausstehenden Rechnungen horrende Beträge auswiesen, versetzte ihm der Sachbearbeiter den Todesstoß. »Es tut mir fürchterlich leid, Herr Sünner«, hatte er gesülzt, »unsere Bank muss wirtschaftlich denken. Wir sehen bei Sünner-Tours eine negative Entwicklung. Es sei denn, Sie stellen sich mit Sebastian Gehlen neu auf.«

Das hatte sein Angestellter schön eingefädelt. Jetzt war er erledigt. Helfen würde ihm das »Neuaufstellen« nicht. Es blieb dabei: Er war pleite.

Im Laufschritt erklomm er die Stufen, hämmerte mit den Fäusten gegen die Wand. Die weiß gekalkten Mauern strahlten die Kälte des Hauses auf ihn ab. Sie verhöhnten ihn, offenbarten den Schein des in warmen Farben gehaltenen Interieurs, das dem Besucher eine familiäre Atmosphäre vortäuschen sollte. Sünners Handkanten brannten, doch er schlug weiter zu. Sebastian Gehlen – warum hatte er sich von dem Mann blenden lassen und ihm mehr und mehr Befugnisse erteilt. Seine Tentakelarme hatten nach Vaters Lebenswerk gegriffen. Er hatte schon lange nichts mehr zu sagen gehabt. Was für eine Demütigung vor den Kunden und den Angestellten.

Erschöpft lehnte er sich an die Tür zum zweiten Stock. Seine Arme und Fäuste schmerzten, Schweiß, der sich in der Kälte wie Eiswasser anfühlte, perlte an Stirn und an Rücken herunter. Er öffnete den Durchgang zum oberen Flur und bog links ab. Stille. Er lauschte. Kein Atmen, keine Musik, nicht einmal das Geräusch eines sich liebenden Paares drang zu ihm. Kein Wunder. Nach seinem Streifzug durch einige Duisburger Bars gestern Nacht zeigte seine Uhr inzwischen elf Uhr morgens an. Seine

Kleidung roch nach Schweiß, Rauch und dem billigen Parfüm der Nutte, die ihn auch nicht hatte trösten können.

Noch war er nicht am Ziel. Die Erkenntnis, dass er alles verloren hatte, verdrängte die Wut. Jeder Schritt wurde zur Mühe, er hatte das Gefühl, nicht nur sein eigenes Gewicht tragen zu müssen. Am Ende des Gangs führte ein schmaler Durchgang ins Dachgeschoss. Das kleine Treppenhaus passte nicht zu dem einst feudalen Zimmer, das er bewohnte. Er wünschte sich, er hätte den Fahrstuhl genommen.

Sünners Finger krallten sich an dem Geländer fest, das mit blauer Wäscheleine umwickelt war. Proleten-Chic. Seine Eltern hatten in seiner Jugend Gartenstühle besessen, deren Sitzauflage aus dem gleichen Geflecht gefertigt gewesen war. Obwohl auf den Treppen ein Teppich lag, der Sünner ebenfalls an die Kindheit erinnerte, wollten keine nostalgischen Gefühle aufkommen. Jetzt hieß es, alle nötigen Maßnahmen zu treffen.

Seine Konzentration schwand. Die Gedanken kreisten um die Ereignisse der letzten Tage.

Er erreichte den oberen Flur. Der Feuerlöscher war noch immer nicht ersetzt worden, obwohl er an der Rezeption Bescheid gesagt hatte. Er hasste Hotels, in denen das Gefühl der Sicherheit fehlte.

Enttarnt – Now they are unmasked. They're full of lies

Samstag, 7. März, 12.00 Uhr

»Versuche seit einigen Stunden, Sina zu erreichen. Antwortet nicht. Bin grad hingefahren. Wagen da. Keiner öffnet. Habe Angst, dass sie sich etwas angetan hat. Melde dich dringend. Amelie«

Marius saß am Steuer und wartete auf seine Kollegin, als er die Nachricht von Amelie las. Laut Anrufliste hatte sie mehrmals versucht, ihn anzurufen. Sie wusste nicht, dass er das Handy während der Dienstzeit stumm schaltete. Er wählte ihre Nummer. Bereits beim ersten Klingeln nahm sie das Gespräch an.

»Marius, endlich!« Amelies Stimme klang besorgt. »Du hast meine Nachricht gelesen?«

»Deswegen rufe ich an. Sina ist seit gestern Abend in der JVA Essen. U-Haft.«

»Also doch!« Er vernahm kaum mehr als ein Flüstern. Amelie hatte Mühe, ihre Stimme zu beherrschen.

»Jetzt komm mal runter. Was ist eigentlich los?« *Und warum bin ich in nichts eingeweiht?*

»Kannst du vorbeikommen?«

Es ging ihr schlecht, das war nicht zu überhören. Marius überlegte. Heute standen einige Befragungen und eine Menge Fahrerei an. Es tat ihm leid, ihr absagen zu müssen. »Beim besten Willen nicht. Schon jetzt nehme ich mir zu viel Zeit für den Mord an Sebastian. Versteh mich nicht falsch, aber mein Chef –«

»Verstehe. Dann fasse ich mich kurz: Seit einiger Zeit macht Sina die Buchhaltung für Sünner-Tours«, begann sie zu erzählen.

»Dieser Firma, in der Sebastian gearbeitet hat?« Das war ihm neu.

»Genau. Beim Prüfen der Unterlagen hat sie Unregelmäßigkeiten festgestellt. Zunächst kleine Beträge, später ging es um riesige Summen. Mehr konnte sie mir nicht erzählen.«

Melanie öffnete die Wagentür. Er legte einen Finger vor die Lippen und hielt das Telefon hoch. »Schweigepflicht, ich verstehe!«

Um keinen Regen ins Innere zu lassen, lehnte Melanie die Tür an.

»Gleichzeitig hat Sina gemerkt, wie Sebastians Einfluss in der Firma wuchs«, erzählte Amelie weiter. Dann hörte Marius eine Türklingel.

»Entschuldigung, Maik ist gerade gekommen. Nathalie ist auch schon im Anflug. Nur so viel: Sie hatte den Verdacht, dass der berufliche Aufstieg von Sebastian nicht mit rechten Dingen zuging. Immerhin hatte er früher eine Menge Unsinn verzapft und war dann innerhalb eines Jahres vom einfachen Mitarbeiter zum Prokuristen aufgestiegen. Dabei hatte sie ihm klargemacht, dass so was für sie nicht in Frage kommt. Dass er mit seinen halbseidenen Geschäften Schluss macht, war ihre Bedingung dafür, dass sie sich auf eine Ehe mit ihm einlässt. Er schien sie auch wirklich zu lieben und bereit zu sein, sich für sie zu ändern.«

»Hatte von außen den Anschein. War was an ihrer Vermutung dran?«

»Leider. Sie hat ein gutes Näschen. Nachdem Sünner auf dem Polterabend bekannt gegeben hatte, dass Sebastian und er Partner werden, kam es in der Nacht auf dem Heimweg zum Streit.«

»Hat Sebastian Sünner erpresst?«

»Nicht nur das. Inzwischen hatte er sich bei Kunden und der Bank eingeschlichen. Mit Prokura kein Problem.«

»Dann war Sünner entweder sehr leichtsinnig, oder er hatte tatsächlich etwas zu verbergen.«

Amelie lachte leise. »Steuerbetrug im großen Stil. Die Firma ist so gut wie bankrott. Wenn alles im Zuge der Ermittlungen herauskommt, landet Sünner für Jahre im Knast.«

»Und was hat Sina damit zu tun?«

»Der Streit fand am Abend vor der Hochzeit statt. Sie hat Sebastian eine letzte Chance gegeben, die Dinge wieder in Ordnung zu bringen.«

Marius hörte, wie Amelie sich eine Zigarette ansteckte.

»In einer einzigen Nacht? Zugegeben, Sina ist in der Lage, eine Menge zu bewirken, aber in dem Fall …«

»Was meinst du, warum sie bei mir übernachtet hat? Sebastian sollte die letzten Stunden nutzen und ihr am Hochzeitsmorgen den Beweis liefern. Partnerschaft bei Sünner adé. Einfacher Schnitt. Sie war enttäuscht, hat geweint, geflucht und ihm den Tod gewünscht – du kennst ja ihr Temperament. Und jetzt … ist er tot. Und ich weiß nicht, ob sie es nicht doch getan hat.«

»Wie soll sie das denn in so kurzer Zeit bewerkstelligt haben?«

»Sina hatte schon länger geahnt, dass er doch wieder in irgendwelche Machenschaften verwickelt war. Und während der Hochzeitsvorbereitungen hat ihr Finn den Ersatzschlüssel von der Tauchbasis gegeben. Es wäre für sie ein Leichtes gewesen, die Flaschen auszutauschen.« Sie pustete den Rauch ihrer Zigarette gegen den Hörer. »Sebastian hat sie zutiefst verletzt. Und bei der Zeremonie war sie aufgekratzt, als hätte es den ganzen Schlammassel nicht gegeben und sie wäre einfach nur eine glückliche Braut. Da passt doch was nicht zusammen.«

»Danke, Amelie, dass du mich informiert hast. Du bist nicht die Erste, die den Verdacht äußert, dass Sina die Täterin sein könnte.« Er ließ den Satz unerklärt stehen. »Ich muss jetzt los. Grüß Maik und Nathalie von mir.«

Er warf das Handy in das offene Handschuhfach und riss die Tür auf. Unvermittelt stieg er aus, die eine Hand an seiner Narbe, mit der anderen strich er sich seine Haare aus dem Gesicht. Das konnte doch alles nicht wahr sein. Immer wieder fragte er sich, an welchem Punkt er den Anschluss an Sina verloren hatte. Früher hatten sie sich alles erzählt. Warum hatte sie sich ihm nicht anvertraut? Die Ungewissheit, ob sie zu der Tat fähig war, nagte an ihm.

Allmählich löste der Regen seine innere Verkrampfung. Er ging zum Wagen zurück.

Melanie schaute ihn fragend an. Er schüttelte kaum merklich den Kopf und startete den Wagen. »Wohin fahren wir?«

»Adrian Lippold studiert Medizin an der Uni Duisburg-Essen«, antwortete Melanie. »Erstes Semester. Er wohnt im Studentenwohnheim an der Eckenbergstraße in Kray. Das Gebäude mit ansprechender Fassade in Rot-Weiß-Grau. Bist du bestimmt schon vorbeigefahren.« Sie nahm ein Tempo aus ihrer Tasche und reichte es ihm, damit er sich das Gesicht trocknen konnte.

»Bin ich. An der A 40, richtig?«

»Richtig.«

Samstag, vierzehn Uhr dreißig, Heimspiel. Die denkbar ungünstigste Zeit, um schnell die Stadt zu passieren. Stand bei Schalke 04 heute eine Wiedergutmachung für die Klatsche in Dortmund an? Eine Woche war seit dem Mord an Valentin Bergmann vergangen. Eine Woche, in der die Fans durch die Zeitung aufgepeitscht worden waren. Er wagte nicht daran zu denken, was geschehen würde, wenn die Mannschaft heute wieder verlor.

Inzwischen hatte er mit Lenz über die Maulwurfaffäre und die kontraproduktive Berichterstattung von Gregor Dahlen gesprochen. Ein Präparationsassistent hatte offenbar sein Gehalt durch den Kontakt zur Presse aufgebessert. Damit war für Lenz der Fall erledigt. Ein Gespräch mit dem Reporter lehnte er ab. Unbefriedigend.

Eine halbe Stunde später lenkte Marius den Dienstwagen auf den Aldi-Parkplatz neben dem Wohnheim.

»Da siehst du, dass man große Wohnblöcke auch ansprechend gestalten kann.« Im Gegensatz zu dem Dortmunder Hannibal II, in dem Trotzek mit seiner Mutter lebte, wirkte der Gebäudekomplex offen und modern. Melanie suchte auf der Klingeltafel nach dem Namen Lippold. »Wir müssen in die erste Etage.«

Auf das Schellen öffnete niemand. Melanie versuchte es bei der benachbarten Wohnung. Der Türöffner summte, und sie gingen hinein.

An der Wohnungstür in der ersten Etage stand eine junge Frau mit auffallend blauen Augen. Durch ihre dunkelblauen Leggings wirkten die Beine dünn wie Streichhölzer. Weizenblonde, kurze Haare und ein durchscheinender Teint verliehen ihr das Aussehen einer Skandinavierin. Als Marius vor ihr stand, musste er zu ihr aufsehen. Er zeigte seine Dienstmarke.

»Dürfen wir hereinkommen?«

Die junge Frau zögerte.

»Es geht um Ihren Nachbarn, Adrian Lippold.«

Sie nickte und ließ sie eintreten.

Marius dachte an das Zimmer, das er während der Polizeiausbildung bewohnt hatte. Kein Vergleich zu der Studentenbude hier. Klein, ordentlich, schlichte Möbel, in Apfelgrün gehalten. »In solchen Räumen macht Studieren bestimmt Spaß«, versuchte er, die Stimmung aufzulockern.

»Ich kann mich nicht beschweren.« Sie blieb stehen. »Ist was mit Adrian?«, fragte sie besorgt.

»Das wissen wir im Moment noch nicht. Wir würden gerne mit ihm sprechen«, antwortete Melanie, während sie sich im Zimmer umsah.

»Das wird schlecht gehen.« Die junge Frau kaute an ihrer Unterlippe. »Er … ist verschwunden.« Sie überlegte. »… so ungefähr seit anderthalb Wochen. Genau gesagt, am Donnerstag vor einer Woche.«

Marius und Melanie schauten sich an.

»Wieso können Sie sich genau an den Tag erinnern?« Marius spürte die durchnässte Kleidung auf seinem Körper. Er fror.

»Wir studieren beide im ersten Semester Medizin. Dadurch, dass wir auch noch Tür an Tür wohnen, haben wir uns angefreundet.« Unruhig zupfte sie mit dem Finger an ihrem Ärmel. »In der Klausurphase lernen wir oft zusammen in der Unibibliothek.«

»Wissen Sie, wohin Adrian ist? Verwandtenbesuch? Urlaub?«

Sie zuckte mit den Schultern. »Adrian hat nie viel von sich erzählt. Ist eher der Typ guter Zuhörer. Am letzten Donnerstag hat er sich nach der Uni vor der Tür verabschiedet. Er meinte, er wüsste nicht, ob er wiederkommt. Seit dem Tag habe ich ihn nicht mehr gesehen. Nicht hier und auch nicht in der Uni. Ich … vermisse ihn.« Die Studentin sah unglücklich aus.

Sie tat Marius leid. »Sie haben uns sehr geholfen. Danke.«

Auf der Treppe nach unten kam ihnen eine Gruppe junger Erwachsener diskutierend entgegen. Melanie dränge sich an die Wand, um sie vorbeizulassen. Kurz entschlossen nutzte Marius die Gelegenheit. Er blieb mitten auf der obersten Stufe stehen, sodass keiner an ihm vorbeikam. Auf seine Frage nach Adrian Lippold konnte ihm niemand weiterhelfen. Er trat zur Seite.

»Okay, einen Versuch war es wert«, sagte er, als sie weg waren. »Jetzt müssen wir dranbleiben.« Er schaute auf den Zettel in seiner Hand. »Alva Bergström …«

»Schwedin?«

»Sieht so aus. Jedenfalls hat sie uns einen wichtigen Hinweis gegeben. Adrian Lippold hat sich aus welchen Gründen auch immer abgesetzt. Damit wäre es ihm möglich gewesen, die Tat durchzuführen.«

»… genauso wie Christian Peters. Bedenkt man, dass er erst Sonntag in den Urlaub geflogen ist, hatte er reichlich Zeit, in der Nacht von Freitag auf Samstag einen Mord zu begehen.« Beim Anblick des regenverhangenen Himmels krauste Melanie ihre Nase. Als Schutz zog sie ihre Jacke aus und legte sie über den Kopf.

»Zuckerpüppchen?« Marius grinste unverschämt und spurtete zum Auto. Seine Kollegin folgte ihm.

»Pah!« Angewidert warf Melanie die nasse Jacke auf die Rücksitzbank und nahm einen Kosmetikspiegel aus der Tasche. »Wie sehe ich denn aus!« Sie nieste.

»Nass, würde ich sagen.« Er startete den Wagen. »Wenn wir davon ausgehen, dass Julian Trotzek wirklich an der Glückauf-Kampfbahn gewesen ist …«

»… und das insgesamt dreimal an diesem Abend …«

»… dann hat er vielleicht den Mörder gestört, was für Peters als Täter sprechen würde. Es ist nicht unwahrscheinlich, dass er es bei unserem Treffen nicht auf seine Trainingssachen abgesehen hatte, sondern auf die Tüte mit dem Herz, der Tattoo-Haut und dem Telefon.« Marius bog auf die Autobahnauffahrt. »Was meinst du?«

»Hört sich plausibel an. Hoffentlich findet Weitkamp eine Verbindung zwischen Val und Peters. Das Motiv ist völlig im Unklaren.« Melanie saß zitternd auf dem Beifahrersitz. Zwar waren ihre Haare trocken geblieben, dafür hatten Wind und Regen ihr Oberteil durchnässt. Sie tastete nach der Heizung und drehte sie voll auf.

»Wir sollten uns auf Adrian Lippold konzentrieren. Alle nötigen Infos zu Peters bekommen wir auf der Teamsitzung. Kannst du dich noch an das braunhaarige Mädchen aus dem Luisenstift erinnern?«

Melanie brachte kein Wort raus und nickte nur.

»Sie hat mir erzählt, sie wäre zusammen mit den Jugendlichen aus der Dreier-WG auf einer Schule gewesen. Ich habe beobachtet, dass du in Vals Akte gelinst hast. Weißt du, welche Schule sie gemeint haben könnte?«

»Gesamtschule Buer-Mitte«, antwortete Melanie knapp. »Marius, ich friere.«

»Dann zieh doch dein Oberteil aus. Keine Angst, ich tu dir nichts.« Marius zwinkerte ihr zu. »Nimm dir meine Lederjacke, die ist von innen recht warm. Außerdem habt ihr beide euch schon angefreundet«, spielte er auf ihren Kälteschock im Büro an.

Den Kopf nah an den Knien, sodass kein vorbeifahrendes Auto sie sehen konnte, wühlte sie sich umständlich aus ihrem dunkelroten Shirt. Mit einer Hand zog Marius seine Jacke vom Rücksitz.

Warm verpackt ging es Melanie wieder besser.

Marius wollte gerade den Wagen am Nollenpad abstellen, als die ersten Schüler aus der Eingangstür stürmten. Nachdem sich der erste Pulk verteilt hatte, sah er das Mädchen langsam in Richtung Straße schlendern. Er hupte. Keine Reaktion. Schnell sprang er aus dem Wagen und lief auf sie zu.

»Hey, schön, dass ich dich treffe.«

Sie blieb stehen und machte ein argwöhnisches Gesicht. »Sind Sie nicht der Kommissar?«

»Ja, Marius Pérez.«

Schlagartig entspannte sie sich. »Und ich bin Fiona. Ist es nicht zu kalt, um bei dem Regen nur mit einem T-Shirt rumzulaufen?«

»Geht schon. Hast zu kurz Zeit, Fiona?« Allmählich durchweichte seine gesamte Kleidung.

»Ja, aber nur kurz. Wenn wir zu spät ins Heim kommen, gibt's Ärger. Die neue Heimleitung ist recht streng. Was wollen Sie wissen?« Sie spannte einen Taschenschirm auf. Einen Moment überlegte Marius, näher an sie heranzutreten, um sich unter den Schutz zu stellen, verwarf die Idee aber sofort wieder.

»Wir suchen Adrian Lippold. Hast du eine Ahnung, wo er sich aufhalten könnte?«

»Wüsste ich nicht, nein.«

»Fiona, du hast letztens erzählt, dass du Ronja, Adrian und Val in der Schule getroffen hättest. Wie war das so?«

»So oft war das nicht. Meistens saßen Ronja und Adrian knutschend in der Ecke. Val war zuletzt nicht mehr auf der Schule. Der kam nur zu Besuch. Aber dann waren die drei unzertrennlich. Auch im Heim.« Nervös schaute Fiona auf die Uhr. »Mein Bus kommt gleich.«

»Soll ich dich im Heim vorbeifahren?« Dann hätte er noch Zeit für ein paar Fragen.

»Lieber nicht … War's das?«, fragte sie.

»Eine Frage noch: Woran ist Ronja gestorben?«

»Hab ich doch schon erzählt. Herzfehler. Umgekippt bei einem Ausflug.« Sie klappte den Schirm zusammen, sagte: »Jetzt muss ich gehen«, und rannte los.

»In zwei Stunden müssen wir wieder im Präsidium sein.« Marius stütze seinen Ellenbogen auf das Lenkrad und musterte Melanie. »Wenn du in dem Zustand da auftauchst, freuen sich die männlichen Kollegen.«

»Klar, weiß ich doch, du freust dich ja auch«, konterte sie.

Er grinste. »Was hältst du davon, wenn wir kurz bei mir vorbeifahren? Ist nicht weit. Dann kannst du dich aufwärmen.« Ihm fiel das zertrümmerte Glas der Vitrine ein, das immer noch auf dem Boden lag. Vielleicht doch keine so gute Idee … »Ich hab noch ein paar Shirts von Sina da«, hörte er sich dennoch sagen.

»Na dann … spricht nichts dagegen.«

Die Pause in seiner Wohnung tat beiden gut. Melanie gestand ihm, fürchterlich neugierig auf sein Haus gewesen zu sein. Dragón schloss sie sofort ins Herz. Laut miauend forderte der schwarze Kater Streicheleinheiten ein, die sie ihm bereitwillig gab.

»Wie sollen wir mit Adrian weiter vorgehen? Hast du eine Idee? Die Leiterin des Luisenstifts scheint mir nicht besonders auskunftsfreudig zu sein.«

Frisch geduscht setzte sich Marius ihr gegenüber in den Armsessel. »Wer wollte sich um Lippolds Familie kümmern?«

»Ich – nachdem du Bauer abgezogen hast. Aber wann sollte ich das machen? Wir hetzen von einem Termin zum anderen.«

»Stimmt schon. Allerdings erwarte ich von den Infos auch nicht viel. Er ist nicht umsonst ins Heim gekommen.«

»Umso erstaunlicher, dass er so charakterstark sein soll. Hat das nicht Nathalie erzählt?« Ergeben lag Dragón auf Melanies Schoß und ließ sich am Bauch kraulen. Ihre Liebkosungen dankte er mit lautem Schnurren.

»Ja, das hat sie. Ich glaube, sie ist diejenige, die ihn am besten kennt. Hättest du Lust, sie kennenzulernen?«

Ihrem Gesichtsausdruck nach konnte Melanie sich nicht vorstellen, worauf er hinauswollte.

»Bei meinem Telefonat mit Amelie heute Mittag hat sie davon gesprochen, dass Nathalie sie besuchen wollte. Wenn wir Glück haben, ist sie noch dort.« Er nahm sein Handy und tippte eine Kurznachricht ein. Kurz darauf traf die Antwort ein. »Bin gerade auf die Autobahn aufgefahren. Komm morgen früh ins Hotel.«

»Okay!« - Fehlanzeige.

Sie beschlossen, sofort ins Präsidium zu fahren.

An der Tür kam ihnen Johann Bauer entgegen. »Gut, dass du kommst. Als ich mir das Heft durchgesehen habe, hat es sofort bei mir geklingelt. Schaut mal.«

Während er das Heft auf die Fensterbank legte, bemerkte Marius seine abgekauten Fingernägel.

Der erste Eintrag war auf den 5. August vor drei Jahren datiert. Neben dem Datum las Marius »001 050 20«. Die Einträge im ersten Jahr waren im Abstand von einer bis drei Wochen erfolgt. Anfang des Folgejahres häuften sich die Aufzeichnungen. Ab Dezember waren die Seiten nahezu täglich mit Zahlenkolonnen versehen worden, viele davon mit gleichem Datum, der Rest unterschied sich. Die Niederschrift endete mit dem 25. April im letzten Jahr: »053 056 10«.

»Und, was soll das jetzt bedeuten?«, fragte Melanie.

Auch Marius wurde aus den Einträgen nicht schlau.

Bauer tippte nach und nach auf die einzelnen Zahlen. »Wir sind in unserer Abteilung an einem Schmugglerring dran, der Amphetamine aus Holland, Polen und Tschechien importiert. Dort werden sie in pharmazeutischen Laboren, sogenannten ›Küchenlaboren‹, hergestellt. In den letzten Jahren sind uns immer wieder kleinere Dealer ins Netz gegangen.«

»Das heißt«, Marius folgte Bauers Finger, »derjenige, dem das Heft gehört, hat mit den Substanzen gedealt?«

»Datum, Käufer, Droge und Grammzahl – alles verschlüsselt in einem Code. Sagtest du nicht, das Heft stammt aus dem Besitz von Sebastian Gehlen?«

»So ist es. Viel hilft es mir nicht mehr, er ist tot.«

Das meinte Eddi also damit, als er von bösen Buben sprach. Marius zögerte. »Ich bin mir sicher, dass Eduard von Meppen mit ihm unter einer Decke gesteckt hat. Sein Hausboot liegt am Rhein-Herne-Kanal.« Er gab dem Kollegen eine genaue Beschreibung des Liegeplatzes. »Melanie, ruf du bitte Staatsanwalt Brömmel an. Wir brauchen einen Durchsuchungsbeschluss.«

Sie besprachen noch die restlichen Ermittlungsergebnisse, dann trennte sich das Team. Das Gespräch mit dem Trainer hatte keine Neuigkeiten gebracht, außer, dass der Spieler Peters wieder am Montag zum Training erwartet wurde.

»Stramme Leistung«, hatte Weitkamp eingeworfen. »Das Flugzeug landet Sonntagnacht.« Weitkamp versprach, den Ibiza-Flug auszumachen und Christian Peters mit einem Kollegen am Flughafen in Empfang zu nehmen.

Wie sich herausstellte, hatte es nach dem Tod von Ronja Krallenberg keine Obduktion gegeben. Irgendetwas stimmte da nicht, dachte Marius. Johanna Bartig hatte bei ihrem Besuch im Luisenstift von einem unentdeckten Herzfehler gesprochen. Woher wusste sie von der Krankheit, wenn es keine Obduktion gegeben hatte?

»Hey, warte.« Melanie war gerade im Begriff, die Treppe hochzugehen. »Wenn du schon dabei bist: Ich brauche dringend die Krankenakte von Ronja Krallenberg aus dem Luisenstift, notfalls besorg mir auch dafür einen Durchsuchungsbeschluss. Ich bin mir ziemlich sicher, die Heimleitung vertuscht den wahren Grund für den plötzlichen Tod des Mädchens.«

***

Das erste Drittel von mir ist bereits vor langer Zeit gestorben, obwohl es mir vorkommt, als wäre es gestern geschehen. Jede Minute denke ich an den Tag im April, der mein Leben zerstört hat, quäle mich mit dem Warum. Hätte ich voraussehen können, was geschehen würde?

Lag es an meiner Unachtsamkeit, oder wollte ich einfach nicht hinsehen? Wenn ich mich wegdrehe, passiert nichts?

Mein zweites Drittel musste sterben.

Niemand ahnt, wie schwer es ist, einen wesentlichen Teil von sich zu töten, wie viele Qualen es bereitet. Ich wollte nie, dass es so weit kommt. Doch manchmal liegt die Entscheidung nicht in deiner Hand.

Mir ist bewusst geworden, dass ich benutzt wurde.

Und? Hat sich durch deinen Tod etwas geändert? Nein, nicht wirklich. Nur, dass der Hass nicht mehr in jede meiner Zellen dringt und sie vergiftet. Er ist nicht mehr der Motor meines Handelns. Ich habe mich von ihm befreit.

Übrig bleibt mein wahres Ich, das es nicht wert ist, weiterzuleben.

Vergeltung – Fire is burning, heat deep inside

Sonntag, 8. März, 5.00 Uhr

Marius öffnete die Augen. Das Dachfenster über seinem Bett zeigte den schwarzen Himmel, es war definitiv noch keine Zeit zum Aufstehen.

Dragóns warmes Fell kitzelte ihn an der Wange. Er drehte sich mit dem Gesicht zum schlafenden Kater und kraulte seinen Nacken. »Wozu baue ich dir immer neue Schlafplätze, wenn du letztendlich doch auf meinem Kopfkissen landest?«

Liegen bleiben oder aufstehen? Obwohl er die Zweisamkeit mit seinem Kater genoss, hievte er seine Beine aus dem Bett. Dragón maunzte. »Komm, steh auf, Faulpelz, oder warst du heute Nacht auf Mäusejagd?«

Müde bewegte er sich zur Kaffeemaschine und brühte sich ein schwarzes Gesöff auf, das sogar Tote wiederbelebte. Er trank die heiße Brühe aus, streifte eine Sporthose und ein T-Shirt über und öffnete die Haustür. Sofort drang ein kalter Luftzug ins Haus. Ohne seinen Körper von der Müdigkeit zu befreien, konnte er sich nicht dem Fall widmen. Nach ein paar Hieben auf den Boxsack begleitet von Van Cantos Coverversion von Iron Maidens »Fear of the Dark« fühlte er sich bereit.

Der Druck auf ihn wurde immer höher. Die Öffentlichkeit lebte in Angst, da niemand den Hintergrund des Mordes kannte. Nach Protesten von Eltern der Spieler, die Angst um ihre Söhne hatten, patrouillierte zu Trainingszeiten ein Polizist auf dem Trainingsgelände.

Seit gestern Abend verspürte Marius die ersten Anzeichen eines Virusinfektes. In der Nacht war er beinahe stündlich aufgewacht, der Hals kratzte. Er brach ab und ging ins Haus. Das Boxtraining bei zwei Grad Celsius hätte er sich sparen sollen.

Vielleicht würde ihn das Gespräch mit Nathalie weiterbringen. Die Vorfreude auf gebackene Brötchen, ein Ei und eine heiße Schokolade riss ihn aus seiner Gedankenwelt. Nur weg von dem leeren Kühlschrank und den dürftigen Vorräten, aus denen sich beim besten Willen nichts Leckeres zaubern ließ. Aufgrund der letzten Ereignisse hatte er keine Zeit zum Einkaufen gefunden.

Das Hotel lag an einer Hauptverkehrsstraße in der Nähe des Stadtzentrums. Vor dem Haus befreite ein älterer Mann mit einem Müllgreifer, der wie ein Teufelsdreizack aussah, den Gehweg vom Abfall.

Marius bockte die Harley auf, arretierte das Schloss und trat ein.

Der Besitzer des Hotels hatte alles darangesetzt, das Beste aus dem alten Gebäude herauszuholen. Durch geschickten Einsatz von Spiegeln und Licht wirkte die Lobby auf den ersten Blick weitläufiger, als sie tatsächlich war.

Marius folgte dem Duft von frisch gebackenem Brot. Der moderne Stil des Esszimmers passte nicht zum Rest der Einrichtung. Direkt am Fenster zum Hof saß Larissa an einem Dreiertisch. Sie hatte ihre Untertasse auf den benutzten Teller gestellt und schlürfte einen Orangensaft.

»Marius. Was verschlägt dich nach Duisburg?« Sie hob ihre Hand, winkte ihm zu.

»Du glaubst es kaum. Ich habe nichts mehr im Kühlschrank. Außerdem bin ich mit Nathalie verabredet. Ich hatte gehofft, sie hier zu finden.« Er griff nach einem der Brötchen. »Ist der Platz an deinem Tisch frei, oder wartest du auf jemanden?« Heute versteckte sie ihre Haut nicht unter einer dicken Schicht von Puder. Wusste sie eigentlich, wie schön sie ohne Make-up aussah?

Ein unscheinbares Foto in der vor ihr liegenden Zeitung erweckte seine Aufmerksamkeit. Das Motorboot, das ein Kanu über den Rhein-Herne-Kanal zog, hatte er gestern Morgen aus dem Fenster von Eddis Boot aus gesehen. Er überflog die Zeilen unter dem Bild. »… vor zwei Tagen im Kanu-Club Gelsenkirchen als gestohlen gemeldet … vor der Schleuse Duisburg-Meiderich von einem Jogger gefunden«.

Fahrig griff Larissa nach der Packung Zigaretten, die neben ihr auf dem Fensterbrett lag. Ohne auf das »Rauchen verboten«-

Schild zu achten, steckte sie eine Zigarette an und inhalierte tief. »Ich hoffe, es stört dich nicht. Ich war mit Nathalie und Sünner zum Frühstück verabredet. Sind beide nicht gekommen. Egal. Der Alte ist nicht mein Fall.« Sie drehte die Spitze ihrer Zigarette auf einem Unterteller, sodass die Asche abfiel.

»Wie gut kennst du Nathalie eigentlich?« Er konnte sich nicht entscheiden, ob er sie um eine Kippe bitten sollte. Stattdessen inhalierte er den Rauch.

»Recht gut.« Sie schaute ihn auffordernd an. »Sollte man nicht meinen, so unterschiedlich, wie wir augenscheinlich sind. Weißt du, in der Gruppe hat sich in den letzten Jahren einiges verändert.«

»Wem sagst du das. Ein Grund, warum ich so selten an den Treffen teilgenommen habe.«

Larissas Blick wanderte in die Ferne. Als sie ihn wieder ansah, wirkte sie traurig. »Vor drei Jahren, nach Emelies Tod, war jeder mit sich beschäftigt. Vielleicht lag es auch nur an der Ohnmacht, nicht zu wissen, wie man mit einer Trauernden umgeht, erst recht mit einer Mutter, die ihr Kind verloren hat.«

Marius fühlte sich betroffen. Die Gruppe hatte als Gemeinschaft versagt.

»Nach der Schule habe ich ein halbjähriges Praktikum in einem Hospiz absolviert. Sterbende Kinder, trauernde Eltern. Man lernt, mit der Situation umzugehen.«

Kann man das jemals lernen?, fragte sich Marius.

»Ich war damals die Einzige, die Nathalie beigestanden hat … So eng wie in der Trauerphase war die Freundschaft nie wieder, aber wir haben oft telefoniert.«

Ein Mitarbeiter des Hotels stürmte in den Raum und wies Larissa höflich auf das Rauchverbot hin. Mit verkniffenem Mund deckte er den als Aschenbecher missbrauchten Unterteller ab und öffnete das Fenster sperrangelweit.

Larissa hob die Schultern.

»Habt ihr jemals über ihre Arbeit im Luisenstift gesprochen?«, fragte Marius.

Ein Lächeln huschte über Larissas Lippen. »Diese Stelle kam genau zur richtigen Zeit. Nathalie ist total aufgeblüht. Sie hat oft von den Fortschritten ihrer Kleingruppe gesprochen.« Larissas Hände wühlten unruhig in ihrer Tasche, bis sie eine weitere Zigarette fanden. »Nathalie war ihre Ersatzmutter. Vor allem das Mädchen hatte es ihr angetan.«

Larissa überlegte es sich und stand auf.

»Wie ist sie mit dem Tod des Mädchens umgegangen?«, fragte Marius.

»Es war schrecklich. Die Wohngruppe wurde aufgelöst, ihre Planstelle gestrichen. Dann riss unser Kontakt ab.« Sie nahm ihren Rollkoffer, der hinter ihrem Stuhl stand, und legte sich die Jacke über den Arm.

»Du reist ab?«

Larissa nickte kurz. »Ich glaube kaum, dass mir Sina den Aufenthalt im Hotel bezahlt. Ruf mich an, wenn du noch Fragen hast.« Sie bückte sich, um ihm einen Kuss neben die Wange zu hauchen. »Rasier dich mal wieder, Marius. Ciao!«

»Nathalie Janfeldt, in welchem Zimmer finde ich sie?« Ungeduldig wartete Marius auf eine Antwort des Concierge.

»Spreche ich mit Marius Pérez?« Der Angestellte trug eine brokatbesetzte Weste, mit der er jedes Klischee bediente.

Marius bejahte.

»Dann ist die folgende Nachricht für Sie bestimmt: ›Nehme kurzfristige Verabredung wahr. Warte nicht auf mich‹«, las der Angestellte vor.

Verwirrt fragte Marius nach der Uhrzeit, zu der Nathalie an der Rezeption gewesen war. Was hatte sie sich dabei gedacht? Es wäre viel einfacher gewesen, ihm eine SMS zu senden.

»Mein Dienstbeginn war um sieben Uhr«, murmelte der Mann vor sich her. Auffallend langsam blätterte er in dem Reservierungsbuch. Sein Finger wanderte in eine Zeile am Anfang der Seite. »Hier steht es. Die Nachricht wurde um sechs Uhr dreißig telefonisch hinterlegt.«

Vor zwei Stunden. Marius schüttelte den Kopf. Er kapierte das nicht. »Und Gernot Sünner?«, fragte er.

Er wollte den Busunternehmer nach dessen Sicht der Dinge fragen. Seit wann hatte Sebastian seinen Chef erpresst? Ein ausreichendes Motiv, um seinen ehemaligen Angestellten und fast zukünftigen Partner umzubringen, lag vor. Marius fragte sich, inwieweit Sina in die Geschichte involviert war.

»Ist er nicht im Frühstücksraum?« Der Concierge blätterte in seinem Buch. Ohne Marius anzusehen, sagte er: »Trügt mich mein Gedächtnis doch nicht. Herr Sünner hat bereits bei seiner Ankunft Frühstück bestellt. Jeden Tag um die gleiche Uhrzeit, acht Uhr. Anscheinend ein Frühaufsteher. Tisch drei im linken Bereich.« Er gestikulierte mit den Armen, um die Position zu beschreiben.

»Außer Larissa Holtgrewe und mir war niemand in dem Raum.«

»Seltsam. Herr Sünner ist einer dieser überpünktlichen Menschen. Soll ich Sie auf dem Zimmer ankündigen?«

»Das wäre nett, danke.« Marius warf einen Blick durch die geöffnete Tür nach draußen. Der Alte stand noch immer vor der Tür und sorgte für Sauberkeit.

»Meldet sich keiner. Am besten gehen Sie direkt hoch.« Er gab Marius die Zimmernummer und erklärte den umständlichen Weg dorthin.

Marius wählte den Weg zu Fuß über das Treppenhaus, nahm immer drei Stufen auf einmal. Die körperliche Betätigung machte seinen Kopf ein wenig frei. Vor der Zimmertür angekommen, klopfte er dreimal. Nichts. Mit Nachdruck hämmerte er gegen das dunkle Holz. »Herr Sünner, ich bin es, Marius Pérez. Bitte öffnen Sie.«

Durch die Stille vernahm er einen dumpfen Knall.

»Aufmachen, Polizei!« Marius' Instinkte schlugen Alarm. Er schlug mit beiden Fäusten gegen die Tür. Kurz entschlossen zog er seine Dienstwaffe aus dem Halfter und entsicherte sie. Aus kurzer Distanz feuerte er einen Schuss auf das Schloss ab, dann drückte er mit dem Lauf der Waffe die Tür auf. Der Anblick brannte sich förmlich in sein Gehirn.

Auf der gegenüberliegenden Seite der Tür saß Gernot Sünner in einem antiken Sessel. Sein Oberkörper war unnatürlich zur linken Seite gekippt und lehnte an der Wand. In seiner Schläfe klaffte ein Loch, aus dem Blut sickerte. Sein rechter Arm hing über der Armlehne. Unter der geöffneten Hand befand sich eine Schusswaffe. Hellrote Gewebespritzer ergaben ein bizarres Muster an Hand, Finger und Ärmel des hellgrauen Anzugs.

Sünner hatte seinem Leben ein Ende bereitet.

Rein mechanisch prüfte Marius Puls und Atmung.

Hier muss alles von Grund auf renoviert werden, war sein erster Gedanke, als er das blutdurchtränkte Sitzmöbel sah. Auch Wand und Teppich zeugten von dem grausamen Geschehen.

Zur Dokumentation zog Marius sein Handy hervor. Er fotografierte jeden Zentimeter des Raumes, der bis auf den Tatort und das ungemachte Bett wie ein Zimmer aussah, das zu dem Busunternehmer passte. Ordentlich bis ins Detail. Die Anzughose vom Vortag hing über einem Stuhl. Außen am Kleiderschrank hatte Sünner ein weißes Hemd zum Auslüften hingehängt. Ein schwarzer Hartschalenkoffer stand seitlich des Schreibtischs. Marius streifte Einmalhandschuhe über und öffnete den Koffer. Anscheinend hatte sich Sünner auf eine Abreise vorbereitet. Am Selbstmord bestand dennoch kein Zweifel. Die Waffe, eine Neunmillimeter, lag in Sünners rechter Hand, und er selbst hatte eben den Schuss gehört. Inwieweit der Einschusswinkel mit der Position übereinstimmte, würde die Ballistik überprüfen.

Marius suchte nach Sünners Brille, die mit ihrer randlosen Fassung von solcher Unscheinbarkeit war, dass nur aufmerksame Beobachter sie wahrnahmen. Sie lag neben einem Block auf dem Schreibtisch auf der gegenüberliegenden Seite.

Marius hob das Gestell hoch und sah auf das Logo des Hotels auf der Schreibunterlage. Die Gläser vergrößerten die handgeschriebenen Zeilen auf dem hoteleigenen Briefpapier wie eine Lupe.

Geliebte Liane,
in den letzten Jahren hat mein Leben einen Verlauf genommen, der nicht mehr aufzuhalten ist. Um uns beide einen guten Lebensstandard zu gewährleisten, bin ich finanzielle Risiken eingegangen und habe mich mit den falschen Menschen umgeben. Mein angeblicher Retter in der Not, Sebastian Gehlen, den du als

langjährigen Mitarbeiter und meine rechte Hand kennst, wusste von meinen illegalen geschäftlichen Transaktionen. Er nutzte sein Wissen, um sich zu bereichern, und verlangte für sein Schweigen eine achtzigprozentige Beteiligung am Unternehmen. Konkret bedeutete das meine Entmachtung.
Ein Mensch wie er verdient es nicht, zu leben, während das Leben anderer zerstört ist.
Dem Druck um das Wissen, das Lebenswerk meiner Familie zerstört zu haben, kann ich nicht mehr standhalten.
Ich werde dich immer lieben,
Gernot

Marius rief zum zweiten Mal in dieser Woche die Duisburger Polizei.

Angst – Turning winds are hearing your silent scream

Sonntag, 8. März, 12.30 Uhr

Die Zahl der Toten, die Marius Pérez in seiner Karriere entdeckt hatte, belief sich inzwischen auf vierunddreißig. Er zählte sie alle, erinnerte sich an die Todesdaten und -umstände. Oft suchten sie ihn im Schlaf heim, zerrten an seinen Nerven. Auch wenn es unsinnig war, zerriss ihn der Gedanke, ihren Tod nicht verhindert zu haben.

Kurz nach dem Eintreffen der Duisburger Beamten machte er sich auf den Weg. Kanzek hatte ihn zu den Geschehnissen befragt. Seine süffisanten Andeutungen, den Fall betreffend, hatte er zähneknirschend ignoriert. Kein Ärger. Nicht jetzt. Zumindest stellte Kanzek die Freilassung von Sina in Aussicht. Sollte sich bestätigen, dass Sünner seinen zukünftigen Kompagnon umgebracht und sich danach das Leben genommen hatte, bestand kein Grund, sie weiterhin festzuhalten. Mit dem Obduktions- und abschließenden Untersuchungsergebnis rechnete er am späten Nachmittag.

»Pérez, so löst man einen Mordfall«, konnte sich Kanzek nicht verkneifen zu sagen. »Zwei Tage, mehr brauche ich nicht!«

Marius ballte die Faust in der Tasche und eilte aus dem Raum.

Schlimmer als die dümmliche Arroganz des Kollegen – er selbst hatte ja überhaupt nichts gelöst – war, dass der Idiot trotzdem seinen wunden Punkt getroffen hatte. Seit Vals Tod waren inzwischen mehr als acht Tage vergangen. Christian Peters war vermutlich gerade auf dem Weg zum Flughafen in Ibiza, Nathalie, die ihm hätte weiterhelfen können, hatte ihr Treffen gecancelt.

Auf der Treppe wimmelte es von Schaulustigen, die von der ankommenden Polizei aufgestachelt in die Nähe des Tatorts gelangen wollten. Marius nahm die Stufen, ohne auf entgegenkommende Gäste zu achten. Mit einem Finger blätterte er in der Fotogalerie seines Handys. »Forever bound« – dieser

Schriftzug richtete sich nicht an Nathalie. Er rief sich die Worte von Skinny Jack in Erinnerung. Der Schriftzug ist ein Zeichen der Verbundenheit mit seinen Freunden. Höchste Zeit, dass er dem Tätowierer einen weiteren Besuch abstattete.

»Das geht ja zu wie im Taubenhaus«, begrüßte ihn der Gärtner. Stolz stand er neben der Harley, seine faltigen Hände auf das Chrom des Tanks gestützt. »Hab wie ein Luchs auf Ihre Karre aufgepasst.«

»Danke. Waren Sie heute Morgen auch schon im Dienst?«

Als der Alte lachte, bildeten sich um seine gesamte Augenpartie Lachfältchen. »Vor Ihnen steht der Nachtwächter und Gärtner des Hotels. Still stehen ist nicht meine Sache.«

»Dann haben Sie bestimmt heute Morgen gegen halb sieben eine braunhaarige Frau herausgehen sehen.«

»Aber ja. Ich passe auf wie ein Luchs! Ich glaube, ich weiß, wen sie meinen. Um die Zeit sind hier noch nicht so viele unterwegs. Ungefähr in Ihrem Alter, richtig? Sah gut aus, die Dame. Ein junger Herr hat sie abgeholt.«

Alarmiert fragte Marius: »Sohn? Wie sah der junge Mann aus?«

»Einen halben Kopf größer wie Sie«, kam die Antwort wie aus der Pistole geschossen. »Blonde Haare, so nach hinten gekämmt, wie das in meiner Jugend modern war. Wie der Weidenfeller, der Torwart von den Borussen, so ähnlich sieht der aus.«

Marius kam ein entsetzlicher Gedanke. Er bedankte sich und zückte ein paar Schritte abseits des Alten sein Handy.

Es dauerte eine Weile, bis seine Kollegin ans Telefon ging. »Melanie, Christian Peters ist nicht auf Ibiza, sondern in Deutschland. Und er hat sich mit Nathalie getroffen. Ruf das Team zusammen. Wir müssen mit Hochdruck nach einer Verbindung zwischen den beiden und Val suchen.«

Dann fuhr er zügig los.

Kanalromantik

Freitag, 25. April des vorherigen Jahres

»Wollen wir heute Nachmittag zum Kanal fahren? Frau Janfeldt meint, das schöne Wetter wird morgen wieder vorbei sein.« Ronja öffnete die Augen und sah Adrian an. Ihre Wangen und ihre Nase waren von einem leichten Rot überzogen, was den puppenhaften Ausdruck ihres Gesichtes verstärkte.

Er lächelte, strich mit seinem Zeigefinger über ihre dichten Wimpern. »Nur wir beide?«

Ihre blonden Locken kringelten sich auf seinem Schoß. Sie drehte den Kopf zur Seite, stützte sich auf und hauchte ihm einen Kuss auf die Lippen. Ihr Duft, der ihn an Maiglöckchen nach einem Sommerregen erinnerte, berauschte ihn. Es fiel ihm schwer, ihren Worten zu lauschen.

»Eigentlich ist Val auf die Idee gekommen«, sagte sie und hielt ihn mit ihren Augen gefangen.

»Wenn wir schon zu dritt sind, lass uns noch ein paar Getränke und Grillfleisch einkaufen.« Zärtlich berührte er mit seiner Wange ihre seidige Haut. »Ich brenne darauf, mit dir alleine zu sein«, flüsterte er ihr ins Ohr.

»Keine Chance, mein Hase. Jedenfalls nicht heute Nachmittag.« Ronja warf den Kopf in den Nacken und lachte. »Abends sehen wir weiter.«

Ihre Brüste hoben sich unmerklich an, reckten sich ihm entgegen. Seine Vorfreude wuchs. Was für Aussichten! Ein entspannter Tag mit Val und Ronja, danach Ronja und er allein im Schrebergarten seiner verstorbenen Oma, nackt und leidenschaftlich ineinander verschlungen.

»Kümmert ihr euch um die Einkäufe. Dann kann ich noch zwei Stunden Bio lernen.« Ungeachtet der Schüler, die um sie herum Fußball spielten, schlang er die Arme um seine Freundin und vergrub seinen Kopf in ihrer Halsmulde. »Du bist mein Halt.« Es gab kaum eine Minute, in der er nicht dankbar war für ihre Gegenwart. Normalerweise hielt er sich mit derlei Sätzen, deren Tragweite Ronja wohl kaum erfasste, zurück. Manchmal jedoch, wie in diesem Moment, da sie ihn mit ihrer Unbekümmertheit gefangen nahm, sprach er es aus.

Er war sich bewusst, dass er Gefahr lief, sie mit seinen Worten zu verschrecken. Sie war so jung. Doch er konnte und wollte seine Gefühle nicht unterdrücken. Nach allem, was ihm in seinem Leben widerfahren war, war Ronja seine Rettung. Sie lehrte ihn, seine zerstörerische Wut zu kanalisieren, sie nicht gegen sich selbst zu richten.

Die Pausenklingel ertönte. Ronja strich sanft über Adrians Nacken und drehte mit dem Finger eine seiner Strähnen ein. Dann zog sie die Beine an und löste sich von ihm.

»Ich muss rein. Ist es für dich okay, wenn wir uns gegen drei am Kanal treffen?«

»Kommst du nicht mehr ins Luisenstift?« Er hielt ihre Hände, wollte sie nicht loslassen.

»Nein, das schaffen wir nicht.« Sie drehte sich um ihre eigene Achse, um die Verbindung zu trennen. »Denk an mich!«

»Ich denke den ganzen Tag an nichts anderes!«

»Love you!« Beschwingt ging sie ins Gebäude.

Adrian schmiss seinen Rucksack über die Schulter. Die freie Zeit würde er nutzen, um noch ein paar Unterlagen durchzugehen. Mit Biologie und Chemie als Leistungsfächern war nicht zu spaßen. Die Treffen des Trios gaben ihm Kraft, doch ganz ohne in die Bücher zu sehen, konnte er seinen Traum vom Medizinstudium abschreiben.

Zwei Stunden später bog er vom Krokuswinkel links ab und ließ die Räder rollen. Genüsslich reckte er sein Gesicht der Sonne entgegen, ließ seine Haut von den wärmenden Strahlen streicheln. Er hatte die vergangenen Stunden sinnvoll genutzt. Nach dem Lernen war er an der Laube vorbeigefahren. Wie schnell sich Staub auf die Möbel gelegt hatte. Nicht gerade ein gelungenes Ambiente, um eine Frau zu verführen. Seine Oma hätte ihn wegen der abgebrochenen Rosen zur Sau gemacht. »Sie brauchen Monate, um zu wachsen. In der Vase sind sie innerhalb einer Woche kaputt!«

Noch nicht einmal die Vase hatte er ihnen gegönnt, sondern ihre Blütenblätter über die ausgeklappte Couch verstreut. Ronja liebte es, verwöhnt zu werden. Kein Wunder, auch ihr hatte das Leben bisher nicht viel geboten.

Hoffentlich hatte Val an Nichtalkoholisches gedacht. Er wollte bei klarem Verstand sein, wenn er neben Ronja lag und ihren Körper erkundete.

Val vergaß manchmal, dass sie eine junge Frau war. Für ihn zählte Ronja, die zwar aussah, als könnte sie kein Wässerchen trüben, aber die beiden Jungs, wenn sie entsprechend aufgelegt war, im Fluchen weit übertraf, als Kumpel. Für ihre Schönheit hatte er keine Augen, was auch gut war, denn eine Rivalität mit seinem besten Freund mochte sich Adrian nicht vorstellen.

Als er die Straße An der Rennbahn erreichte, bog er rechts ab, um über den Parkplatz zum Treffpunkt zu gelangen. Sein Rad nahm auf der abschüssigen Zufahrtsstraße Fahrt auf. Während er die Unterführung passierte, kam ihm ein Autofahrer mit überhöhter Geschwindigkeit entgegen. In letzter Sekunde riss Adrian den Lenker scharf nach links.

»Blödes Arschloch!« Er reckte der sichtlich erschrockenen Fahrerin den Mittelfinger entgegen.

Auf dem Parkplatz des Nordsternparks reihte sich ein Auto an das andere, wie immer an Tagen, an denen sich die Sonne blicken ließ. Insgeheim wünschte er sich, einen anderen Treffpunkt gewählt zu haben. Bestimmt lungerten am Kanal allerlei Idioten herum. Von wegen Ruhe.

Ronjas Hollandrad stand am Anfang der Doppelbogenbrücke an das Geländer angekettet. Schnell sprang er vom Sattel. Seine alte Möhre hatte er vor Jahren auf dem Mittelaltermarkt am Schloss Horst geklaut. Obwohl sie bestimmt zwanzig Jahre auf dem Buckel hatte, legte er ein Schloss an. Er hatte keine Lust, später zurück ins Heim laufen zu müssen. Man musste sein Glück ja nicht herausfordern.

Er lief die paar Meter zurück zum Eingang der Schiffsanlegestelle.

Am Abzweig vom Hauptweg sollten eine Schranke und der Hinweis auf einen Privatweg, dessen Betreten und Befahren für unbefugte Personen verboten war, ungebetene Besucher abhalten. Für ihn kein Hindernis.

Die Treppe auf der linken Seite führte direkt zum Rhein-Herne-Kanal. Wie oft waren sie diese unebenen Stufen hinuntergegangen, um einen unbeschwerten Nachmittag zu verbringen? Voller Vorfreude lief er hinunter.

»Hey, Junge! Es ist verboten, an dieser Stelle zum Kanal zu gehen«, rief ein Mittvierziger, dessen dicke Winterjacke bei diesem Wetter völlig deplatziert wirkte.

»Fick dich, Alter!« Adrian drehte sich um und überwand die letzten Meter bis zum Wasser. Von dem Spielplatz auf der anderen Seite des Kanals drang Kindergeschrei herüber.

Von Ronja und Val war nichts zu sehen. Vermutlich hatten sie sich einen geschützten Platz gesucht.

Ein Gemisch aus vertrockneten Zweigen und Gestrüpp rechts von ihm ließ keinen Platz für eine Picknickstelle. Er wählte den linken Weg, balancierte auf der stählernen Kanalbegrenzung. Die Kälte des Wassers zog unter seine Jeans. Je weiter er vordrang, desto unwegsamer wurde das Gelände. Mit jedem Schritt wurden die Kinderstimmen leiser, bis sie schließlich verstummten.

»Ronja!«, rief er, während er sich auf die Brücke zubewegte, die er gerade an anderer Stelle passiert hatte. Wo steckten die zwei? *Verdammte Unpünktlichkeit! Wozu besitzt jeder von uns ein Handy? Während ich wie ein Blöder die Gegend absuche, sitzen die beiden zusammen und amüsieren sich*, dachte er sauer. So hatte er sich den Nachmittag nicht vorgestellt.

Gerade wollte er umkehren, als ein kurzes Aufblitzen seine Aufmerksamkeit auf sich zog. Neugierig drehte er sich in die Richtung der Sonnenspiegelung.

»Ronja! Val!«

Plötzlich wünschte er sich, die hellen Kinderstimmen zu hören. Stattdessen dröhnte aus der Ferne das monotone Brummen der Autos. Seine Augen scannten den Rasen vor der Brücke. Hinter der Wiese wuchsen die dornigen Sträucher, die überall auf dem Gelände zu finden waren, besonders dicht.

»Ronja? Val?«

Irgendwas war da in den Büschen. Und in ihm wuchs die dunkle Gewissheit, dass es nichts Gutes war. Plötzlich schnürte Angst seinen Magen zu. Ohne auf die stacheligen Sträucher zu achten, die seine nackten Arme zerkratzten, kämpfte er sich vorwärts. Nach einigen Metern stieß er auf eine kleine Rasenfläche, gleich einer Lichtung. Mitten im Gras, die Füße von Gestrüpp bedeckt, lag Ronja. Das silberne Kreuz, das sie um ihren Hals trug, spiegelte sich in der Sonne. Von Val weit und breit keine Spur.

Adrian ging auf seine Freundin zu. Warum schlief sie hier? Dann sah er ihre weit geöffneten Augen, die reglos in den Himmel starrten. Ronja schlief nicht, sie war tot.

Blutsbrüder – Today will finally be our time

Sonntag, 8. März, 13.00 Uhr

In wenigen Stunden gab die Rechtsmedizin den Leichnam von Gernot Sünner frei. Alles deutete darauf hin, dass der gelinkte Busunternehmer nicht nur seinem, sondern auch dem Leben seines »Partners« ein Ende bereitet hatte. Sebastian hatte seinen Chef in dessen schwärzester Stunde kennengelernt. Statt ihn zu unterstützen oder wenigstens auf Abstand zu gehen, hatte er die Situation ausgenutzt. Marius hatte den Mörder im Freundeskreis vermutet. Konnten die Differenzen, die unter der Oberfläche lauerten, jetzt noch aus dem Weg geräumt werden?

Kurz vor dem Tattoo-Studio drosselte Marius die Geschwindigkeit seiner Maschine. Bei ihrem letzten Besuch vor einer Woche hier im Gelsenkirchener Süden hatte Melanie Zweifel an Skinny Jacks Aussage geäußert.

Marius hatte sie als Neuling nicht ernst genommen. Dabei war ihr Riecher gar nicht so schlecht. Fester als geplant hämmerte er gegen die Tür.

»Ja, ja, ja, was ist denn los?«, hörte er aus dem Inneren. »Marius?« Skinny Jack wirkte überrascht.

Ohne zu fragen, trat Marius ein.

»Wir essen gerade.« Normalerweise hätte sein Freund ihn eingeladen. Heute schien Skinny Jack nicht an seiner Gesellschaft interessiert zu sein.

Vor dem Bild des Tattoos im Flur blieb Marius stehen. »Wenn du schnell mit der Wahrheit herausrückst, ist dein Essen sogar noch warm.«

»Was meinst du denn damit? Ich hab dir doch alles erzählt!«

»Falsche Antwort. Wenn das so weitergeht, bleibe ich den ganzen Nachmittag.«

»Was willst du wissen?«, fragte der Tätowierer mit verschlossener Miene.

»Ist Val alleine zu dir gekommen?«

»Nein. Er hat zwei Leute mitgebracht, mit denen er in einer Wohngruppe lebte. Der Junge im gleichen Alter, das Mädchen – sehr hübsch – mindestens zwei Jahre jünger.« Er ging zum Arbeitsraum und schloss die Tür.

»Namen, Aussehen?« Marius wollte das Gespräch so schnell wie möglich hinter sich bringen.

Die Anspannung war dem Tätowierer anzumerken. »Val kennst du ja, der hat sich im Hintergrund aufgehalten. Der Wortführer, Typ Schwiegermutterliebling, war bestimmt eins neunzig groß. Blond, glatt nach hinten gekämmte Haare. Das Mädel schien seine Freundin zu sein.« Er ergänzte: »Namen kenne ich nicht.«

Drei Freunde – Marius war hellhörig geworden. »Haben die drei etwas davon erzählt, seit wann sie sich kannten?«

»Der Schönling sprach davon, dass Val ein Fußballkumpel sei, den er im Heim wiedergefunden hat.«

»Meinte er das Luisenstift?«

Wütend ging Skinny Jack auf ihn los. »Verdammt, Marius. Meinst du, jeder Kunde erzählt mir seine halbe Lebensgeschichte?«

»Ja, das glaube ich tatsächlich. Weil ich dich nicht erst seit gestern kenne.« Auch wenn es ihm schwerfiel, weil er heute als Ermittler hier war und sein Freund ihn hinhielt, versuchte er, die aufgeheizte Atmosphäre zu beruhigen. »Genau das macht dich doch aus, die Bindung zu deinen Kunden. Sie erzählen dir alles, weil sie dir vertrauen.«

Wie oft hatte er selbst mit dem Tätowierer über seine gescheiterte Beziehung zu Sina gesprochen, weil der ein guter Zuhörer war. An diese Seite von Skinny Jack wollte er appellieren.

Es funktionierte.

Der Tätowierer atmete lang aus, als wollte er seine Anspannung wegpusten, dann fing er an zu erzählen. »Es ging um Blutsbrüderschaft. Und das Tattoo sollte ihre Verbundenheit zum Ausdruck bringen. Blutsbrüder – ›Forever bound‹!«

Marius stutzte. »Hat er sich so ausgedrückt?«

»Ja. Perfekte Manieren, sprach ziemlich gewählt. Schien aus einem guten Elternhaus zu stammen. Keine Ahnung, was mit ihm passiert ist.«

»Du hast uns beim …«, begann er. *Nein, keine Anschuldigungen.* »Hat sich jeder ein eigenes Symbol ausgesucht?«

»Ja, stimmt. Der Nilschlüssel stand für Val.«

An die Erklärung des ägyptischen Kreuzes erinnerte sich Marius noch. Vorrangig ging es um Zufriedenheit und Unsterblichkeit.

Skinny Jack wies auf das Pik-Ass. »Du erinnerst dich sicher. *Ace of spades* für den zweiten jungen Mann. Das Glücks-Ass im Ärmel, das gezogen wird, nachdem man alles auf eine Karte gesetzt hat.«

»Und das brennende Herz für Ronja«, sagte er mehr zu sich selbst.

Er dachte an die Anhaltspunkte, die der Mörder hinterlassen hatte, und deren Gemeinsamkeit, das Blut. Ihre Freundschaft war für alle Beteiligten das größte Glück, das ihnen in ihrem Leben widerfahren war. Sie schlossen Blutsbrüderschaft, als Zeichen, von nun an eins zu sein, und schworen sich ewige Treue. Womit hatte Valentin Bergmann dieses Bündnis zerstört?

»Und? Hast du ihnen das Tattoo gestochen?«

»Nein. Der Rest der Geschichte stimmt. Ich würde niemals Dirty Nolans Erkennungszeichen, den Affen mit dem Kopf in der Schlinge, kopieren, nur um von einer Straftat abzulenken.«

Jetzt tu mal nicht so heilig, dachte Marius. Viele Studios nutzten die Einnahmequelle und tätowierten Minderjährige. Und er hätte nicht seine Hand dafür ins Feuer gelegt, dass Skinny Jack diese »Straftat« noch nie begangen hatte.

Der Tätowierer schaute mit gerunzelten Augenbrauen zur Tür, hinter der seine Familie gerade zu Mittag aß. »Halt mich raus, Marius! Ich habe dir alles gesagt, was ich weiß. Es muss nicht sein, dass mir die Bullen meine Bude auf den Kopf stellen.«

Marius sah ihn lange und mit ernstem Blick an, dann drehte er sich um und ging.

Erkenntnis – Into the dark through wind and rain

Sonntag, 8. März, 14.30 Uhr

Noch bevor er weiterfuhr, musste er sich vergewissern, dass sein Team mit der Suche nach Christian Peters weitergekommen war. Dieses Mal ging Melanie sofort ans Telefon.

»Marius, Katastrophe. Ich komme kaum weiter. Der Server im Präsidium lädt gerade Updates hoch. Bauer und Weitkamp sind auf dem Rückweg vom Düsseldorfer Flughafen, wo sie Peters in Empfang nehmen wollten. Ich stehe gerade voll auf dem Schlauch.« Sie wirkte geradezu hysterisch und redete weiter wie ein Wasserfall auf ihn ein. »Wenigstens bei deinen telefonischen Aufträgen war ich erfolgreich. Brömmel hat zwar gemeckert, von wegen Sonntag und so, aber er hat beiden Anträgen auf einen Durchsuchungsbeschluss stattgegeben. Um diese Uhrzeit stürmt ein Team der Drogenfahndung Eddis Hausboot. Unser Metal-Spezialist Eggemann hat endlich etwas zu tun bekommen. Er besorgt gerade mit einem Kollegen die Krankenakte von Ronja Krallenberg.«

»Super«, sagte Marius, als er sicher war, dass ihr Stakkato-Bericht beendet war. »Sobald das Ergebnis vorliegt, soll er mir Bescheid geben.«

»Wer von beiden hat denn nun Valentin Bergmann ermordet? Peters oder Adrian Lippold?«

»Ich habe eine Vermutung.« Er entriegelte das Schloss, um möglichst schnell losfahren zu können. »Aber dafür fehlt mir noch eine Info. Versuch bitte Nathalie zu erreichen. Sie scheint zwar freiwillig mit Peters mitgegangen zu sein, aber ich möchte trotzdem wissen, ob es ihr gutgeht.«

»Okay!«

»Dann rufst du Finn an. Er wollte heute um zwei zu mir kommen.« Durch Gernot Sünners Suizid hatte sich alles verzögert. »In einer Viertelstunde bin ich in der Schalker Fankneipe. Wir treffen uns dort.«

»Alle drei?«

»Ja! Ich bin mir sicher, dass wir kurz vor der Aufklärung des Falls stehen. Bis gleich!«

Wenige Minuten nachdem Marius auf den Parkplatz gefahren war, rollte Finns Toyota Tundra auf den Parkstreifen. Marius betrachtete den schwarzen Pickup als Gegenstück zu seinem Motorrad – Freiheit auf Rädern.

»Hi. Hast du schon gehört? Sina ist frei. So wie es aussieht, hat Sünner zuerst Sebastian umgebracht und danach Selbstmord begangen.«

»Hallo, Finn«, begrüßte Marius seinen Freund. »Ich war's, der Sünner gefunden hat.« Er erzählte, was er am Morgen erlebt hatte.

»Dann macht es ja auch nichts aus, dass auf dem Hochzeitsfilm nichts zu sehen ist, was dir weiterhilft. Sich Sebastians Tod noch mal aus der Kameraperspektive anzuschauen, war fürchterlich.«

Um diese Erfahrung beneidete Marius seinen Freund nicht. »Sag mal, ist eigentlich bekannt, wann Sünner die Flaschen ausgetauscht hat?«

»Ich wurde heute ins Polizeipräsidium gerufen, um den Punkt abzuklären.« Er ging um den Wagen herum und öffnete die Beifahrertür. »Meinen Ersatzschlüssel hatte ich während der Vorbereitungen Sina überlassen. Du kannst dir bestimmt vorstellen, was mir durch den Kopf gegangen ist.«

Melanie stieg an der Beifahrerseite aus und mischte sich gleich ein. »Klarer Fall für die Polizei. Entweder bist du der Täter oder Sina.«

»Dabei hatte ich vergessen, dass sie den Schlüssel vor dem Probetauchen auf den Schreibtisch der Tauchbasis gelegt hat.« Finn geleitete Melanie zur Tür der Kneipe.

»Leichtes Spiel für Sebastians Chef«, resümierte Melanie.

In der Fankneipe »Zum Schalker Jung« brannte Licht. Sie traten ein. Ein Geruch nach Zwiebeln und gebratenen Frikadellen drang in ihre Nasen.

»'n Abend Herr Kommissar«, begrüßte ihn Sonja Rausch, die

Wirtin. Sie hatte ihre Haare zu einem Zopf gebunden, wodurch ihr dunkler Haaransatz noch stärker auffiel. Freundlich nickte sie Finn und Melanie zu. »Setzen Sie sich. Heute ist Bulettentag. Möchten Sie auch eine?« Ungefragt stellte sie drei frisch gezapfte Pils auf die Theke.

»Danke.« Marius nahm die ihm angebotene Serviette mit dem Fleisch und biss ab. »Superlecker.«

Finn wehrte mit der Hand ab. Flugs nahm Melanie sein Fleischbällchen an sich.

»Ja, die Sonja, die kann kochen. Hat alles, was 'ne Frau braucht«, mischte sich ein Mittfünfziger im Trainingsanzug ein. Seine Hände formten einen gut geformten Frauenkörper.

»Hallodri! Die Sonja kriegsse nie und nimmer. Die gibt sich nich mit so Knalltüten wie du ab.« Die Stimme, die aus dem hinteren Bereich der Kneipe drang, erkannte Marius sofort. Er knüllte seine Serviette zusammen, legte sie auf einen Barhocker und ging um den Tresen herum.

»Mensch, Willi, wie geht's? Hast du den Schock überwunden?« Er setzte sich auf den einzigen freien Stuhl zu dem Platzwart. Neben ihm studierte ein gepflegter Mittdreißiger in Sportkleidung die Speisekarte.

»Muss, Kommissar, muss. Ohne Arbeit geht nich. Die Wiese muss wie jeleckt aussehen, damit dat Ball dat Tor treffen kann. Die brauchn mich«, antwortete Willi.

»Sie sind der ermittelnde Kommissar?« Der Unbekannte runzelte die Stirn. »Andreas Wohlstädter. Ich hatte bereits mit Ihrer Sekretärin und einem Ihrer Mitarbeiter das Vergnügen. Meine U19 spielt auf der Glückauf-Kampfbahn.« Er klopfte dem Platzwart freundschaftlich auf den Rücken. »Was sollten wir ohne den Willi machen?«

Marius erinnerte sich an den Namen. »Sie hatten meiner Kollegin Informationen über den Spieler Christian Peters gegeben. Strebsamer junger Mann. Hat Ziele, das imponiert mir.« Er entschloss sich, zunächst noch nichts über Peters' Verschwinden zu erzählen. Er wollte herausfinden, was den jungen Mann dazu veranlasst haben könnte.

»Meine Jungs gehen derzeit in den Endspurt um die Meisterschaft. Er dagegen liegt lieber am Strand«, antwortete Wohlstädter spitz. »Strebsam – das halte ich für ein Gerücht. Eher ein guter Selbstdarsteller.«

»Dat kommt mich komisch vor. Meinter dat selbe Jung?« Er leere sein Glas in einem Zug. Dann fuhr er sich mit dem Ärmel über den Mund. Der Trikotstoff seiner Tainingsjacke nahm den Schaum sofort auf. »Hasse 'n Foto von dat Pickelkopp?«

»Ich habe was viel Besseres.« Wohlstädter winkte die Wirtin heran. »Sonja, der Herr Kommissar interessiert sich für deinen Neffen. Erinnerst du dich an die Bilder von seiner Mannschaft, die ich dir gegeben habe?«

Die Wirtin gesellte sich zu ihnen und stützte ihre Hände auf den Tisch, sodass die Männer einen Einblick in ihr ausladendes Dekolleté bekamen. Bei dieser Methode konnte sie sich unter Garantie nicht über mangelnde Bestellungen beklagen. »Du weiß doch, wo die hängen.«

»Nein, sonst hätte ich dich nicht gefragt.«

»Rennsse imma mit zue Augen durche Gegend?«, mischte sich Willi grinsend ein und entblößte dabei seine krummen Vorderzähne.

»Na, dann kommse mit, Herr Kommissar.« Die Wirtin führte Wohlstädter, Marius, Finn und Melanie in den Flur. Willi folgte ihnen behäbig.

An der speckigen Tapete gegenüber den Toiletten hingen eingerahmte Fotos mehrerer Jugendmannschaften. Sonja nahm das Tellertuch, das in ihrer Schürze steckte, spuckte auf den Stoff und säuberte Scheiben und Rahmen. Stolz zeigte sie mit dem Zeigefinger auf einen jungen Mann mit halblangen Haaren. Im Gegensatz zu seinen Mannschaftskollegen, die alle ernst in die Kamera guckten, grinste er breit, was sein rundes Gesicht noch breiter aussehen ließ. Seine Gesichtshaut war übersät von roten Flecken. »Das ist Christian, der Sohn von meiner Schwester.«

»Nein!« Marius sah, dass Melanie heftig den Kopf schüttelte. »Das ist nicht der, der sich uns als Christian Peters vorgestellt hat.« Marius' Augen huschten über die Abbildungen der Spieler. In der hintersten Reihe fand er das Gesicht, das er gesucht hatte. »Wer ist das?«, fragte er in die Runde.

»Adrian Lippold, einer unserer Besten«, antwortete der Trainer stolz.

Bei der Erwähnung des Namens schaute Marius seine Kollegin an. Sie nickte und reckte einen Daumen hoch.

»Das ist einer von denen, die einen inneren Antrieb haben. Manchmal zu verbissen. Hätte es bis zu den Profis schaffen können. Solche Spielertypen wünscht sich ein Trainer.«

»Hätte?«, fragte Melanie.

»Kurz nachdem das Foto entstand, hat er sich abgemeldet. Erzählte was davon, das Studium würde vorgehen.«

»Wenne son Vadda wie dat Heinz hass, der vor Knete stinkt, kannsse auch als Heimkind auffe Uni gehen.« Willi drängte sich in den Vordergrund. »Da.« er zeigte auf ein älteres Foto. »Und dat is der Val.«

»Valentin Bergmann hat nur eine Saison in unserer Mannschaft gespielt. Zwei linke Füße, dazu unzuverlässig. So was können wir hier nicht gebrauchen. Der ist nach kurzer Zeit von allein gegangen. So blieb ihm eine Karriere auf der Bank erspart.«

»Warum habt ihr das nicht den Kollegen bei der Befragung erzählt?«, fragte Marius verärgert.

»Hömma, wir palavern nich mit die Bullen.« Willi hatte vergessen, dass der Mann, der in Lederkluft vor ihm stand, selbst zur Polizei gehörte.

»Danke, Sonja. Danke, Jungs.« Marius hob grüßend die Hand, bezahlte seine Zeche und verschwand. Die anderen folgten ihm.

Eine Fahrt zum Luisenstift konnten sie sich schenken. Jetzt hieß es, Adrian Lippold zu finden. Der Mörder – Peters und Lippold in einer Person. Als Skinny Jack Vals Freund beschrieben hatte, hatte er sich kurz gewundert, weil die Beschreibung auch auf den jungen Mann mit den Trainingsklamotten passte. Jetzt wusste er, warum.

»Hast du Nathalie erreicht?«, fragte Marius besorgt. »Wahrscheinlich ist sie in den Fall verwickelt.« Es fiel ihm schwer, diese Worte auszusprechen. »Sie hat in Ronja eine Art Ersatztochter gesehen.«

»Bisher nicht, aber ich versuche es weiter.«

»Ich glaube, das bringt nichts. Wir müssen ihr Telefon orten lassen.«

Marius tippte die Nummer von Johann Bauer. Er klärte ihn über die Ermittlungen auf und fragte nach dem Heft aus Sebastians Büro. Nach und nach ließ er sich die Daten vorlesen.

»Melanie. Wann ist Ronja Krallenberg gestorben?«

Sie hing ebenfalls am Telefon. »Einen kleinen Moment, bitte«, sagte sie in den Hörer. Und zu Marius: »Letztes Jahr. 25. April.«

Er bedankte sich bei Johann Bauer und legte auf. »An dem Tag, an dem Ronja Krallenberg gestorben ist, hat Sebastian zum letzten Mal Drogen verkauft«, sagte er zu Finn und Melanie.

»Ratet mal, an wen.« Mit dem Telefon in der Hand stand Melanie zwischen den beiden. Bevor einer von ihnen antworten konnte, sagte sie: »Valentin Bergmann. Ich habe gerade mit Lois Eggemann gesprochen. Das junge Mädchen ist durch die Einnahme von Amphetaminen gestorben. Durchaus selten bei der ersten Einnahme, aber sie litt tatsächlich an einem Herzfehler – der allerdings bekannt war. So steht es zumindest in den Akten. Dass der Drogentod vertuscht werden sollte, hat die Leiterin zugegeben. Der Arzt, der ihren Tod festgestellt hat, war … dreimal dürft ihr raten … ihr Hausarzt. Und der arbeitet seit Jahren eng mit dem Heim zusammen.«

»Jetzt schließt sich der Kreis.«

Marius beorderte zwei Kollegen zur Adresse von Heinz Brink. Hätte er dem verbitterten Mann doch besser zugehört. Adrians Vater hatte ihm bereits einen Teil seiner Lebensgeschichte erzählt.

Bis in den Tod – Another black cruel decision of life

Sonntag, 8. März, 16.45 Uhr

Kaum aus der Tür, spurteten die drei zum Toyota. Marius beschloss, seine Maschine stehen zu lassen. Jetzt kam es darauf an, gemeinsam zu handeln. Obwohl die Ziffern des Handys erst kurz vor siebzehn Uhr anzeigten, fühlte sich die einsetzende Dunkelheit wie ein Winterabend an. Aprilwetter. Finn schob das aktuelle Steelheart-Album in den Player und drückte auf Start. Dann fuhren sie los.

»Wenn die Fans ihren Sturkopf ausgeschaltet hätten, wären wir in unserer Ermittlungsarbeit weiter«, regte sich Melanie auf.

»Das gehört zu unserer Mentalität. Du als zugezogene Rheinländerin wirst das nie verstehen.« Marius drehte sich zu seiner Kollegin auf der Rücksitzbank um. »Wobei, das mit dem Sturkopf … kannst du auch schon ganz gut. Noch habe ich Hoffnung auf komplette Integration.«

»Pfft«, machte Melanie nur.

Plötzlich klingelte Marius' Handy. Nathalie.

»Hallo?«

Niemand antwortete. Nur Geräusche. Als würde jemand irgendwas schleifen.

»Sie antwortet nicht. Stattdessen höre ich Geräusche … da stimmt was nicht.«

Im Wagen dröhnte Vals Gesang, schreiend, zornig. Dazu der peitschende Rhythmus von Bass und Schlagzeug, als würde er verfolgt. Finn schaltete den CD-Player aus.

»Stell auf Lautsprecher!« Melanie beugte sich vor, um etwas mitzubekommen.

»Nathalie!«, rief Marius.

Keine Reaktion. Stattdessen hörten sie abgedämpfte Schritte. Jemand lief auf das Handy zu. Umgebungsgeräusche gab es keine, nicht mal Wind. Also kam der Anruf aus einem Innenraum.

Plötzlich eine Stimme: »Wie oft sollen wir die Situation denn noch durchkauen, Adrian?« Die Stimme hallte, klang entfernt.

Marius begriff als Erster. Er hielt einen Finger vor den Mund, um den anderen zu bedeuten, dass sie nicht sprechen sollten. Nathalie wollte sie an dem Gespräch teilhaben lassen. Das und die Tatsache, dass sie nicht mit Marius direkt redete, sprachen für eine Entführung. Das Telefon steckte sicher in einer ihrer Taschen, deshalb auch der dumpfe Ton.

»Wir reden so lange, bis ich kapiere, was du erreichen wolltest.« Die Männerstimme klang jung.

»Wie kommst du darauf, dass ich ein Ziel verfolgt habe?«, fragte Nathalie betont sanft.

Lachen. Aber es klang bitter. Voller Schmerz. »Ich habe geglaubt, dass du mich trösten wolltest, dass du nach ihrem Tod ähnlich gefühlt hast wie ich.«

»Natürlich habe ich das, Adrian. Ronja war wie eine Tochter für mich … und du wie ein Sohn.«

»Nein, nein! Red dich verdammt noch mal nicht raus. Ich war für dich doch nur lästiges Beiwerk. Der Geliebte der *Tochter.*« Das letzte Wort spie er voller Verachtung aus. »Am liebsten hättest du sie für dich alleine gehabt.«

»Du weißt, dass das nicht stimmt, Adrian. Wären wir uns sonst so nah gewesen, nachdem Ronja uns verlassen hatte?«

Ein verächtliches Schnauben. »Verlassen? Verlassen nennst du das? Das klingt, als hätte sie es freiwillig getan. Aber sie wäre niemals von sich aus gegangen. Er hat sie auf dem Gewissen. Also red nicht so einen weichgespülten Scheiß.« Adrians erregte Stimme war immer lauter geworden, jetzt schrie er fast. »Er hat sie ermordet. Er hat uns verraten … hat unseren Bund gebrochen. War die Blutsbrüderschaft für ihn nur ein Spaß?«

»Sei Val gegenüber nicht ungerecht. Er hat nie gelernt, intensiv zu fühlen.«

»Nathalie, du bist so scheinheilig. Wer war es denn, der nicht mit ihrem Tod zurechtgekommen ist?« Wieder Schritte, mal leiser, mal lauter. Offenbar lief Adrian in dem Raum hin und her.

Marius formte mit den Fingern einen Telefonhörer, dann

ein Fragezeichen. Um Nathalie zu finden, brauchten sie die GPS-Daten ihres Handys.

»Ich weiß, worauf du hinauswillst. Ja, ich vermisse sie, und ja, ich habe sehr intensiv getrauert«, sagte Nathalie.

»Das ist doch ein Witz! Trauern nennst du das? Du hast geweint, geschrien und am ganzen Körper gezittert, so sehr, dass ich dich halten musste. Du wolltest überhaupt nicht mehr aufhören damit. Und dann …«

»Das ist vorbei«, schnitt sie ihm das Wort ab.

»Für mich wird es nie vorbei sein. Jeden Tag denke ich an deine Worte, an deinen Hass gegenüber denjenigen, die für Ronjas Tod verantwortlich waren. Val und Sebastian. Immer wieder hast du die Namen gepredigt. Val und Sebastian. ›Ohne die beiden wäre Ronja nie an die Drogen gekommen‹, das waren deine Worte.«

Leises Schluchzen. Nathalie schien zu weinen. Als sie wieder sprach, klang die Stimme wie von Tränen erstickt. Ihr Schmerz drang förmlich durch die Leitung. »Es stimmt. Sie hätte niemals von alleine Aufputschmittel angerührt …«

Die Schritte hielten abrupt inne. »Warum hast du mir den Auftrag gegeben, die beiden zu töten?«

Die drei im Toyota machten große Augen. Melanie hielt sich vor Schreck die Hand vor den Mund.

»Was?!«, schrie Nathalie. »Ich soll … Adrian, das ist nicht wahr! Was redest du denn da?«

»Du weißt genau, wovon ich rede. Spiel hier nicht die Unschuldige!«

Marius wusste plötzlich nicht mehr, was er glauben sollte. Spielte Nathalie vielleicht tatsächlich die Unschuldige? Nicht nur vor Adrian, sondern vor ihm, Melanie und Finn? Hatte sie vielleicht nicht angerufen, weil sie in Not war, sondern um eine Vorstellung zu inszenieren? Deshalb auch die Nachricht an der Hotelrezeption?

Nach kurzem Schweigen hörten sie wieder Nathalies Stimme. Und sie klang, als würde sie mit einem Kind reden. »Adrian, du wolltest das hören, was du selbst im Inneren gefühlt hast. Ich hab dir nie einen solchen Auftrag gegeben. Du warst wie traumatisiert und hast mir im Geist die Worte in den Mund gelegt.«

Melanie tippte Finn auf die Schulter und bat ihn stumm, mit ihr auszusteigen. Sie schlossen leise die Tür, und Marius sah die beiden miteinander diskutieren. Dann kamen sie zurück, und Finn startete den Motor. Bei seinem scharfen Wendemanöver hatte Marius Mühe, sich anzuschnallen. Der Wagen hielt an der Ausfahrt des Parkplatzes, durch den Verkehr auf der dicht befahrenen Kurt-Schumacher-Straße zum Warten verdammt. Finn ordnete sich auf die linke Spur ein. An der Kreuzung Grillostraße blieb er an der Linksabbieger-Ampel stehen. Seine Finger trommelten auf das Lenkrad.

»Ach«, sagte Adrians Stimme, »du hast also nicht ständig davon gesprochen, dass jeder, der für ihren Tod verantwortlich ist, das Recht auf ein eigenes Leben verwirkt hat?«

»Ich weiß doch nicht mehr jedes Wort, das ich in meiner ersten Trauer von mir gegeben habe.« Ruhig, immer noch der Erzieherinnenton. Doch es schlich sich zunehmend Erregung hinein. »Adrian, du weißt doch, wie es mir ging, du hast doch grad selbst gesagt, dass ich mich gar nicht wieder einkriegen konnte. Es hat sich für mich angefühlt, als hätte ich zum zweiten Mal eine Tochter verloren. Ich war von Sinnen, ja. Hab geheult und gezittert und dummes Zeug geredet. Aber das ist doch kein Grund, dass noch mehr Menschen sterben. Adrian, verdammt, warum hast du das getan?!«

War sie wirklich so unschuldig, wie sie tat, fragte sich Marius. Oder zog sie jetzt diese Show ab, um vor Publikum den traumatisierten Jugendlichen zum alleinigen Mörder zu machen, obwohl sie ihn hörig gemacht hatte? Himmel, was dachte er da von seiner ehemaligen Freundin? *Und wieso überhaupt ehemalig?*

Die Ampel schlug um. Endlich konnten sie wenden, um in die richtige Richtung zu fahren. In wenigen Minuten würden sie in die Uferstraße abbiegen. Finn beschleunigte, riss das Steuer nach links und bog ab. Das Handy flog in den Fußraum. Marius stützte sich am Armaturenbrett ab. Glücklicherweise hatten sie die Verbindung nicht verloren.

Plötzlich hörten sie ein lautes Geräusch, wie ein Klappern. Dann ein kurzer Schrei.

»Lass das! Setz dich hin.« Schritte, Scharren, dann ein paar Sekunden gar nichts, als wär die Leitung tot.

Dann aber wieder die Stimme des jungen Mannes: »Du willst mich schon wieder gängeln, Nathalie.«

Schweigen, dann wieder Nathalie. Jetzt klang sie wie eine verärgerte Mutter. »Du, Adrian, nur du hast entschieden, Vals Leben auszulöschen. Es war ... es war abscheulich, was du getan hast. Dieses Ritual, das hatte nichts mit Ronja zu tun.«

»Ach, und ich dachte, du kennst uns!« Höhnisch und verbittert. »Nichts wusstest du von uns. Es hatte alles mit Ronja zu tun. Unser Bund war stärker als alles, was du uns vermittelt hast. Nach der Blutsbrüderschaft ist ein und dasselbe Blut in unseren Adern geflossen. Das Tattoo war ein weiterer Beweis unserer Verbundenheit.«

Sie hörten ein schabendes Geräusch.

»Sieh es dir genau an. Dieses Bild zeigt alles, was uns im Leben wichtig war, alles, das jetzt zerstört ist.«

»Adrian«, flehte Nathalie, »Val wusste nicht, was er tat. Er hatte keine Ahnung von ihrer Herzkrankheit. Ich wusste das damals nicht, war einfach völlig durcheinander. Aber wie hätte ich ahnen sollen, dass du jedes meiner Worte für bare Münze nimmst?«

»Ist es nicht genau das, was Wahrhaftigkeit ausmacht?«

Was für eine Aussage von einem Zwanzigjährigen. Der junge Mann sehnte sich wirklich nach Bedeutsamkeit. Alles, was er tat, war zielführend.

Was geschah mit einem ernsthaften jungen Menschen, wenn sein Lebenstraum zerstört wurde?

Finn raste an den Firmen vorbei, die sich an der Uferstraße angesiedelt hatten. Noch vor zwei Tagen hatten sie hier am Kanal zusammen gefeiert.

An der Ampel Grothusstraße stoppte er.

»Ich möchte, dass du verstehst«, sagte Adrian. »Val musste auf diese Art sterben. Er hat unsere Freundschaft zerstört, unser Blut verschmutzt. Er war es nicht mehr wert, unser gemeinsames

Herz in sich zu tragen. Und du warst der Motor für meine Taten. Ich will, dass du das zugibst.«

»Vor wem?«

»Vor mir! Mir ist es wichtig!«

»Ich kann das nicht zugeben, Adrian. Weil es nicht die Wahrheit ist. Der Plan ist allein in deinem Kopf entstanden. Du brauchst Hilfe!«

»Ach, du widerst mich an. Wenn du immer nur an mich gedacht hast, wenn du mir helfen wolltest, warum hast du dann das Kohlenmonoxid und den Schlüssel besorgt? Genügte es nicht, dass Val sterben musste?«

Finn fuhr vor Schreck fast auf den Audi vor ihm auf.

»Du hast mich überzeugt, dass es das Beste war.«

»Weißt du eigentlich, Nathalie«, Adrians Stimme bekam einen bedrohlichen Unterton, »dass auch wir es nicht verdienen, weiterzuleben?« Ein Moment Stille, dann: »Was machst du da? Wieso packst du ständig mit einer Hand unter das Sofa?« Sie hörten Adrian nun fast, als würde er mit ihnen telefonieren. »Hallo?« Adrian sprach direkt in den Hörer. So ungedämpft erkannten Marius und Melanie die Stimme des jungen Mannes, den sie auf der Glückauf-Kampfbahn getroffen hatten, wieder.

»Was soll der Mist? Wer ist Marius?« Wieder Adrian, schreiend, seine Stimme kippte. »Verdammt, was hast du getan! Jetzt verstehe ich auch, was die ganze Scheiße soll … dein Verhalten …« Wieder Adrian, dann ein Geräusch wie eine Ohrfeige. Schreie. Im nächsten Moment wurde die Verbindung unterbrochen.

»Schnell, Finn. Du hast doch gehört, was er vorhat.« Panisch beugte sich Melanie vor und klopfte auf das Display des Handys.

»Das bringt nichts, die Leitung ist tot«, herrschte Marius sie an. Er konnte das Gehörte nicht einordnen. Welche Rolle übernahm Nathalie in diesem Drama? »Wohin geht es?« Er hatte das Gespräch um die Ortung des Handys nicht mitbekommen.

»Schrebergarten«, antwortete Melanie kurz angebunden.

Finn achtete nicht auf die regennasse Fahrbahn und legte den Weg in einem halsbrecherischen Tempo zurück. Er überfuhr eine rote Ampel und lenkte den Wagen in eine kleine Auffahrt, die zu der Kleingartenanlage führte.

»Ich habe mit Brink gesprochen, als wir draußen waren. Er hat mir die Lage von seinem Häuschen beschrieben. Die deckt sich mit den GPS-Daten von Nathalies Handy.« Melanie schaute auf ihre Armbanduhr. »In ein paar Minuten treffen zwei Beamte mit einem Mantrailer ein.«

Schnell verließen sie den Wagen und sprangen über das niedrige Tor des Schrebergartens.

»Brink hat seinem Sohn sein Auto überlassen.« Finn, der das Gespräch mitbekommen hatte, wies auf einen nachtblauen Audi. »Adrian Lippold und Nathalie müssen sich hier in der Nähe aufhalten.«

In diesem Moment fuhr ein Einsatzwagen direkt bis zum Tor vor. Heraus stiegen zwei Beamte der Kripo Gelsenkirchen mit einem Belgischen Schäferhund. Marius öffnete das Tor von innen und rannte vor. Im Schein der Taschenlampen hatte er Schwierigkeiten, die Örtlichkeiten mit Melanies Beschreibung abzugleichen. Auf der Suche nach Anhaltspunkten verlangsamten sie ihren Lauf.

»Irgendwo muss hier ein Spielplatz sein«, rief Melanie den anderen zu.

Die Suche erübrigte sich, als eine Wiese mit Spielgeräten auftauchte. Marius bog rechts ab, Finn, die Beamten und der Hund folgten ihm. Nach zwei Kurven standen sie vor einem verwachsenen Schrebergarten. Was auf den ersten Blick verwunschen aussah, entpuppte sich als ungepflegtes Grundstück, an das jahrelang niemand Hand angelegt hatte. Auf der linken Seite hatte sich der Nachbar der Hecke erbarmt. Die andere seitliche Begrenzung war ihren Namen nicht wert. Zweige wuchsen ungestutzt in alle Richtungen. Das hüfthohe Holztor, von Wind und Regen verwittert, hing lose in den Angeln, was der Gruppe den Zugang erleichterte. Es herrschte Stille. Keine friedliche Stille, sondern das Fehlen jeglicher Geräusche, das böse Vorahnungen weckt.

Überall überwucherten Ranken und wild gewachsene Frühjahrsblüher den Weg. Jemand hatte einen schmalen Pfad zum

Haus, das hinter einer Hecke verborgen lag, ausgetreten. Der Belgische Schäferhund lief neben seinem Führer. Die Eingangstür war unverschlossen. Marius stürmte vor und leuchtete den kleinen Raum mit seiner Taschenlampe aus. Eine zerknüllte Decke, auf der Spüle aufgeschichtete Dosen, ein Mülleimer, aus dem eine Umverpackung von Cookies herausguckte, und zwei Sweatshirts über der Garderobe zeugten davon, dass hier jemand gewohnt hatte. Mehr Spuren machte Marius auf den ersten Blick nicht aus.

»Er ist schon weg.« Marius wies auf das Shirt. »Könnt ihr das für die Spurensuche gebrauchen?«

Der Beamte verpackte das Oberteil in eine Plastiktüte und ließ den Schäferhund, der auf den Namen Dante hörte, daran schnuppern. »Hundenasen nehmen Gerüche wahr, die wir noch nicht mal ahnen. Da sich der Täter hier aufgehalten hat, wird Dante seine Spur aufnehmen können.«

Sofort setzte sich der Hund in seinem Geschirr in Bewegung, nutzte die gesamte Länge der Leine aus, die ihm der Beamte zugestand.

Während sie dem Mantrailer hinterherliefen, suchten Marius und Finn in der Umgebung nach Spuren. Melanie blieb am Spielplatz, an dem der Hund abbog, stehen. Nach dem Brunnen links, vorbei am letzten Haus und einer wilden Wiese. Am Ende der freien Fläche führte ein mit wilden Himbeeren zugewachsener Weg zu einem verlassenen Endgrundstück. Dante zog an seinem Geschirr, galoppierte um das niedrige Wellblechhaus herum, sprang gegen die Eisentür.

Plötzlich löste sich aus der Dunkelheit ein Schatten. Haken schlagend rannte eine dunkle Gestalt mit ins Gesicht gezogener Kapuze an ihnen vorbei. Adrian Lippold hatte das Überraschungsmoment ausgenutzt, um zu fliehen. Marius drehte sich auf dem Absatz um und spurtete los, Finn im Schlepptau. Ohne sich umzusehen, rannte Lippold den Hauptweg hinunter, setzte zum Sprung über eine niedrige Hecke an und blieb mit dem Fuß an einer Deko-Windmühle hängen. Ehe Marius sein Bein erwischte, zog er es weg und stand auf. Er blickte sich kurz um. Das nutzte Finn, um zu einem Hechtsprung anzusetzen.

Seine ausgestreckten Arme rissen an den schwarz verhüllten Schultern, doch der junge Mann riss sich los. Er rannte zurück zum Spielplatz, wo sich Melanie schnaufend auf eine Schaukel gesetzt hatte. Dicht hinter ihm die Verfolger. Finn wechselte die Richtung, um dem Flüchtenden vor den Spielgeräten den Weg abzuschneiden. Adrian erreichte Melanie einige Meter vor den anderen. Von hinten packte er über ihren Kopf, drückte seinen Unterarm gegen ihre Kehle und zog sie in Rücklage.

»Hil–!« Mehr als ein heiseres Krächzen brachte Melanie nicht hervor. In Panik schlug sie um sich. Ihre Hände fuhren zum Hals, die Fingernägel krallten sich in Adrians Arm.

»Stopp!« Tänzelnd bewegte er sich im Kreis und verstärkte den Griff, wobei er versuchte, seine Umgebung im Blick zu behalten. Marius und Finn blieben in kurzem Abstand vor ihm stehen.

Ohne Vorwarnung zog Marius seine Dienstwaffe.

»Loslassen. Sofort!«

Adrian rührte sich nicht. Sein Blick gehetzt, hielt er mit einem Arm Melanie, die sich nicht mehr wehrte, in Schach.

Aus den Augenwinkeln beobachtete Marius, wie der Hundeführer Dante von der Leine ließ. Adrian Lippold schien das Hecheln des Tieres zu hören. Er bewegte sich unruhig auf der Stelle, suchte einen Fluchtweg. Bevor er reagieren konnte, sprang ihn Dante von hinten an und riss ihn zu Boden. Mit den Läufen auf seiner Beute wartete der Polizeihund auf seinen Führer. In dem Moment gab der junge Mann alle Gegenwehr auf.

Augenblicklich rannte Melanie von der Schaukel weg.

Marius kniete sich neben Lippolds Kopf. »Wo ist Nathalie Janfeldt?«, schrie er dem Gefangenen ins Gesicht.

»In meinem ehemaligen Jugendzimmer«, antwortete der mit gebrochener Stimme.

Marius übergab Adrian Lippold an den Beamten, der ihm Handschellen anlegte und Verstärkung anforderte.

»Nathalie wird im Haus sein, komm!« Finn rannte vor. Der Rückweg zum Haus kam ihnen viel kürzer vor. Sie rannten die Längsseite des Gebäudes entlang, deren beide Fenster mit

Backsteinen zugemauert waren. In der Ecke, von der Adrian losgerannt war, befand sich eine verschlossene Eisentür. Marius zog seine Waffe und feuerte zweimal auf das Schloss. Dann warf er sich gegen die Tür, die sich sofort öffnete. Im Schein der Taschenlampe saß Nathalie mit Kabelbindern an einen Stuhl gefesselt, ihr Mund mit Paketband verklebt. Aber sie lebte.

Mit gemischten Gefühlen löste er ihre Fesseln. Wer war die Frau, die stumm vor ihm saß? Ihre Augen sprachen von unendlichem Leid.

»Wie geht es dir?« Er ärgerte sich über die ungelenke Frage. Müsste er sie nicht trösten?

Sie antwortete nicht.

»Du hast uns mithören lassen.« Er zögerte. »Hat Adrian Lippold die Wahrheit gesagt? Hast du ihm geholfen, Sebastian zu töten?«

Nathalie nickte zustimmend.

»Dann ist dir sicher bewusst, dass ich dich wegen Beihilfe zum Mord an Sebastian Gehlen festnehmen muss, Nathalie?«

Erneutes Nicken.

Finn stand in einigem Abstand in der Tür und schien den Blickkontakt zu Nathalie zu vermeiden.

»Warum?« Vorsichtig nahm Marius sie in den Arm. Sie war immer seine Freundin gewesen und würde es auch weiterhin bleiben.

»Er hat alles zerstört«, begann sie mit leiser Stimme. »Meinen Neubeginn im Luisenstift. Val, der es endlich geschafft zu haben schien. Und letztendlich Ronja. Ich wollte sie zu mir nach Hause holen.« Langsam löste sie sich. »Trotzdem hatte ich nie vor, ihn umzubringen.«

»Wir haben gehört, was Adrian erzählt hat«, mischte sich Finn mit abweisender Stimme ein. »Versuch nicht, uns irgendeine Geschichte zu verkaufen.«

»Versteht ihr immer noch nicht? Habt ihr in eurem Leben jemals um eine Person getrauert?« Nathalie schaute ihren Freunden in die Augen. Betreten schwiegen die beiden.

»Nach Ronjas Tod haben Adrian und ich uns wie Ertrinkende aneinandergeklammert. Ich habe ernsthaft geglaubt, ich könnte mit ihm alle meine Gedanken teilen.« Tränen liefen ihre Wagen hinunter. »Ein Fehler. Anstatt uns zu trösten, habe ich ihn unbewusst angestachelt, seinen Wunsch nach Gerechtigkeit in Rache verwandelt. Adrian ist ein guter Junge.« Sie drängte sich an ihren Freunden vorbei nach draußen. Dann drehte sie sich noch einmal um. »Ich muss damit leben, dass ich für seine Entwicklung verantwortlich bin.«

Seelenverkäufer – The seller of souls

Sonntag, 8. März, 20.00 Uhr

Am Ende des langen Tages saß Marius auf seiner Couch und machte die Augen zu. Jede Bewegung fiel ihm schwer, die Glieder schmerzten. Jetzt, da ein Kollege nach dem anderen aus dem Krankenstand kam, begann er selbst zu kränkeln.

Marius stoppte den Song im CD-Player, der der Auslöser für Adrian Lippolds Tat gewesen war. Der junge Mann hatte sich berufen gefühlt, die Mordphantasien seiner Sozialarbeiterin auszuführen. Als Val Bergmanns Song »Thicker than Blood«, in dem er den Aufstieg und Fall ihrer Freundschaft thematisiert hatte, veröffentlicht wurde, waren bei Lippold die Sicherungen durchgebrannt. Monate nach dem Tod seiner Freundin und Geliebten.

Marius drückte die Repeat-Taste und drehte die Lautstärke auf, wie immer, wenn er ein Musikstück »trank«.

Erneut lauschte Marius dem Intro. Was sein musikalisches Empfinden anging, verglich Sina ihn mit jemandem, der zwischen den Zeilen eines Buches las. Ein guter Song bestand für Marius aus weit mehr als Musik und Vocals. Tempowechsel, Einsätze der Instrumente, Lautstärke der Stimme und weitere Komponenten schlossen sich zu einem Gesamtkunstwerk zusammen. Das tiefe Gefühl, das besondere Songs in ihm auslösten, verspürte Marius nur bei wenigen Bands. Van Canto und Steelheart gehörten in diese Kategorie.

Vornübergebeugt, beide Hände an den Schläfen, die Augen fest zusammengepresst, ließ er die Musik seinen Körper durchfluten. Er fühlte regelrecht die Spur des Leids, die Val Bergmanns unbedachte Handlung in das Leben vieler gebracht hatte.

Nachdem die letzten Töne verklungen waren, stellte sich Marius die Frage nach der Schuld für diese Tragödie. Wo sollte er ansetzen? Bei den zerstörten Kindheiten der Jugendlichen, die Schlägen, Missachtung und Vernachlässigungen ausgesetzt worden waren? Jugendliche, die den einzigen glücklichen Punkt in ihrem Leben für immer festhalten wollten, letztendlich jedoch scheiterten?

Wäre die Geschichte nicht so sehr aus dem Ruder gelaufen, wenn Nathalie den Tod der Ersatztochter erwachsener ertragen hätte, anstatt mit unbedachten Äußerungen Adrians Pathos ins Grenzenlose zu steigern? Schließlich hatte sie auch noch den Schlüssel und das Kohlenmonoxid besorgt, damit er Sebastians Tauchflasche austauschen konnte.

Er konzentrierte sich auf das Lied, in dem Valentin Bergmann die Geschichte thematisiert hatte. Zweifellos hatte auch er unter seinem Fehler gelitten, vermutlich mehr, als die beiden ahnten. Wollte er mit diesem Lied gezielt Adrian ansprechen? Val schrie verzweifelt die Zeilen des letzten Refrains. *Guilty – schuldig.* Hatte er gehofft, sein Freund würde ihn verstehen, ihm vielleicht sogar verzeihen?

Thicker than blood

We left a trail of misery
and found a friendship deep and true
three lives so close, three hearts so free
we laughed the pain away.

Tattooed skin and flaming hearts
forever bound by friendship's vow
all for one and one for all
a strong connection until death.

Chorus:
Bloodbound! Bloodbound!
Lifelong promise thicker than blood.
Bloodbound! Bloodbound!
Forever bound our tattooed hearts.

Why did it change so rapidly?
A stupid fault, intention failed,

the lightning struck out of the blue,
destroyed our lives and killed our souls.

Happy pills brought deadly pain
your heart so weak, I didn't know
your skin so white, your empty eyes
Our world was cut to pieces.

Chorus:
Screaming! Screaming!
Lifelong promise thicker than blood
Screaming! Screaming!
Forever cold your tattooed heart.

Two lives in darkness without you
two friends were left in agony
no more will there be happiness
and death will be salvation.

Forever turned to nevermore,
I never meant to do you harm,
but it was me who was to blame
a traitor now, redeem my soul.

Chorus:
Guilty! Guilty!
Lifelong promise thicker than blood
Guilty! Guilty!
Forever lost my tattooed heart.

Marius Pérez stand auf und ging vor die Tür, um auf andere Gedanken zu kommen. Sina. Auch sie hatte in den letzten Tagen erfahren müssen, wie wertvoll jede ihrer Freundschaften gewesen war. Dass der Tod ihres Verlobten nicht nur sie erschütterte, sondern den Zusammenhalt des Freundeskreises auf die Probe stellen würde, hatte niemand ahnen können. Auch nicht, dass die Probe zu groß sein würde.

Trotz seiner schmerzenden Glieder und des Nieselregens, der ihn an seine letzte Motorradtour nach Finnland erinnerte, zog er seine Kombi an und stieg auf die Harley.

Der eisige Wind der Nacht tat gut. Marius startete seine Maschine und fuhr in die Dunkelheit.

Danksagung

Für alle meine Freunde, die meine Krimi-Besessenheit der letzten Monate ertragen mussten. Danke, dass ihr immer für mich da seid, auch wenn ich manche Treffen kurzfristig cancel, um Schauplätze zu besichtigen oder an der Story zu feilen.

Dank an Stefan Schmidt, Philip Dennis Schunke (Sly), Inga Scharf, Ross Thompson, Ingo Sterzinger (Ike) und Bastian Emig, Mitglieder der Hero-Metal-a-cappella-Band Van Canto und deren Plattenfirma »Napalm Records«. Eure Lieder haben mich während des Schreibens begleitet. Je mehr ich in die Songzeilen eintauchte, desto klarer und stärker wurde der Charakter des Metal-Kommissars. Danke für eure Inspiration.

Petra Scheer, danke für deine klugen Anmerkungen und die Diskussionen über wichtige Einzelheiten. Deine Zuverlässigkeit ist unglaublich.

Tim Eisel, Neffe und wahrer Metaller. Danke, dass du deine Fachkenntnisse über die Metalszene mit mir geteilt hast. Wie habe ich die nächtlichen Gespräche über das Manuskript genossen. Deine Fähigkeit, aus kleinen Andeutungen die richtigen Schlussfolgerungen zu ziehen, ist einzigartig.

Meine Schwester und Freundin Christine Eisel, die meine Überlegungen in einen wunderbaren Liedtext verpackte. Ich liebe »Thicker than Blood«, das kann ich nicht oft genug betonen. Ich freue mich, deine Zeilen als vertonten Song zu hören.

Was wäre ein Text ohne die Menschen im Verlag, die dem Manuskript von der Covergestaltung bis zum Vertrieb eine öffentliche Plattform geben? Die enge Zusammenarbeit mit den Mitarbeitern des Emons Verlags tut mir sehr gut. Danke für die Geduld, die vielen Anregungen und das stets offene Ohr.

Lothar Strüh und Sarah Richert, meine Lektoren, die das Manuskript auf Herz und Nieren geprüft haben. Danke für den intensiven Austausch, das Verständnis und die konstruktiven Gespräche.

Johannes Schäfers vom Polizeipräsidium Gelsenkirchen-Buer,

herzlichen Dank für den umfassenden Einblick in die Polizeiarbeit. Danke für die Tipps, wie Marius Pérez trotz des fehlenden Dienstgrades eine Mordkommission übernehmen darf.

Dr. med. Andreas Freislederer, Rechtsmediziner an der Universität Essen, vielen Dank für Ihre anschaulichen Erklärungen der verschiedenen Tötungsmethoden. Ihre Darstellung eines Selbstmordes bleibt mir unvergessen.

Dr. Dr. med. Günter Lapsien und Dr. med. Martina Tasche: Vielen Dank für die schnelle und unkomplizierte Lösung eines kniffligen medizinischen Problems.

Dank an Alisha Bionda, die dem Metal-Kommissar Marius Pérez auf die Sprünge half.

Und ich möchte die Gelegenheit nutzen, der Community der Facebook-Gruppe »Du bist aus Gelsenkirchen, wenn …« zu danken. Ihr habt mir die Ruhrpott-Sprache näher gebracht und dem Platzwart Willi Kruschinski Leben eingehaucht. Glück auf!

Meinen aufrichtigen Dank!

Folgende Zitate stammen aus Songs der Hero-Metal-a-cappella-Band Van Canto:

»And we'll find a way through darkest nights«, aus: »Badaboom«

»Our hearts are filled with the will to survive«, aus: »The last Night of the Kings«

»The whole world against you?«, aus: »Fight for Your Life«

»Imagine getting stronger instead of feeling weak inside«, aus: »Fight for Your Life«

»Dawn of the brave« (Albumtitel)

»We cross the gates of darkness«, aus: »The Mission«

»In hard and gruelling times«, aus: »King«

»Find dark blood upon my steel«, aus: »If I Die in Battle«

»In this brotherhood of life«, aus: »The Awakening«

»Roaring thunder, wind and rain«, aus: »The Other Ones«

»I feel the skies are closing in«, aus: »Unholy«

»Lights are flickering down the wall«, aus: »Hero«

»Try to figure out the way«, aus: »Hero«

»I do understand that I am alone«, aus: »The Other Ones«

»Backs against the wall«, aus: »The Mission«

»At the end of this day we are what we are«, aus: »Quest for Roar«

»They never learned how to stand as one«, aus: »If I Die in Battle«

»Doubts are closing in«, aus: »My Utopia«

»We'll get the core tonight«, aus: »Badaboom«

»Same story again: You stand alone«, aus: »I Stand Alone«

»Fire is burning, heat deep inside«, aus: »Water. Fire. Heaven. Earth.«

»Turning winds are hearing your silent scream«, aus: »Black Wings of Hate«

»Today will finally be our time«, aus: »The Awakening«

»Into the dark through wind and rain«, aus: »To the Mountains«

»Another black cruel decision of life«, aus: »Black Wings of Hate«

»From a darker land«, aus »Danger in My Head«

»The seller of souls« (Songtitel)

Darüber hinaus werden Sly und Inga als Sänger der Band sowie das Earbook »Dawn of the Brave« und der Schlachtruf »Rakka Takka Motherfucker« erwähnt.